# 見鬼的愛情

## 幽霊に恋をしました

島田莊司——講評

詹宏志——導讀

雷鈞——著

# 關於「島田莊司推理小說獎」

華文世界近年來掀起了一股推理小說的閱讀風潮，大量日本、歐美的推理作品被譯介出版，也深受讀者喜愛，但以華文創作的推理小說相對來說卻仍然偏少。皇冠文化集團為了鼓勵華文推理創作，並加深一般大眾對推理文學的討論與重視，特別徵得日本本格派推理大師島田莊司先生的同意與支持，舉辦兩年一屆的「島田莊司推理小說獎」。

這項跨國合作舉辦、堪稱全亞洲空前創舉的推理小說獎，自舉辦以來，不但獲得日本、台灣、中國大陸、東南亞等各地讀者和媒體的高度重視，甚至將觸角擴展到了歐洲，成功地將華文推理創作推向另一個新的里程碑。

誠如島田大師的期待：「向來以日本人才為中心的推理小說文學領域，勢必將交棒給華文的才能之士，我可以感覺到這個時代已經來臨！」我們也希望透過這項小說獎，吸引更多作家投入推理創作，一起將華文推理推廣到世界各個角落。

# 推理小說的規則與背反

（本文涉及謎底與部分詭計，請在讀完全書後再行閱讀）

PChome Online 董事長／詹宏志

能不能想像在推理小說裡，警察辦案時，一直撞見不可解釋的怪事，並且有一個鬼魂糾纏不去？或者是已經死去的受害者，還魂來到世界，不斷給了警方各種線索，帶領辦案者走向正確的路途，將壞人繩之以法？你當然見過這樣的小說，但那可能叫做《包公案》或者〈烏盆記〉，那是「科學辦案」尚未出現的年代，福爾摩斯也尚未在貝克街開始執業的時代。

在推理小說的黃金時期，著名的英國小說家羅納德・諾克思（Ronald Knox, 1888-1957）發明了所謂的「推理小說十誡」（Ten Commandments of Detective Stories, 1929），其中的第二誡就說：「一切超自然以及非自然的存在都應該排除在外，這是理所當然之事。」（All supernatural or preternatural agencies are ruled out as a matter of course.）

「推理小說十誡」表現的是推理小說高速發展的階段，小說作者對推理小說「類型元素」的了解，以及那個階段推理小說強烈的「理性主義」色彩（強調作者和讀者得到的線索要一致，那才是「公平遊戲」）；推理小說家拿出像「十誡」這樣的「自我造型」（selfportrayed），這並不是唯一的企圖，同一時期，至少還有美國小說家范達因（S. S. Van Dine, 1888-1939）揭櫫的「撰寫推理小說的二十條規則」（Twenty Rules for Writing Detective Stories, 1928），其中第三條也反對「愛情」入鏡，它說：「不可以有愛情相涉。（偵探）手上的任務是把罪犯帶到正義法庭，而不是把為愛情傷的怨偶帶進婚姻禮堂。」（There must be no love interest. The business in hand is to bring a criminal to the bar of justice, not to bring a lovelorn couple to the hymeneal altar.）

誠如俗語所說：「規則是立來破壞的。」推理小說歷史根本就是一部「規則破壞史」，不要說愛情老早介入偵探行動，名探「不愛破案愛美人」的例子也早就出現了。相較之下，「不語怪力亂神」、不涉及「超自然」與「非自然」存在的推理誡命則頑強很多；但近年來推理小說家在「破壞」或「戲弄」諾克思的「第二誡」方面，卻也做了很多饒富興味的創新。

就拿日本奇異的作家京極夏彥來說吧，他一九九四年石破天驚的《姑獲鳥之夏》出版，就正式把「妖怪」這個「非自然」之物納入推理小說之列，而他又用了民俗學與現代的「精神分析學」做出完美解釋，「主觀」與「客觀」相互運作，使得「妖怪」在小說裡出現看起來並不違反理性主義規則下的推理精神……。如果再把三津田信三一系列把恐怖小說和推理小說冶為一爐的作品，連鬼影幢幢的推理小說看起來也都成了合理的可能。

用這樣的推理小說脈絡，我才能為這部「島田莊司推理小說獎」的入圍作品《見鬼的愛情》找到一個適當位置。

《見鬼的愛情》是一部獨特的處理到「鬼」的推理小說。有趣的是，它不僅為小說中的屢次「見鬼」找到「合乎科學」的解釋，而又保留了「鬼的存在」的真實可能。也就是，小說的案子有兩種「破案的方法」，一個有鬼，一個則解釋了鬼的另種物理可能；兩種結局同時存在，誰也不比誰「真實」。

小說的一連串謀殺案倒是非常正統，屍體一具一具出現，每一具屍體都被安排成一種模樣，像是一種角色扮演，前三具屍體就分別是「吊死鬼」、「無頭鬼」和「水鬼」；辦案者必須在這些殘忍而恐怖的案情裡匍匐前進，並且捲入各種不可思議的怪現象。

怪事其實有兩條平行發展的故事線；一條是現實世界的謀殺案，一條則是充滿靈異現象的驅魔行動，兩條線交織糾纏，最後就證明彼此相關，也環環相扣。故事的主人翁則是必須與屍體親近接觸的「法醫」，他當然也是警方辦案重要的一環。也正是法醫主角的科學背景，使得這一宗帶著「鬼影」的故事增添嚴謹的「對照組」，連帶也使這個「鬼」故事在敘事上顯得更有趣。

作者在寫作上似乎也是老手，筆調輕快明朗，角色鮮明飽滿，結構也層次分明，讀起來節奏分明，毫無澀滯，充滿閱讀享受，是大眾文學當中的秀異之作。

目錄

# 第一章 九層樓

這是一條很長的大街。或許，其本身並沒有那麼長，只是由於兩頭的景物模糊，才會引起某種不見首尾的錯覺罷了。

我站在大街上，面前是一幢九層高的老居民樓。大樓的外牆刷成了陰暗的灰色，彷彿就是一個巨大的水泥箱子。箱子的正面可見一排排整齊的缺口和突起，無一例外都籠罩在粗壯的防盜鐵絲網下，是容易令人產生不安全感的窗戶和陽台。

在二十世紀末的這座城市裡，像這樣的居民樓可謂鱗次櫛比、隨處可見，並沒有任何值得大驚小怪的地方。但對我來說，眼前的這幢大樓卻是特別的，因為我家就住在這裡的頂層。

許多類似的居民樓都是建成了九層，這當然不是什麼巧合。因為根據當時的規定，十層或以上的樓房就必須安裝電梯，對於普通的居民樓而言，那無疑是太奢侈了。

而這就意味著，我要回家就必須爬上八層的樓梯。

樓梯是當時常見的設計：相鄰的樓層之間分為方向相反的兩段，中間的拐彎處做成一個小平台。這些平台位於樓門的正上方，緊靠大樓的外牆，下半段是普通的牆壁，到了齊胸高的地方，則是用磚頭和水泥砌出一道花瓶狀的柵欄，以作採光用途。一些討人嫌的住戶，往往隨手把垃圾丟棄在這彈丸之地，弄出一股噁心的氣味來。

我家的這幢樓卻有一個特別之處，進樓的大門並不朝向大街，而是在大樓的一側，經過一條狹窄的通道才能走進去。旁邊緊挨著是另一幢五層高的居民樓，兩座樓猶如熱戀中的情人一般，親密得幾乎不留半點兒縫隙。

這麼一來，在五樓以下的樓層，原本可以照亮樓梯中平台的陽光，便會被旁邊的大樓阻隔。因此，即使是在烈日當空的正午，樓梯間裡也永遠是一片朦朧的黑暗。

我不情願地走進那條狹窄的通道，沉默的陽光於是從我的頭上和肩膀上滑落。步入大樓後，周遭一切都變得悄無聲息，連我自己的腳步聲彷彿也被吞噬了。

為了照顧我們這些只能活在光明世界的人類，樓梯間裡有一盞永遠都亮著的燈——準確地說，也不過是一個孤零零的十五瓦燈泡罷了，在黑暗面前顯得相當力不從心。微弱的光線照亮了側面牆上幾排密密麻麻的老式信箱，墨綠色的鐵皮箱子上開了一大道口子，活像是一張張倒吊著的人臉。

我忐忑地從這群齜牙咧嘴的傢伙身邊走過。雙目死死直視前方，不敢與之對望，生怕它們隨時便要朝我撲來。

正前方的牆上劃了一道紅色的油漆，在白色的牆面上顯得極為醒目。是阿拉伯數字的「１」，表示這裡是一樓。

拐過一百八十度的彎後便開始上樓梯。兩段樓梯各有十個台階，因此相鄰的兩層樓之間總共是二十個台階。爬上這二十個台階以後，正面牆上的數字便變成了「２」。

二樓的燈光要比一樓更加昏暗。或許，這是由於並不需要照亮信箱，以方便人們拿報紙的關係。

這幽幽的樓梯間看了直叫人心裡發毛，於是我開始一步跨上兩個台階，一心只想快些逃離這裡。

但問題是，根本也無處可逃。即使登上三樓後，那兒的燈光也是同樣瘆人。然後是四樓……四樓沒有燈。

似乎一直以來，四樓就是沒有燈的。不過，通往三樓的樓梯拐角處仍能透出些微燈光，而通往五樓的樓梯拐角處同樣會有零星陽光傳來，倒還勉強可以視物而不至於跌倒。大概，這也是四樓並未開燈的原因。

我當然不是頭一回走這條樓梯，因此對於這裡莫名的黑暗，應該說已經早有思想準備。然而，這卻絲毫無助於化解四樓的恐怖。

就中國人的觀念而言，「４」從來都是一個不吉利的數字，那無疑是因為跟「死」諧音的關係。只要情況允許，人們總是會儘量選擇那些不含「４」的電話號碼或是汽車牌照，以免招來厄運。而近年來新建的高層大樓，精明的房地產商通常也會刻意迴避四樓或十四樓，三樓的上面一層直接便是五樓，否則的話，帶「４」的樓層便往往無法獲得理想的售價。

不過，在我家這幢居民樓落成的時候，房子還不是能夠在市場上自由買賣的商品。由於沒有背後的利益驅動，四樓也就自然被保留下來了。

「那真是大錯特錯啊……」在無奈地踏上那可怕的四樓時，我暗忖。

牆上是叫人觸目驚心的紅色數字「４」，在這不徹底的黑暗中，顯得格外有立體感。當初大樓竣工，在進行樓層編號的時候，恐怕是當時施工的師傅一不小心多沾了油漆，結果油漆便沿著牆壁一路垂直流下，猶如淋漓的鮮血，形成了一個極為詭異的恐怖「４」字。

但是……好像還有什麼地方不太對勁……似乎，那紅色的液體，竟然還在往下流動?!

那當然是絕不可能的事情！這樓建成至少已經十幾年了，不管怎麼說，這油漆也該早就徹底乾了的才對！

我猛地一甩頭，試圖不去看那緩緩淌下的紅色，以為這樣便能驅散心魔。但牆上的數字忽而竟像會動的一般，無論我的腦袋轉向何方，依然無比清晰地映入眼簾。彷彿我的視線是兩根能隨意伸展扭曲的光纖，末端被牢牢粘到了牆上，絲毫掙脫不得。

鼻孔裡隱約飄來一陣腥味，的確是血，這不是什麼錯覺。那個象徵著死亡的數字，就像一個正在融化的鮮血冰淇淋，竟真真切切地一滴滴滑下來了。

陡然遭逢如此異變，對於任何腦筋正常的人來說，大抵都只會有一個念頭——跑！至於心膽俱裂之際，雙腿是否還能受自己控制，則另當別論了。

我倒還是出奇的鎮定，彷彿這種事情已經不是首次發生。此地自然不宜久留，這是毫無疑問的。但另一個問題卻接踵而至，該往哪兒逃？——繼續上樓嗎？還是轉身衝回樓下呢？

假如時間允許的話，這將會成為一個很有意思的辯論。往上的話，只要再爬上一兩層，樓梯間裡便將是一片陽光明媚。然而，倘若那個邪門的「4」字——抑或是藏在它後面的某種更可怕的東西——萬一追將上來，卻是再無退路。而假如選擇回頭往下走，只要能順利衝出這座詭秘的建築，回到大街上便可以算是逃出生天。問題是在這之前，還必須經過陰森森的三層樓梯，天知道有沒有什麼玩意兒正在守株待兔。

無論如何，此刻也根本沒有思考的餘地。當我反應過來時，雙腳已經在下意識地往五樓狂奔的途中——沒有什麼道理，大概只是由於往上的慣性罷了。

說來也怪，當五樓的第一縷陽光照耀在我的臉上時，那個滴血的「4」字一下子便從眼前消失了，就好像我的視線終於被鬆了綁。

我忍不住瞥了一眼牆上的「5」字，也是毫無異常之處。

當然，只有那些最愚蠢的傢伙，才會因此便掉以輕心。事實上，我腳下仍絲毫不慢：像個兔子般用力一跳，一步便跨上了四個台階，下一步借力再跨上三個台階，然後又是三個——於是只消三步便登上了半層樓。

就這麼一口氣往上直躥了三四層，已經是上氣不接下氣，不得已只好慢了下來。畢竟全速奔跑著上樓梯，可是件極度消耗體力的事情。而且這時四周早已是一片光明，恐懼的情緒不禁已消去了大半。透過樓梯拐角的柵欄，外面如火的驕陽正高懸於天空，刺眼得教人不敢直視。

我壯起膽子，回頭朝樓下張望了一陣，並不像有什麼東西要追來的樣子。

於是這才略略放下心來，不自覺地又放緩了腳步。因為氣喘吁吁得厲害，我幾乎是扶著牆在半走半爬。就這麼艱難地挪了幾層樓，呼吸才總算平伏了些。

忽然感到一陣寒意襲來，彷彿外面正有一片烏雲掠過。急忙回頭看時，仍是萬里晴空，太陽歡快地閃耀出金燦燦的光芒，只是落在身上卻不覺絲毫溫暖。

那種惴惴不安的感覺依舊揮之不去。大概，我試圖安慰自己，只是單純的心理作用吧。又繼續上了一層樓，我卻突然領悟到問題出在哪兒了。

不可思議的事情是在四樓發生的。我被嚇到後，便拼命往上跑了三四層樓，然後因為氣喘不過來，不得已又慢慢走了三四層樓……

可是……可是，這只是一座九層高的建築物啊?!

從四樓開始，我起碼已經爬了六層樓——那樣的話，我至少應該已經來到了這座居民樓的天台了。

然而擺在眼前的，卻是不爭的事實：一成不變的狹窄樓梯間，樓梯分作方向相反的兩段，每段十個台階，中間的拐角處是朝向樓外的柵欄。朝上的樓梯靜靜地鋪在腳下，也就是說，這裡甚至還不是頂樓。

為什麼會這樣？我……我糊塗了。

冷靜點兒，讓我好好想一想。也許，只是由於剛才過於緊張，以至於對走過了幾層樓也數不清楚罷了，並沒有必要大驚小怪。

要是那樣的話，我現在究竟是走到了哪一層呢？要知道這個答案，似乎是件要多容易有多容易的事情。

我下意識地抬頭，腦裡頓時「嗡」的一聲，變得一片空白。

因為，在我以為能看到一個熟悉的紅色數字的那面牆上，此刻同樣是教人絕望的一片空白！

空空如也的牆壁一側，是走廊的入口，通往後面的各個單元房。這讓我又想起了一件事來。平日裡的這個時候，空氣中早已瀰漫著各家各戶燒菜做飯的氣味，倘若誰家炒了辣椒，更是嗆得人眼淚直流。電視裡動畫片的配音，與女人扯著嗓門的斥責聲交織在一起，合奏出一曲不和諧的旋律。

但此時此刻，樓梯間卻如同午夜的墓園，死一般的寂靜；空氣中分辨不出任何氣息，彷彿這裡根本就是一片真空。似乎除了視覺，我的聽覺和嗅覺也一併出了問題。

當然，還有另外一種可能性存在——由於某種原因，除了我以外，這幢大樓裡的其他人都消失不見了。

猶如一個扯線木偶，被不知道什麼人用看不見的細線牽引著，我不由自主地邁開步子，往上又走了一層。舉目望去，牆上仍是沒有標誌樓層的數字。看著這空白一片的牆壁，我竟有種不出所料的感覺，卻說不上來什麼緣故，只是哭笑不得。

樓梯間的模樣，與方才的那一層亦毫無二致。十級由水泥澆注而成的台階，依舊固執無比地指向上方。

到了這個地步，眼前的一切顯然已經不能按常理來解釋了。儘管如此，周圍卻仍是風平浪靜，令人察覺不到任何危險。本來，我是應當感到害怕的，然而卻沒有任何值得害怕的對象存在。倒是這咄咄怪事實在過於匪夷所思，遠遠地超出了我的理解力以外，竟令我不禁惱怒起來了。假若現在便從樓道裡轉出一個鬼來，我暗想，興許反而是一種解脫。

只是不要說鬼了，連陰惻惻的過堂風也沒有一絲。我只覺得胸中積鬱難當，忍不住放聲大吼，卻聽不見自己的叫聲。我如同著了魔一般，一步跨過三級台階，賭氣般地朝樓上衝了上去。

我只管一路低頭狂奔，只見一個個台階在腳下不斷流逝，也不知道拐了多少個彎。這樓梯卻像是個麥比烏斯紙圈❶一般，儼然全沒盡頭。

直至我強迫自己去思考這個問題：跑了這許久，為什麼卻沒有感到喘不過氣來呢？

❶麥比烏斯紙圈是一種單側、不可定向的曲面。將一個長方形紙條 ABCD 的一端 AB 固定，另一端 DC 扭轉半周後，把 AB 和 CD 黏合在一起，得到的曲面就是麥比烏斯紙圈。

一念想間，步伐也就自然慢了下來。這麼一來，也頓時在腳下找到了原因，立刻又驚得渾身汗毛直豎——不知不覺間，這樓梯竟然變成朝下的了！

與上樓相比，下樓當然是要輕鬆得多的。

我呆呆地看著腳下的樓梯，感到一陣劇烈的暈眩。

地面上是一段長長的影子，一直延伸到前方的牆上，扭曲成了一個滑稽的形狀。毫無疑問，這是我自己的影子：我抬腳，地面上的影子也跟著抬腳；我舉手，牆上的影子也同樣地舉手；我又晃晃腦袋，可是影子卻沒有作出反應——這是由於頭部的位置比較高，影子投射到花瓶狀的柵欄上面，因此卻看不見了。

似乎，還是有某個不對勁的地方。怎麼回事？我絞盡腦汁地想。

柵欄……影子……光……啊，對了。

樓梯拐角處的柵欄是採光用的。光線從大樓外面照進來，我的影子便應該跟柵欄的方向相反才對，無論如何，也不會映在柵欄的這面牆上。

會造成這種現象的原因只可能有一個：造成影子的光源，並非來自大樓外面，而是來自我身後的某個地方。

再仔細看那面牆壁。果然，不知道什麼時候，柵欄外面已是一片漆黑。灰濛濛的影子被包裹在一片昏暗的黃光之中，彷彿是個被囚禁了的靈魂。

我緩緩回頭，在身後半層樓以上的地方，亮著一盞孤零零的燈。

但我無暇理會那個可憐巴巴地發出微弱光線的十五瓦燈泡，因為，我的注意力已經完全被旁邊的東西吸引住了。那好像是一張張倒吊著的人臉，墨綠色的臉上裂開了一大道黑漆漆的口子，彷彿正要張嘴噬咬。

那是一排信箱。

裝設在一樓的那些信箱。

當然，這幢樓是沒有地下室的。但是，我現在卻站在了一樓的下面，而且，還有樓梯通往更底下的地方。

那是什麼地方？我復又轉過身來，卻發現剎那之前還在那兒的牆壁和柵欄，此刻俱已消失得無影無蹤。

眼前就只剩下了一條無窮無盡的樓梯，在昏暗的燈光照射不到的地方，便匯聚成一片漆黑。好幾百級，不，至少有數千級的台階整齊地排列著，似乎一直要通往地獄的最深處。

驀地，好像被一股電流擊中了後背心。我雙腳頓時一軟，再也站立不穩，一個倒栽蔥便從樓梯上摔了下去，徑直跌進那無止境的黑暗之中……

我忽然從黑暗中驚醒過來，發現自己以一個奇怪的姿勢躺在那兒，並沒有繼續往下掉。腦子混亂不堪，一時間還無法轉過彎來。

周圍是一片伸手不見五指的漆黑。我使勁兒揉了揉眼睛，依舊無法視物，卻發現腦門兒上滿是汗水。

身旁忽然一陣窸窣，像是有什麼東西在動。我登時警覺，一骨碌便坐起身來。

只聽黑暗中傳來一個年輕的女子聲音，迷迷糊糊地說道：「……恪平，做噩夢了？」

這聲音卻極為耳熟，一下子把我從噩夢的邊緣拉回了現實。我逐漸記起來了，今天晚上甘芸剛好是到我家裡來，後來也自然留下來過夜了。

甘芸的確是位很年輕的女孩子，自大學畢業還不到兩年，目前在一家旅行社做文案設計等工作。差不多半年前，我在一個朋友的聚會上偶然認識了她。

「呃。」我一邊含糊地回答，一邊摸索著打開了床頭的落地燈。米黃色的燈罩內頓時充盈了柔和的光線，但相比起原本的一片漆黑，仍然顯得有些刺眼。一旁的甘芸忍不住抬手擋住了臉，又咕噥了一聲表示抗議。

我呆呆地坐在鬆軟舒適的床上，大口大口地喘著粗氣，隨手抹掉了額上的汗珠。眼睛適應了燈光以後，才發現不光是前額，連胸口和手臂都冒出了點點冷汗。

「沒事兒吧？」甘芸也清醒了過來，柔聲問道。

「嗯，」我艱難地回答，「就是做了個夢。」

「乖乖，不要害怕了哦……」她柔聲笑道，一邊安慰地輕拍著我的肩膀。「哎呀，怎麼身上這麼多汗？」

「不要緊的……」我握住了她的手。

「不行！」她一下把手抽了回去，竟像個大人那樣教訓起我來，「等著！我給你拿條毛巾去，趕緊擦乾不然會感冒的。」

甘芸穿上睡衣，就像是一隻粉紅色的貓，靈巧地跳下了床。我看著她跑出房間，心想跟睡衣上那可笑的 Hello Kitty 圖案相比起來，還是裡面包裹著的東西更值得欣賞。

「這麼大的人了，」女孩的聲音在門外響起，「居然還會半夜做噩夢嚇醒的啊……」話音剛落，甘芸已回到了床邊，手裡拿著一條毛巾。

「你最近的工作壓力是不是太大了？」她一邊替我擦掉身上的汗水，一邊喃喃道，「因為那個變態的案子……」

「啊。」我敷衍著。現在我最不想提起的，就是那個案件的事情。

「好了。」她收起毛巾，「睡吧？明天一早還上班呢。」

我順從地躺下。甘芸替我蓋好了被子，把燈關掉，自己從另一側爬到了床上來。我摟住她的肩膀，順手便解去了她衣服上的扣子。她於是乖巧地縮進了我的懷裡，溫潤柔軟的胸脯緊貼著我的身體。

「那個，」她忽然小聲道，「你到底夢見什麼了？」

「沒什麼，是我小時候在老家的那幢房子，我在大樓裡不停地上下樓梯，沒完沒了地跑來跑去……」

「哦……」

這回答是如此無趣，我輕撫著甘芸光滑的脊背，感覺她好像已沉沉睡去。

不過我沒有告訴她的是，一個星期以來，我已經做了三次幾乎完全相同的夢了。

# 第二章　警察局的大夫

市公安局有一條不成文的規定：不論是誰，在局裡都只能喝咖啡。因為只有這種具有濃烈苦味、能使神經系統進入興奮狀態的褐色液體，才能突顯這些精英幹警們的冷酷氣質。假如，你的飲料是可樂橙汁茉莉花茶之流，會遭到同事們的白眼不說，你也不好意思說自己是在市局上班的。

絕大多數的人——包括局長大人在內——都喜歡喝三合一的即溶咖啡。這種廉價的袋裝粉末在食堂和茶水間裡免費大量提供，從來沒有斷貨的時候。至於小部分比較講究的傢伙，附近也有好幾家風格各異的咖啡店，提供更加新鮮濃郁的口味。

唯獨曾杋是個例外。他既不喝局裡的即溶咖啡，也甚少光顧那些小店。毫無疑問，曾杋擁有局裡最好的一間辦公室，不但比局長辦公室還要寬敞，而且擁有整個市局大樓裡首屈一指的視野。潔淨明亮的窗戶正對著聖月教堂的尖頂，花崗岩的十字架在藍天下巍然聳立，連受難的耶穌雕像都清晰可見。這座從殖民地時期遺留下來的雙塔哥特式建築，以其華美的身姿，讓外地來的遊客們流連忘返。而後來圍繞教堂建成的中央公園，則明確定義了這座城市的中心所在。

聖月教堂的前方是一大片綠油油的草坪。眼下正值春天，草地上早已遍佈各種黃白色的不知名小花，倘若仔細尋找的話，還能在草叢中發現幾個濕漉漉的小蘑菇。幾年前，曾經發生過遊客誤食這些野生蘑菇導致食物中毒的意外，自此之後，一塊醒目的警示牌便在草坪邊上豎立了起來。

一對情侶模樣的年輕人正在做野餐前的準備：男人剛把一塊格子桌布在草地上鋪平，幾個小學生忽然一陣風般掠過，又把桌布掀起來一角。孩子們望著空中的風箏，縱情地大聲嬉笑，絲毫沒有注意到男人的怒目而視。草坪在教堂一側形成一個小山丘，山頂上盡是蒼翠茂密的樹林，葉影之間依稀閃動著無數亮芒，那是來自山丘後雉湖的粼粼波光。

我站在窗前，無比羨慕地欣賞著窗外的景致。旁邊的窗台上，擺放著一整套精緻的咖啡沖調器具：磨粉機、壓濾壺、電磁爐還有開水壺。曾杋正在一絲不苟地測量熱水的溫度，然後注入濾壺中，其手法極為細緻。

「每個來找我的人，」曾杋手上一邊有條不紊地操作，一邊愉快地說，「我都會先給他們泡杯咖啡。這樣有助於舒緩他們的緊張情緒。」

「用不著那麼麻煩吧？只要在這房間裡待五分鐘，不管多緊張都能平靜下來了。」我轉過身來，環視這個堪比五星級酒店套房的辦公室，實在無法掩飾語氣裡的嫉妒。室內的陳設簡潔明快：高挑的天花板以及米色的牆壁，恰如其分的綠色植物點綴著房間的各個角落，令人感到心曠神怡；大門與窗戶遙相對望，旁邊的楠木衣帽架上正掛著一件白大褂；側面的牆上是一排富有現代感的鋁合金書架，除了一些書籍以外，還擺放著許多造型奇特的裝飾品；房間的正中則被兩張對向擺放的三人座真皮沙發所佔據，中間隔著長方形的玻璃茶几，底下鋪了一張碩大的土耳其地毯——沙發擺放的方式雖然略為奇特，但由於房間足夠寬敞，反而顯得藝術感和個性十足。

「這房間多大？至少得八十平米吧？」

「唔，差不多吧。」曾枫回過頭來，手裡已端著一杯熱氣騰騰的咖啡。「當然，肯定沒有你那邊地方大了。」

「可是我那兒人也多啊！」

曾枫稍稍一愣，隨即莞爾一笑，把咖啡放到了茶几上。

「這倒也是。」他指向沙發，做了一個「請坐」的手勢。「不過，只是最近才人多起來的吧？」

「那當然。要是一直這樣，上頭還不得早瘋了啊……」

我順從地坐下，雙手一攤，慵懶地躺進沙發的靠背，頓時感覺就像是嬰兒落到了母親的懷抱中。

曾枫顯然注意到了我臉上異樣的神情，笑問：「怎麼樣？坐著還舒服嗎？」

「太棒了！」我喊道，「我要在家裡也弄一張！這沙發是哪兒買的，多少錢？」

曾枫居然真的說了一個數字，於是我馬上就打消了購買的念頭。

「每年的那麼點兒預算，原來都落這兒來了！」我忿忿不平道。

「治療心理創傷最關鍵的一點，首先就是要讓患者的精神完全放鬆。」曾枫輕描淡寫地說，「所以有必要把環境設置得舒適一些，這屬於醫療方面的需要。」

「那也不必要三人座的長沙發吧？」如果是單人座的沙發，價格應當能低一半。

「在正式的治療中，我會要求患者完全平躺，也是為了放鬆精神。事實證明，這沙發比病床的效果要好得多。」

「但為什麼一買就是兩張呢？」

「哎，」曾杋聳聳肩，在我對面坐了下來，「這樣看起來比較美觀嘛。」

曾杋所從事的工作，正式的名稱叫作警察心理治療師，顧名思義，也就是警察的心理醫生。其工作性質，與一般的心理醫生並沒有太大差異，但屬於警察編制，治療對象也僅面向警察系統內部。近年來，關於警察人群的心理健康問題越來越受到社會關注，有些國家甚至制定了法律，強制警員必須接受定期的心理輔導。

而在中國內地，目前像曾杋這樣的專業心理治療師仍是屈指可數，遠遠無法滿足需求。因此，只有那些經歷了重大事件，被認為有高度遭受心理創傷危險的人員，才會被安排接受心理輔導。比方說，曾在車禍現場目睹了支離破碎的死者殘骸的交警、從濃煙大火中死裡逃生的消防員、又或是初次開槍擊中疑犯的刑警等等。即便如此，也已經足以令曾杋這診室每天門庭若市，應接不暇。

「總而言之，」曾杋在手中攤開一個筆記本，隨手在上面寫了些什麼，「連續幾天晚上，你都做了一個內容相同的噩夢，對吧？」

「不是連續幾天晚上，」我較真地說，「差不多是隔天晚上，有時候隔兩天也說不定。」

畢竟不管多忙的人都要吃飯。曾杋與我年紀相仿，又同在一個單位工作，彼此間私交還算不錯。今天恰好在食堂裡碰上，於是便在一起吃了午飯，餐桌上的閒聊之中，無意間又談到了昨晚上做的怪夢。我原本以為無非只會引來一陣嘲笑，沒想到心理醫生竟顯出十分感興趣的樣子，連水果也不吃，徑直把我拉到了他的辦公室裡來。

「那麼，」曾杋完全無視我的糾正，「咱們就來談談這個夢的內容吧，把你所記得的所有細節，儘量詳細地描述一遍。噢，對了，先把你的手機關上。」

「啊？為什麼？」

「這可算是一次正式的心理診斷，必須在沒有外界干擾的前提下進行。」

「那我調成震動不就好了？」

「不行，必須徹底關機。」

「別開玩笑了，在這種節骨眼兒上，萬一有緊要事找我怎麼辦？」

「不會佔用你多少時間的。」曾杋不容置疑地說。「何況，楊恪平，這可是為了你自己的精神健康著想啊。如果不是考慮到現在這個案件可能對你造成一些影響，我才沒有這工夫來多管閒事呢。你現在算是我的病人，可別太不識好歹了。」

我屈服了。於是不情願地掏出手機，在按下關機鍵的瞬間，突然有一種即將會有來電的不祥預感。我連忙暗自祈禱那不要成真，但心頭的陰霾卻仍然揮之不去。

「很好。」曾杋滿意地點著頭，「那麼，首先請描述一下夢裡的場景，記住要盡可能地回憶更多細節。雖然吃飯的時候我已經聽你講過一遍夢的內容，但那不能算正式的診斷進程。」

「是不是我還得躺下來，那樣才夠正式？」我陰陽怪氣地說。

「我倒認為沒有這個必要，」不知道這傢伙是過於遲鈍，以至於沒聽出來我話裡嘲諷的意味，還是只是在故意裝傻，「不過要是你覺得躺著更舒服的話，那躺下來也無妨。」

那一本正經的樣子讓人感到哭笑不得。我放棄了爭辯，默默開始回憶，讓夢裡的畫面再次在腦海中重現。

「我夢見了自己小時候的家——我是指，我家那幢大樓的樓梯間。那是一幢九層高的老式居民樓，每層樓梯分成兩段，每段十級台階，中間是一個拐角，拐角的平台上有朝向外面的柵欄……哦，一開始我是在樓外，然後才走進了樓梯間。」

「不錯，」曾枘誇獎道，「記得很清楚嘛。」

「畢竟這夢已經做過好幾遍了。」

「說的也是。我有一個問題——你說是『小時候的家』，準確地說，你住在那座大樓裡，具體是在什麼時候？

「具體嗎……我四歲的時候，我家就搬到那個房子裡去了，那是一九八二年。然後一九九六年我上了大學，便搬來了這邊市裡，之後就沒有在老家住了。」

「那平均來說，也幾乎是二十年前的事情了。」

「是的。」

「後來，你還經常回去那裡嗎？」

我認真地想了想，然後搖搖頭。

「只是大學的時候還回去過幾次吧。差不多十年前，我父母就把那個房子賣掉了，也就沒有再回去的理由吧。」

「嗯。那麼，在夢裡的你是什麼樣子的？我的意思是，夢裡的你就是現在的你嗎？還是小時候的你？」

我不由得愣住了——這麼一說，我還從來沒考慮過這個問題。在夢中，我相當肯定的認為，我仍然住在那座居民樓裡。但除此以外，無論是記憶、知識或是思維方式，似乎都與現在成人的自己無異。我清楚地記得，在夢裡走上四樓的時候還曾經想到過，如果是新建的大樓，也許便不會編排四樓了。這當然是只有經歷了商品房時代的這個「現在的我」，才有可能想到的。

我直接說出了這些情況以及自己的想法。曾杋點點頭，大抵是表示同意，然後在筆記本上記錄了下來。

「好，請繼續。」

我自然只能遵命。曾杋一絲不苟地聆聽，不時作一些筆記，但大部分時間則是直勾勾地盯著我的眼睛。除了偶爾給出一些指示之外，完全是一言不發，其專注的樣子令我不由得有些慌張。

事實上，這只是一個關於上樓梯的噩夢，粗略估計，也就是差不多十五分鐘的事情。我曾經在網上讀到過一篇科普文章，大意是人類在做夢時的思維是跳躍式的，所以在夢裡感到經過了的時間，大約是實際做夢的時間的二十倍左右。這麼算來，我其實只不過做了短短幾十秒的夢，但此刻卻用了將近一個小時才講完。因為口乾舌燥，我端起面前的咖啡一飲而盡，已經徹底涼掉了。

平心而論，這咖啡並不怎麼好喝。

在再次確認我沒有別的補充了以後，曾杋把筆記本翻了一頁。「下面，我將會進行一系列與你相關的陳述。對於我所說的每一句話，請依照你同意的程度打分，五分代表完全同意，零分則代表完全不同意。」

他刻意停頓了一下，然後道：「你已經明白這個打分規則了。」

「五分。」我立即敏銳地回答。

「非常好。」曾枫笑道，「最近一個月以來，你總是感到疲倦。」
「三分。」
「你認為，你從事的工作具有重大意義。」
「五分。」
「昨天入睡之前，你度過了一個愉快的晚上。」
「三……不，四分吧。」腦海中突然浮現出甘芸那充滿青春活力的身體，讓我不由得提高了分數。
「對你來說，工作是一件有趣的事情。」
「嗯……三分。」
接下來曾枫又說了一些在我看來是毫無關聯的事情。大概是只為了建立參考坐標系，我如此猜測。
「你夢見的大樓，完全反映了現實中那幢大樓的樣子。」
「五分。」
「每次做這個夢的時候，夢的進程是完全一樣的。」
「……四分。」猶豫之後扣掉了一分。昨天晚上在夢裡，似乎隱約記得之前便做過一樣的夢。那樣的話，應該算不上是「完全一樣」吧。
「對於鬼怪一類的東西，你感到十分害怕。」
我笑了，彷彿是個惡作劇被發現的孩子。
「五分。」

令我驚訝的是，曾枂竟然並不顯得驚訝。他合上了筆記本，隨手扔到了茶几上。

「這算是結束了？」我試探著問。

「是啊，必要的信息已經收集完了。」

「那，結論呢？為什麼我會連續做那樣奇怪的夢？」

「別著急，我有一個好消息和一個不算太好的消息，你願意先聽哪個？」

我感到心跳正在不自覺地加速。「那就先說壞消息好了。」即使試圖迴避，壞事也不會就自己乖乖消失不見了。

「不是壞消息，我說的是『不算太好的消息』。」

「隨便吧，就是它了。」在我看來，即使換一種說法，也沒有本質的區別。

「好吧。從你描述的這些現象來看，我認為你大概存在某種程度的心理陰影，這是由於童年時期受到持續驚嚇造成的。」

「童年時期的驚嚇，是指我家的樓梯嗎？」

「不錯。每次當你經過這段樓梯的時候，都會由於恐懼導致精神緊張。久而久之，就會在心理上產生難以磨滅的影響，對於心智發育不成熟的兒童來說尤其容易。事實上，在夢的前半部分，你在夢中的想法，便是你童年時心理狀態的一種映射。一般來說，已經二十年沒有去過的地方，記憶多少都會產生模糊或偏差，但你卻在夢裡重現得極為精確，而且細節程度高得驚人。這說明你對這個地方有著非常深刻的印象。」

他說的沒錯。小時候每次單獨上樓梯，我都是硬著頭皮一股勁兒地跑過去的，直到五樓變亮了才慢慢走——與夢中的情景如出一轍。不過要說這樣就會造成心理陰影，也未免顯得過分脆弱了吧。

「幾乎每個人小時候都會怕黑，」我說，「那豈不是都會落下心理陰影了？」

「嗯，可是每個人的承受能力卻是不一樣的，同一個人對於不同類型驚嚇的承受能力也不一樣。相信你自己也已經意識到了，你對來源於鬼怪的恐怖，心理承受能力恰好是比較弱的——不需要覺得難為情，有心理學理論認為，怕鬼的人往往擁有豐富的想像力，他們害怕的其實是自己溢出的部分想像力而已。另外，你說的也對，的確幾乎每個人都會有這樣或那樣的心理陰影，只是大部分人都不會出現具體的症狀罷了。」

「那為什麼偏偏出現在我身上呢？」

「一般都是由於某種誘因，工作壓力是最常見的一種。我認為，你的情況也是如此。」

「不可能，」我果斷地搖搖頭，「我根本沒覺得工作有什麼壓力。」

「壓力有時候並不容易被感知得到。但我是警察心理治療師，來我這兒的病人，超過一半都存在工作壓力過大的問題。所以，我設計了一個測試。」

「那我現在是要做這個測試嗎？」我無奈地說。

「不不，」曾杋伸出右手食指擺了擺，笑道，「測試的結果已經出來了。」

「什麼時候的事？」我奇道。難道那個打分的什麼玩意兒就算是測試了嗎？

「就在你剛剛坐下的時候。這個房間的裝飾、窗外公園的風景，還有你現在坐著的這張沙發，都是測試用的道具哦。」

我驚愕地張大了嘴。

「說穿了其實很簡單。」曾杋不無得意地說，「一桌豐盛美味的飯菜，放在一個吃飽了的人面前，他並不會有什麼感覺；但假如把這桌飯菜放到一個飢腸轆轆的人面前，卻無疑會令他感激涕零了！同樣的道理，工作生活壓力越大的人，對平靜的需求也越迫切。因此這個房間刻意營造的這種寧靜平和的氣氛，就是最好的壓力測試工具——實踐表明，這個小把戲出奇地有效。至於剛才你進來的時候是什麼樣的感覺，相信不用我多說了吧！」

我啞口無言。莫非我真的承受著無法承受的壓力，自己卻不知道嗎？

「總而言之，」曾杋又道，「以你目前的情況，暫時來說不至於造成什麼危害，但一定要給予足夠重視。假如症狀進一步加深——比如說，同樣的夢不斷出現，甚至出現的頻率提高；又或者產生其他症狀，例如幻視幻聽等等，就必須採取治療手段了。」

「如果……」我舔舔發乾的嘴唇，「如果真是那樣的話，需要怎麼治療？」

「主要還是精神放鬆——我會建議你休一段時間的假，做一些不同的事情，有必要的話也可以配合少量藥物。只要誘因不存在了，症狀也自然就會消失。」

「但是你剛才說的什麼心理陰影還是在那裡的，沒有辦法徹底消除嗎？」

「倒不能說完全沒有辦法，但會很困難，也不能保證成功。你夢裡的這幢大樓，現在還在那兒嗎？」

「據我所知應該還在。」老家算不上什麼大城市，九層的居民樓大概不會說拆就拆的。

「那樣的話，一個辦法就是你再次回到那個樓梯間。自然，二十年後你會對其產生全新的認識，這樣或許能減弱你心目中原來的恐怖印象也說不定……無論如何，我並不建議你這麼做。畢竟就像我剛才所說，心理陰影是每個人都會有的，關鍵還是消除誘因。」

我知趣地點點頭，但不知道為什麼，心裡卻並不信服。

「剛才說，還有個好消息？」

「這個麼，之前我擔心的情況並沒有出現，這算是很好的消息了——老實說，我本來懷疑你的問題要棘手得多。不過，現在咱們可以大致認為，你做噩夢與那個案件並沒有明顯的直接聯繫。當然由於與案件的密切接觸，你不可避免地受到一定程度的刺激，很可能也構成了引發連續噩夢的部分誘因。但這種刺激僅是淺層次的，除了導致壓力增大以外，不會造成其他任何不良影響。」

「這是怎麼判斷出來的？有什麼根據呢？」

「唔，理論解釋起來比較複雜，咱們用一個比較容易理解的方式來說明好了。人們通常認為，夢是現實在潛意識裡的映射，即俗話說的『日有所思，夜有所夢』。就你的這個夢而言，可以說從頭到尾都只是你的獨角戲，你沒有看見甚至聽見其他人的存在，對吧？」

「是啊。」我回想起，夢中突然意識到自己是完全孤單的剎那，竟有種悵然若失的感覺。

「也就是說，雖然是一個恐怖的噩夢，但是夢裡並沒有出現擁有具體形象的鬼怪。」

「噢！」我恍然大悟。

「是的。如果你在案件中遭受了更加嚴重的刺激，那麼毫無疑問，一定會有具體的鬼怪形象映射到你做的夢裡。但事實上並沒有，所以有理由相信，即使你受到了一定程度的刺激，也只不過是淺層次的而已。」

我心悅誠服，這話聽起來很有道理。

「那就是說，」我小心翼翼地發問，「我不會有什麼問題了？」

「目前來說是這樣。不過我剛才也說過了，還是必須加以注意。如果晚上做噩夢的情況進一步惡化，或者是有其他症狀出現，必須及時向我報告。」

「明白了。」

「對了，還有一件事情……」

曾枫猶豫著欲言又止，像是在考慮應該如何措辭。對於這個通常口若懸河的傢伙來說，這是很少見的。

「關於你的這個夢，還有一件事，讓我覺得有些奇怪。夢是由潛意識控制的，而邏輯則是屬於意識的範疇。因此，人們在清醒時所接受的普遍邏輯，在夢中卻很可能被忽略，或是被扭曲甚至顛倒地反映出來。所以有時候我們會遇到這樣的情形：現實中百思不得其解的某個問題，在夢裡竟然輕而易舉的就解決了，但醒來以後卻會發現，夢中的解答其實壓根兒就不合理。」

我點頭同意，以前的確曾經有過類似的體會。

「但是，在你的夢裡，卻連續在好幾個地方出現了與現實世界相同的邏輯。甚至可以說，這個夢之所以能稱之為『噩夢』，正是由於你在夢中進行了一次關鍵的邏輯推理。」

「什麼意思？」我沒理解曾枫的話。

「試想一下，假如不是你在夢裡停下來計算大樓的高度的話，這個夢將會怎麼發展？大概就是你在無意識的狀態下一直爬樓梯，然後夢境逐漸變得模糊，最終緩緩醒來吧——事實上，這樣才更符合夢的特質。至於後來關於光和影子方向的推理，在我看來，簡直可以說是匪夷所思了。」

「那會意味著什麼呢？」

「我也不知道，」曾杋不負責任地聳聳肩，「這恐怕已經超越了我的知識範圍。要從心理學的角度來給出合理的解釋，除非說，這種事情以前曾在現實中發生過——也就是說，映射到夢裡的是『記憶』而不是『邏輯』——但這顯然不可能。」

「嗯……」

「又或者，」曾杋換上了一副開玩笑的表情，「這意味著接下來，你會有驚人的發現也不一定哦……」

「砰砰砰！」房間的一側，突然傳來了巨大而急促的敲門聲，硬生生地打斷了心理醫生的話。事實上，說敲門其實未免過於客氣了，門背後的人似乎正掄圓了拳頭，狠狠地砸在門上。

曾杋不禁頓時皺起了眉。毫無疑問，他這扇門從來沒有遭受過如此粗暴的對待。

「砰砰砰！」

曾杋快步走過去開了門，一個沒穿制服的傢伙隨即跌跌撞撞地闖了進來。

「大夫！」他叫喚著。

這時我已看清了來人的相貌，心登時便沉了半截。這冒失的小子姓何名豐，是個菜鳥新人刑警，給我的印象是個並不怎麼靠譜的傢伙。何豐屬於主管暴力犯罪案件的刑偵一科，在調查需要的情況下也可以穿著便衣。

「屍體……」菜鳥刑警氣喘吁吁地喊著，「發現……新的屍體了！」

果然，怕什麼偏偏就來什麼。

「是女性嗎？」我騰地站起，朝大門走去。

小何點點頭，立即又搖搖頭。

「應該是吧……鄭隊已經帶隊到現場去了，不……不過好像還沒有確認……」

鄭隊就是鄭宗南，刑偵一科的頭兒，是一名經驗豐富的老刑警了。怎麼會連屍體是男是女都確認不了？我暗暗咒罵這群糊塗蟲。

「現場在哪裡？」我拿起掛在門邊的白大褂，匆匆套上半邊袖子，跟在小何身後走到了外面。

# 第三章　謀殺案

「就在觀月酒店後面的一條小巷子裡，」何豐答道，「離咱們這兒很近。」

觀月酒店位於花園大道的北側，與市公安局之間僅相隔了一個中央公園。假如從直升飛機上俯瞰下來，這將是一條涇渭分明的分界線：觀月酒店、右關百貨大樓、新唐廣場，以及數幢高聳入雲的高級寫字樓彷彿一排莊嚴的衛兵，把背後一堆堆低矮破爛的舊房子牢牢地擋在了視野之外。於是從花園大道這邊看來，寬廣的馬路兩旁便純粹是一派欣欣向榮的都市景象。

而在繁華背後，橫七豎八的大街小巷構成了未經改造的老城區，宛如一張錯綜複雜的蜘蛛網。老城區原來的居民們，大都搬到了像我家那樣的新式小區，遺留下來的舊房子，多數便出租用作這邊酒店和商場服務人員的宿舍。這座城市的規劃者們認為，直接在一無所有的市郊建造新城區，再分別修築連接市中心和新區的地鐵和高速公路，也遠遠要比費力氣去改造老城區來得容易。

這張模樣醜惡的網，現在已經捕獲了它的犧牲品。

「我先回辦公室一趟。你到樓下停車場等我，搞清楚開車的路線，待會兒你來帶路。」我對小何作出指示，「另外給鄭隊打個電話，說我們五分鐘左右就到。」

「開車？什麼車？」菜鳥刑警的眼神中寫明了困惑，那遲鈍的樣子簡直讓我有朝他臉上來一拳的衝動。這小子到底是怎麼通過警察學校的畢業考試的？

「廢話！」我提高了聲音，尖刻地說，「不開車，難道你準備把屍體背回來嗎？」

只要是法醫前往凶案現場，無論距離遠近，都必定會安排特殊車輛隨行，因為需要將屍體運回作司法解剖。作為一名主要負責殺人案件的刑警，卻連這點兒常識都沒有，實在叫我忍無可忍。

被這麼劈頭蓋腦地訓了一頓，小何的臉漲得通紅，越發顯得怯懦了。我不再管他，徑直走到電梯旁按動了下行的按鈕。作為市公安局的首席法醫，某些時候我必須展示出與肩膀上的警銜相稱的威嚴。

其中一台電梯原本就停在這一層，大概是小何剛剛乘坐上來的，門立即便打開了。我走進電梯廂，小何這才如夢初醒，趕在門關上之前也擠了進來。

「那個……楊大夫，」菜鳥刑警囁嚅道，「您……您不必到現場去了。鄭隊認為那兒只是兇手的棄屍地點，屍體也已經運回來了，現在停放在您的辦公室裡。」

「怎麼不早說！」我狠狠瞪了他一眼。

電梯抵達了地下二層。把停屍房設計在大樓的地下室，無疑是十分合理的，而出於工作便利的考慮，讓法醫辦公室緊挨著停屍房也是理所當然的事情。然而在參觀過曾杋的工作環境以後，這個連窗戶都沒有一扇，無論是通風還是照明都必須依靠電力的地方，頓時變得令人難以忍受了。同樣是高級專業技術人員，待遇怎麼就那麼不公平呢？

走出電梯，辦公室的門前已經站了一個人。看到我終於出現，她本來陰沉的臉色一下子變得明亮起來了。

「哎呀！大夫，可總算把你給盼來了。」

「小安嗎？」我點頭致意，「妳為什麼沒去現場？」

在市公安局，安綺明是出名的美人，也是刑偵一科的唯一一位女性成員，其超過一米七的身高足以令不少男士汗顏。儘管算得上天生麗質，但她似乎從不著意打扮。此刻她身穿一件白色圓領T恤，上面印有奇怪的幾何圖案，下半身是洗舊了的緊身牛仔褲和名牌運動鞋，從遠處看頗像是個街頭少年。唯一不同的是，她在手裡把玩著的不是胡裡花哨的滑板，而是一副寒光閃閃的精鋼手銬。

「去了。」她的聲音低沉而富有磁性，「剛剛才跟小何一起，被鄭隊打發回來了。」

我瞥了旁邊的菜鳥刑警一眼，發現這小子正在聚精會神地盯著安綺明的胸部。豐滿婀娜的身段把T恤撐得緊繃，一小截內衣的吊帶從領口邊上露了出來，是誘人的海藍色。必須承認，在這個充斥著千篇一律的警察制服的地方，這是難能可貴的景致。

「發現什麼線索了嗎？」我隨口問了句，目的只是為了把注意力從她胸前高聳的部分移開。

安綺明抿著嘴唇搖搖頭。

「完全沒有！那裡只是棄屍地點，第一現場明顯是在別的地方。所以按鄭隊的意思，首先要弄清楚死者的性別和死因。萬一跟這個案件沒關係，就交給二科去辦。」

整個市公安局的上上下下，包括我本人在內，當前的首要任務都只有一個，那就是集中全力偵破眼下這樁以年輕女性為目標的惡性連續殺人案。作為局裡的骨幹力量，專案組當仁不讓地被設立在刑偵一科。局長大人幾乎每天都親自找鄭宗南了解調查進展，足可見上級對此案的重視程度。

已知的最初一起案件發生於大約兩個月前。那時元宵節剛剛過去，各大商場和公園仍然張燈結綵，正月的城市籠罩在一片歡樂祥和的氣氛之中。

二月二十一日早上七點，當大多數人還因為假期後遺症而蜷縮在被窩裡時，一對年屆七旬的退休夫婦卻一如既往，到城郊的晴霧山爬山鍛鍊。每個晴天的清晨，晴霧山都會被一股白茫茫的濃霧所覆蓋，這霧說來便來，一直盤桓至太陽高懸方才散去，於是得名。

那天的霧比平時更濃，簡直教人無法看清十步開外的地方。當然，兩位老人對此早已經見怪不怪——每天早晨在這兒爬山的習慣，他們已經堅持了超過十年。老太太甚至已經在琢磨著，回頭要趁著好天氣曬曬過冬的被子了。

兩人依照平時的路線，走到了芙蓉澗附近的一段盤山公路。老爺子的眼睛相對來說還比較好使，忽然發現前面的霧中，有一小塊地方要比別處顯得更白。他想起來了，這路旁有一株千年古槐樹，就跟黃山的迎客松似的，一條枝幹斜地伸出，橫亙在路面之上兩米多高的地方。為了保護這棵古樹，公路的兩頭還特意立起了限高門，以免橫伸的枝幹被往來的汽車撞斷。

莫非是附近的住戶貪圖一時方便，竟在古樹的橫枝上晾曬衣物？

老爺子退休前是林業局的工程師，生平最看不慣的就是破壞綠化的行為，當下不禁勃然變色。這一怒之下，全然忘記了附近根本沒有住戶的這個事實。

的確，橫枝上掛著一身白色的連衣裙，在半空中來回搖曳。只不過，這時連衣裙仍然穿在了一個女孩的身上。

一根小指粗細的麻繩，從樹枝上悠悠垂下，環在了女孩白皙的脖子上。

理所當然地，兩位老人立即便報了警。首先抵達現場的民警認為這是一起單純的自殺案件：從年齡看，女孩很可能是名大學生，而現在的大學生為了各種微不足道的理由輕生早已是屢見不鮮。而且，本市的大學城離晴霧山也只有兩站路的距離。

但那位可敬的老太太卻指出了一個顯而易見的疑點：如果女孩是上吊自殺的話，路上根本就沒有可以供她墊腳用的東西。

正是老太太的這句話把我和刑警們帶到了現場。

我到達晴霧山的時候，鄭宗南他們已經把那可憐的女孩從樹上解了下來。我立即著手檢查屍體的後頸，在那裡發現了明顯的繩子勒痕。

上吊自殺的死亡機制，在法醫學上被稱為「縊死」。無論在哪一所醫學院，教授在講到機械性窒息這一章的時候，都必然會重點強調如何區分「縊死」和「勒死」——其中最明顯而有效的方法，便是通過鑒別屍體頸部的勒痕。

縊死者是利用自身體重壓迫套在頸部的繩索，從而引致窒息死亡，因此勒痕只會出現在頸部與繩索接觸的部分，通常從喉部延伸至兩耳耳根，呈一個「Ｖ」字形。而勒死者由於繩索環頸一周或數周，因而頸部一整圈都會留下勒痕。

從女孩後頸的勒痕來看，毫無疑問，她並非上吊自盡，而是被勒死的。

當然，單單是勒死這一點，還不能就作為他殺的依據。結合繩子製造出來的力矩，人類也可以依靠自身的力量，通過自勒的方式成功自殺。但問題是，即使女孩是自勒而死，她顯然也不可能在死後把自己掛到樹上。

她是被人殺死的。

我著手檢查屍僵和屍斑，兩者的情況均表明，女孩的死亡時間為六到十個小時之前，也就是說，在二十日晚上十時到二十一日凌晨二時之間。

在女孩身上找不到可以證明她身份的東西。事實上，除了一件連衣裙，她並沒有穿著任何衣物。這讓我立刻懷疑她生前曾經遭到性侵犯。

鄭宗南把那個倒霉的民警罵了個狗血淋頭，然後像趕蒼蠅一般把他打發走了。不過，至少有一點或許他是對的：女孩很可能是一名大學生。於是，在我回局裡進行屍檢解剖的時候，一科的刑警們則分散到了大學城的各所高校去核實女孩的身份。

我的猜測很快就得到了證實。死者的陰道肌肉處於拉伸狀態，並且陰道內壁有輕微的擦傷，這證明她在死亡前曾發生性行為。這麼一來，基本已經可以認定兇手是男性。然而，從死者的陰道分泌物中並沒有發現精斑，這或許是因為兇手使用了避孕套的關係。

死者身上沒有明顯的傷痕，指甲沒有斷裂，指甲縫裡也沒有纖維、血跡或皮膚組織，顯示出她在死亡之前並未經過掙扎，這與之前勒殺的推斷相矛盾。直至解剖完畢，進行消化殘留物化驗的時候，我才找到了合理的解釋：死者曾服用了超過正常劑量的安眠藥，而且，在她的胃部還檢驗出了酒精。

此外，死者的身上異常地乾淨，連汗漬都沒有，簡直就像是死後才被徹底清潔了一遍。這讓我有一種不祥的預感，兇手似乎有相當的反偵察能力。

另一方面，刑警們在大學城的工作進展得異常順利。被害女孩的身份很快得到了初步確認，她名叫江美琳，今年十九歲，確實是某大學二年級的學生。

認屍工作被安排在第二天的上午進行。江美琳的班主任，還有與她同寢室的三個女生都來了，他們一致證實了死者的身份。女生們在停屍間裡就當場哭了。

「要是我們沒和她分開就好了。」一個戴眼鏡的女孩抽泣著說。

她之所以這麼說，是因為二十日那天，她們幾個一起到位於右關百貨大樓頂層的卡拉ＯＫ廳唱歌。之後，江美琳說想順便去逛一下街，但其他人不是覺得累了就是和男朋友有約會，便都直接回學校了。兇手之所以選擇江美琳下手，很難說跟她孤身一人沒有關係。然而，到底她是離開卡拉ＯＫ廳後，在市中心立即便被兇手盯上了，或是回到學校附近以後才遭到襲擊，卻仍不能確定。

在查看江美琳的遺物時，女生們異口同聲地指出，當天她穿的不是那條白色連衣裙。其中哭得最厲害的一個女孩堅持說，江美琳根本就沒有這麼一條裙子。

「琳琳說白色顯胖，她不可能會買白色的衣服的。」

遺憾的是，這句證詞在當時並沒有引起足夠的重視。

儘管兇手在晴霧山上的棄屍手法令人髮指，但在當時，警方只是單純地認為，兇手的目的僅在於偽造自殺的假象。誰也沒有預料到，江美琳一案只是這齣恐怖大片的序幕，而兩個星期後發生的第二起案件，才是正戲的開端。

在城西的雨竹區有一條燕花街。這是一條商店街，長約七八百米，寬不過五六米，雖然其貌不揚，卻頗有名聲在外。街道兩旁都是些不起眼的小店，絕大部分經營服裝，也有幾家賣些皮具飾品之類的。這些店鋪一般要到日上三竿才開始營業，而傍晚卻又早早關門。但即使是在工作日的白天，街上也永遠是熙熙攘攘，幾乎每家店都擠得水洩不通。

燕花街賣的東西只有一個特點，那就是便宜。在這座城市裡，有許多年輕人，懷有在他們這個年紀所特有的，對美的那種近乎執著的追求。然而，右關百貨大樓裡動輒幾百上千元的價格標籤，卻足以令他們望而卻步，至於匯聚了國外奢侈品牌旗艦店的新唐廣場，更是他們壓根兒就不敢想像的地方。對於他們來說，只有在燕花街的小店裡，才能讓自己的願望得到滿足。

在這裡，只要三十元便可以買到一條款式新潮的牛仔褲——同樣的錢，甚至無法在新唐廣場喝上一杯最便宜的咖啡。燕花街的老闆們都有著特殊的進貨渠道，從那些不知位於何處的山寨工廠裡，拉進來一個個充滿神奇的紙箱子。箱子裡的服裝自然不可能是什麼名牌，其質量多半也不敢恭維，但卻能讓一個從農村進城來打工的小姑娘，瞬間變得跟偶像劇裡的女主角有幾分相像。這些衣服，與其說是妝點了她們的容貌，還不如說是承載著她們努力要融入這座城市的夢想。

在燕花街中段有一家專賣女裝的店，淡紫色的招牌上寫著「可馨」兩個花體字。在臨街一面，除了狹窄的店門以外，便是一整面帶有維多利亞風格的玻璃櫥窗。這裡的老闆娘是位三十出頭的漂亮女人，每隔一兩週，她便從新進回來的貨物中精心挑選出時下流行的搭配，套到櫥窗裡的模特兒身上。這麼一來，路過的女孩往往情不自禁地駐足欣賞，然後卻忘記了，這些從塑膠模具中生產出來的模特兒，與自己的身材其實相距甚遠。

由於店面普遍狹小，因此在燕花街上，像「可馨」這樣擁有櫥窗的店少之又少。但街上往來的顧客，不管買不買東西，往往都會走進店裡去轉上一圈。也許，這是因為櫥窗中散發著優雅氣質的模特兒，會使他們產生一種是在花園大道購物的錯覺。

三月十三日是一個晴朗的週末。一大早，兩名在某個電子配件工廠打工的女孩興高采烈地來到了燕花街。她們來得真的很早，因為她們打算趁著洶湧的人流到來之前，儘快買到符合心理價位的新衣服。工廠每週休息一天，這就意味著，一個星期來所有的私人事務，都必須在這二十四小時內完成。要是把一整天都花在逛街購物之上，未免過於奢侈了。

這時候，姑娘們的心情很好，因為這天的一切都非常順利。從工廠宿舍出來，立刻便遇到了恰好進站的公車，之後換乘了兩條地鐵線，也幾乎完全不用等，車廂裡甚至還有許多空座。而從地鐵站出來，最後轉乘一趟公車時，那司機簡直就是在那兒專門等著她們的。

這麼一來，她們到達燕花街的時間，竟比原計劃提早了許多。還沒有到營業時間，兩旁的商店都放下了厚重的防盜閘簾。燕花街展現出其寧靜的一面：早晨的陽光將青石板照耀得熠熠生輝，映出無數躍動的灰塵。

女孩們走了一圈，只有「可馨」的店門是敞開著的，但很顯然，它也沒有開始營業。櫥窗內的射燈全都關著，裡面一片昏暗，模特兒也還沒有擺放到位。櫥窗左邊的模特兒算是勉強穿戴完畢，可腳上也沒有搭配上一雙合適的涼鞋。而右邊那個模特兒則乾脆是倒臥著的，戴著茶色假髮的頭被擰了下來，隨便扔在旁邊的地板上。

而且這模特兒那身寬袍大袖的套裙也忒難看了吧，一個女孩想道，大紅色的簡直就是件睡衣嘛！難道是最近流行起來的款式嗎？

於是她們走入店內——無論如何，總不會因為還沒正式開門，就把顧客給轟出來的。而且，假如能延續之前的好運氣的話，老闆娘看在是第一筆生意的份上，說不定還可以多砍點兒價呢。

鱗次櫛比的貨架上，各種式樣顏色的女裝上衣、連衣裙、短裙、熱褲、小夾克等等琳琅滿目，幾乎每一件都有讓人帶回家去的衝動。雖然，這種衝動最終將不得不受到價格標籤上數字的嚴格限制。

討價還價是燕花街的傳統，哪怕只差個兩三塊錢，那也是不可或缺的步驟。然而，談判中將涉及的另外一方，老闆娘此刻似乎並不在店內。從裝飾到一半的櫥窗來看，或許是臨時上廁所去了吧。

「要是拿上那條漆皮短裙就這麼走出去，大概也不會被人發現的吧。」

在這樣的邪惡念頭來得及考驗她們的道德底線之前，兩名女孩不約而同地被一股奇妙的腥味吸引住了。有點兒像是菜市場的那種腥味，似乎是從櫥窗那邊飄過來的。

從店內的角度來看，明亮的陽光從正面照入櫥窗，視野反而比室外清楚多了。櫥窗的側面貼著米黃色的牆紙，此刻卻沾了一塊深褐色的污跡，在維多利亞式的花紋上顯得十分突兀。污跡一路滲落到牆根，之後又沿著櫥窗的地板延伸。

在污跡的盡頭，女孩們看到的是「模特兒」那血肉模糊的脖子。

本來打算在三月十三日來燕花街買東西的人們要失望了。一直到這天晚上，兩側街口都被醒目的警戒線封鎖著，嚴禁無關人等入內。

這次，我是和刑警們一起前往現場的。在看到櫥窗裡屍體的狀況以後，他們立刻便對地板上那顆帶著茶色假髮的頭顱敬而遠之。於是我走上前去把它撿起來，手上卻分明傳來塑膠的質感。

如假包換，這是一個塑膠模特兒的頭部。

而倒臥在櫥窗中那具紅衣女屍的頭，卻從脖子上不翼而飛了。刑警們把整個「可罄」翻了個地朝天，人頭沒有找到，倒是把塑膠模特兒的剩餘部分給找了出來。我敢說，他們中的某些人因此而鬆了一口氣。

然而幾乎就在同一時刻，安綺明那女性所特有的，對時尚的敏銳觸覺，卻有了一個更加駭人聽聞的發現。

「喂，」由於壓抑不住語調裡的激動，她那低沉的聲音變得高亢，「你們來看看那個模特兒啊……」

我正半蹲在地上檢查屍體的僵硬情況，聞言不禁抬起頭來。安綺明就站在我身旁，微微顫抖著的手指向我身後——櫥窗左邊站著的那個模特兒。

我彆扭地回過頭去，頓時彷彿被一塊乾冰穿過了脊椎的椎管。

模特兒身上穿著的，是一襲極為眼熟的白色連衣裙。

江美琳命案中，被害人所穿著的同款衣物，在短短兩個星期後，又神秘地出現在另一起命案的現場。

後來清查發現，相同款式的連衣裙，在某個紙箱子裡還有好幾件存貨。

屍檢的結果徹底否定了巧合的可能性。兩起案件的手法極為相似：死亡時間都是發現屍體前一天的午夜左右；兩名死者生前都曾遭到性侵犯，然而陰道內沒有精斑；屍體上均沒有明顯外傷，而且被擦洗乾淨；致死原因均是窒息——紅衣女屍出現的肺氣腫和內臟瘀血現象說明了這一點。

不同之處在於，紅衣女屍的體內並未檢出安眠藥或酒精成分。假如被害人是清醒的話，被強姦或勒殺時，應當會因反抗而留下傷痕。關於這點，我向鄭宗南指出了另一種可能性，即被害人是由於受到外部打擊而失去意識——傷痕很可能位於頭部。或許正因為如此，所以兇手才割下並帶走了她的頭。

從屍體頸部不整齊的切口看，兇手使用的或許是鋸子。但我無法作出十分確定的判斷，畢竟肢解案並非每天都能碰到的，可供參考的資料十分有限。

至於死者的身份，雖然屍體缺少了頭部，但老闆娘一直沒有出現的這個事實，已經為警方提供了足夠合理的推論。鑒定科從「可馨」收銀台的抽屜把手等地方取得了一組指紋，與紅衣女屍的指紋相比對，結果二者完全吻合。

從店內的營業執照得知，老闆娘的名字叫沈馨。

兩週前，江美琳的舍友曾堅定不移地說過，她並沒有一條白色的連衣裙。

既然不是被害人的東西，那麼，連衣裙就很有可能是兇手買來或者偷來的。只要警方致力調查連衣裙的生產廠家，根據其銷售渠道，對每家有進貨的商店逐一排查，應當不難找到燕花街上的「可馨」。

假如是這樣的話，是否就能抓住兇手？退一步說，是否至少可以避免沈馨的慘死？沒有人願意去猜測那樣的可能性，在市公安局，這儼然已成了一個禁忌的話題。

鄭宗南他們並沒有放棄尋找屍體頭部的希望，然而始終是全無進展。

彷彿是老天爺對警察們的嘲笑，這個冬季的最後一場雪下得也是有心無力。轉眼間已是春暖花開，在天氣晴好的週末，到中央公園踏青的人明顯多起來了。人們在雉湖上划起出租的遊船，遠遠望去，猶如驚蟄後傾巢而出的螞蟻。

老吳平靜的日子也因此而變得忙碌起來。他在中央公園裡擔任租船管理員一職，已經差不多有二十年了。在此之前，他也曾經當過一段時間的貨車司機。相比之下，儘管現在的收入要少了一些，但對於患有慢性心臟病的人來說，這實在是一份再適合不過的工作，為此老吳時常懷有感恩之心。

中央公園的租船碼頭位於雉湖的一個灣角，有各種類型的休閒遊船以供遊人選擇。設計成白天鵝形狀的雙人腳踏船頗引人注目，要是不想消耗體力的話，也有帶發動機的高級摩托船。但真正受歡迎的，卻還是最普通的槳划木頭小艇，平實的價格只是一個因素，那種蕩起雙槳泛舟湖上的意境，才是它備受青睞的原因。

老吳每天的任務，就是負責把船隻交給到碼頭上來的遊客，然後在他們回來的時候再將船回收。當然，偶爾也會有些鮮廉寡恥的傢伙，因為把船划得遠了，又不願意駛回碼頭再走一段路，索性隨便就在湖邊某處登岸棄船而逃。這些人認為，他們因此放棄的押金，已給予了他們這麼做的權力。

在這種情況下，老吳則會繞上大半個雉湖，把被遺棄的船駛回碼頭。

四月四日便發生了這樣的事。一如既往，失蹤的是一艘木頭小艇——類似事件，從來沒在押金高昂的機動船身上出現過。當老吳在一處偏僻的湖岸附近找到它的時候，小艇正處於船底朝天的狀態。

似乎是小艇在湖裡打翻了——這可不是什麼稀奇的事——船上的人好容易游到岸上，於是也顧不得押金什麼的了。要是這樣的話，倒不應該過分指責。

老吳伸出隨身帶著的竹篙，三兩下便把小艇撥拉到了岸邊，然後扯動小艇上的纜繩，將它拖到岸上的草地上。待船裡的水全部流走以後，老吳蹲在船側，兩手把著小艇的船舷，準備一舉便將它翻過來。

對於老吳來說，這本是駕輕就熟的動作。然而他用力一掀之下，小艇卻只是略略抖了抖，船舷反而險些就砸在老吳的手背上。這木頭做的小艇，不知道什麼緣故，竟顯得出奇的沉重。

老吳不禁有些猶豫，這船，好像有什麼地方不對勁。

不遠處，有幾個路人恰巧看見了這一幕。其中有個熱心的青年，立即便跑過來幫忙。於是兩人合力之下，沒費多少力氣，便把小艇翻了過來。

卻聽那青年突然慘叫一聲，彷似瘋狗一般，手足並用地連滾帶爬了十幾米，又一下子癱軟在地，全身兀自顫抖不停。老吳則直勾勾倒在草地上，早已不省人事。

小艇的船艙內，一個渾身濕漉漉的女人長髮覆面，不見五官，身上纏繞著形狀猙獰的水草，兩條白森森的手臂往前伸出，彷彿隨時要朝人們撲來。

就在老吳被送往醫院搶救的同時，警方也抵達了現場，每個人都如臨大敵。

小何愣愣地蹲在離小艇七八步的地方，臉色煞白，嘴裡念念有詞。直到我湊上前去才聽清楚，這小子竟是在不斷重複三個詞：

「吊死鬼……無頭鬼……水鬼……」

鄭宗南忽然從我身後出現，二話不說便朝小何屁股上踹了一腳。

「你小子在這兒胡說八道什麼！」刑警隊長破口大罵，「還不快去給人錄口供！」

被稱為「水鬼」的女屍全身赤裸，被攔腰綁在小艇的座位上，屍體的背部緊貼船底。當小艇倒扣在湖中時，屍體的雙手由於重力自然下垂，之後形成屍僵。於是當小艇被翻過來後，便呈現出那種恐怖詭異的姿勢。

我首先準備查看屍體的口鼻，以判斷其是否溺死。但當我試圖撩開遮蓋屍體面部的頭髮時，卻有了意想不到的發現。

死者雖然是一名長髮的女性，但擋住她臉部的那些頭髮，卻並非長在她的頭上，而是用強力膠水粘在前額上的。而且，這些粘上去的頭髮不僅僅是二三十根而已，簡直——簡直就是一個人的全部頭髮。

現場屍檢並沒能找到什麼有價值的信息，我從雉湖取了一試管水樣，便吩咐工作人員將屍體運走。

其後屍體解剖的結果證明，被害人是溺死無誤。但是在死者體內，並未發現與雉湖水樣中相同類型的矽藻，也就是說，死者是先在其它水體中溺斃，然後才被移屍至雉湖的。

屍體與前兩起案件中的死者有著許多相似的特點，種種跡象表明，兇手是同一個人。稍有不同的是，死亡時間是在大約三十六小時以前，即兩天前的晚上。也就是說，這次兇手在行兇整整一天過後才進行棄屍——或許，這是由於粘貼頭髮花去了許多時間的關係。

此外值得注意的是，屍體的後頸處有兩點燒傷的痕跡，我認為，是由防身電擊槍造成的。某些型號的電擊槍能令人在一小段時間內失去意識，這便解釋了死者身上沒有掙扎痕跡的原因。

在進一步的問詢中，江美琳的同學證言，她生前習慣於隨身攜帶一支美國生產的高性能電擊槍——儘管這是不合法的。幾乎可以肯定，這支槍現在落到了兇手的手裡。

兩天後，有年齡相近的女性失蹤者的家屬前來認屍。確認死者名叫黎小娟，二十四歲，是一名普通公司職員。

隨後，鑒定科給出了一份令人髮指，但並算不上意料之外的報告：根據ＤＮＡ化驗結果，那些粘在黎小娟臉上的頭髮，正是屬於服裝店老闆娘沈馨的。

這三具女性屍體——除了沈馨的頭部仍然不知所蹤以外，現在就保存在隔壁停屍間的冷藏庫裡。

因此，假如新發現的這具屍體是男性，又或者並非死於他殺的話，那就是與連續殺人案沒有關係的另外一起案件了。但顯而易見，誰也沒對這種可能性抱有任何希望。事實上，除了那個變態的兇手以外，還有誰能把屍體弄得讓警察無法辨認性別呢？

「到底是個什麼情況？」我問。

「怎麼說呢……」安綺明躊躇道，「你還是自己看吧，屍體已經搬到病床上了……」

我知道，她指的是法醫辦公室裡那個不銹鋼的台子——當然了，那個東西正確的名字叫解剖台。不過，我理解她會說錯的原因。

我擰開辦公室的門，頓時，一股像是烤肉糊了的氣味鑽進了鼻孔。

原來如此。水接下來的是火，這應當說十分合理。

跟曾杋那兒相比，我這法醫辦公室可謂簡陋。一個大房間被透明的玻璃從中間隔開，靠門這邊是一般辦公區，擺放著辦公桌和電腦等；另外一邊則可稱為解剖區，安裝有兩張解剖台及其它應用設備。在最裡頭還有一扇通過密碼控制的鐵門，直接通往隔壁的停屍房。

此刻解剖區的無影燈已經打開，沒有死角的光線，照亮了解剖台上一堆焦黑的東西。

我走近解剖台，驚愕地發現焦屍的頭部同樣被整個切除了。

即使如此，法醫也是不會被輕易難倒的。不要說是殘缺不全的焦屍，就算是只剩下了骸骨，根據骨盆的特徵也很容易辨別死者的性別。更何況，這具屍體的外生殖器仍然可以辨認──恐怕，刑警們只是不敢仔細觀察罷了。

安綺明也走了過來，臉上帶著詢問的神情。

我衝她點點頭，只簡單地說了五個字：

「這回是女巫。」

# 第四章　漆黑的女巫

在我看來，這一系列案件的脈絡現在已經很清楚了。

正應了小何那時候的烏鴉嘴，兇手每次作案以後，都會刻意將被害人的遺體裝扮成某種鬼怪的樣子，然後棄置在容易被人發現的地方。在恐怖小說和電影作品中，白衣和紅衣是女鬼通常的裝扮——古代下葬用的壽衣就是白色，而相傳假使有人身穿紅衣而死的話，其怨氣便無法散去，死後將化為厲鬼。至於特地隱藏在船下的水鬼凶靈，已經把一個無辜的人嚇進了重症監護病房，自然更不必說。

雖然嚴格來說，女巫並不算是鬼怪，但恐怕兇手未必會拘泥於這種細節。至於動機方面，很明顯這傢伙存在嚴重的精神問題，因此也就無從談起。

「把女巫燒死我可以理解，」小安沉吟道，「幹嘛還要把頭切了呢？」

在中世紀的歐洲，人們普遍認為女巫是惡魔的化身，有不計其數的女性因此而被天主教會燒死。

「雖然絕大多數的女巫是被判火刑，但也有一部分是被斬首的。」我試圖解釋。「另外，這具屍體也並不是被燒死，而是在死亡以後才遭到焚燒的。妳看，頸部的切口也完全燒焦了，這說明兇手在放火之前，就已經把被害人的頭割下了。」

「那個……」小何插嘴道，「楊大夫，不好意思，我得先去跟鄭隊匯報一聲。屍檢報告就麻煩您了啊。」

我這才注意到這小子原來還站在那兒，話音剛落，便一溜煙地消失在門外。看樣子，他是無論如何也不願意再靠近這屍體一步了。

我轉向小安，她似乎並沒有要離開的意思。在殺人案件中，不時會有刑警希望參與到驗屍過程中來，就像生怕我會在報告中遺漏一些重要的信息似的。對我來說，只要對方不會當場嘔吐，我通常也不加阻攔。於是我翻出一副口罩和手術頭罩讓她戴上，然後自己也以身作則，以免屍體上的證據被飛濺的唾液或掉落的毛髮破壞。

這麼裝備起來以後，臉上就只有眼睛露在外面了。我不經意間與小安四目相接，她的眼中彷彿釋放著灼人的光芒。

去年的耶誕節平安夜，就在這同一間屋子裡，她的眼神也是同樣的熾熱。我不禁瞟了一眼身後那張空著的解剖台。

八年前，我進入市公安局工作，當時的法醫辦公室裡就已經有兩張解剖台了；後來搬入現在這座新大樓的時候，又一併從美國進口了兩張新的，具有自動排水抽風等等許多先進功能。安放兩張解剖台的原意，據我揣測，大概是為了方便進行傷口比對之類的檢驗。但在這些年間，連一次這樣的案例都沒有發生過。

另一方面，我感覺外面的無影燈光線更好一些，所以屍檢都是在外面的解剖台上進行。因此，靠裡面的這張解剖台就從來沒有被使用過。

或者應當說，並沒有按照它本來的用途來使用吧。至少，其穩定性令人十分滿意，即使是在承載著女刑警那連綿不斷的激情的時候，它也依舊穩如泰山。

假如這事讓局長大人知道了的話，毫無疑問，老頭子一定是要大發雷霆的了。光是想像他那個吹鬍子瞪眼的樣子，我總不禁在心裡暗暗發笑。無論如何，即使是局長大人也必須承認，在安綺明的熱情面前，沒有一個正常的男人能作出任何抵抗。

而我自然是個正常的男人。

那天我或許喝了些酒，已經不大記得事情是怎麼發生的了，反正那也不是重點。由於沒有採取安全措施，事後反而擔驚受怕了好一陣子。幸運的是，小安並沒有顯出任何的不同，唯一的變化在於，她對我的稱呼從此由「您」變成了「你」。

這當然只是極其微不足道的代價。

今天的安綺明同樣熱情不減，不過，這只是對於解剖台上的那具無頭焦屍而言。自從這一串殺人案件發生以來，小安無疑是一科的刑警中最為積極的一位，即使調查不斷受挫，也絲毫沒有氣餒的意思。然而，她的努力卻始終給我一種感覺，並非是單純的正義感使然，也不是身為女性而產生的同仇敵愾，而是——我不知道該如何形容——一種莫名的興奮狀態，就好像是遇上了火盆的飛蛾。

有時候我不禁懷疑，促成去年我們那不負責任的瘋狂一夜的，恐怕正是當時那段風平浪靜的日子。對小安來說，暴力犯罪案件似乎能帶來比情愛交歡更勝一籌的快感。

我一邊戴上手術用的乳膠手套，一邊試圖把那些擾人的雜念從腦裡排走。

這並不是我第一次處理焦屍。一般來說，假如發生了導致人員死亡的火災，都必須由法醫來進行驗屍。最基本的一項檢驗是屍體的氣管和肺部是否有吸入煙塵，以此判定死者在起火之後仍然活著，而不是遭人謀殺後，再縱火毀屍滅跡。

我以指尖按壓死者上臂的肌肉，又試著移動了一下其肘關節，以判斷屍體被火燒毀損的程度。這將直接決定我還能通過屍檢獲得多少信息。幸運的是，受到波及的似乎只是皮膚以及一部分脂肪，骨骼和內臟仍然完好無缺。

就在這時，右手無名指上突然傳來一陣刺痛，彷彿是摸到了某種鋒利的金屬。我條件反射地縮回了手，一看之下，薄如蟬翼的手套上已經劃破了一個洞，指尖上有一個米粒大小的劃口，由白轉紅，然後慢慢地滲出了一滴血珠。

「怎麼了？」小安關心地問。

「沒事兒，不小心把手劃了。」我邊說邊摘下手套，隨手扯了點兒棉花捏住，還好傷口很小，不到一分鐘血就止住了。

我俯下身來仔細觀察，發現屍體的左肩部有一截不自然的尖銳突起，約一釐米長，大概便是害我受傷的罪魁禍首。再三研究之下，發現那原來竟是一根變了形的項鍊，燒得通體漆黑，除了露在外面的這一小截以外，其餘部分都已經和屍體的皮肉粘在一起，肉眼幾乎看不出來。

我拿起一把手術鉗夾住突起的部分，一邊用棉簽蘸上生理鹽水，濕潤金屬的表面使之慢慢和皮肉分離，一邊小心翼翼地把項鍊抽取出來。這是一項亟需耐心的工作，倘若稍有不慎，屍體便會碎肉橫飛。

最終我把整個物件從屍體上拿下，放入旁邊一個不銹鋼托盤裡。由於火焰的高溫，它已經沒有了原來項鍊的模樣，只是一個參差不齊的金屬圈子，底部連著另一個形狀古怪的金屬塊。

「妳來看看這個。」我把不銹鋼托盤遞給小安。

「咦？」她舉案齊眉，「這個掛墜是……十字架嗎？」

我又一次見識了女人對首飾的敏感。經她這麼一說，底部的那個金屬塊的確像是一個扭曲了的十字架。

「有可能，」我點頭表示同意，「形狀很接近。」

「看起來像是被害人的遺物。」小安分析道。「你看，這根鏈子很細，大概是女性佩戴的。」

「別忘了，」我提醒道，「晴霧山那個大學生身上的連衣裙，不也是女性專用的嗎？」

「哦？那麼你是認為，項鍊也是兇手故意戴上去的？」

「我不是那個意思，說實話，我也判斷不出來。但有一點我能確定，屍體上沒有纖維燃燒產生的灰燼。也就是說，在火燒起來的時候，她身上是一絲不掛的。而且，那時候她的頭已經被切掉了，項鍊很容易就會從脖子上掉下來。兇手脫光了她的衣服，但卻特意留下了一條項鍊，這是為什麼？」

有時候，一次成功的肌膚之親，除了帶來當時感官上的愉悅以外，在事後還能大大降低兩個人之間的隔閡，因而可以肆無忌憚地談論各種話題。假如站在這裡的是其他刑警的話，我大概只會簡單地指出「死者身上沒有衣物」的事實。

小安思索了片刻，說道：

「假如兇手是刻意模仿天主教對女巫的火刑，為了加強宗教的印記，特地在被害人的屍體掛上十字架也不奇怪。另一種可能性則是，兇手是在看見被害人佩戴的十字架以後，才萌生出燒掉屍體的念頭。」

「嗯，的確如此。」我佩服地說。

「不管怎麼說，反正是重要的證物。只要能追查得到這條項鍊的來源，一定會得到有價值的信息。嗯，我倒希望是兇手專門買來的。」

「既然是這樣，現在就拿去鑒定科，試著把項鍊復原出來吧？如果妳盯緊了他們幹的話，說不定下班前就能有結果了。」

「呃，可是……」

小安似乎有些戀戀不捨，不知道是純粹關心這具屍體，還是也有一點兒我的原因在內。

「妳去吧，這裡放心交給我好了。而且接下來的場面會很噁心，如果妳還想留點兒胃口吃晚飯的話，我建議還是不要看的好。」

小安接受了我的建議。之前警方由於忽視了連衣裙上面的疑點，以致沒能及時破案，結果又因此枉死了三條人命，這一慘痛的教訓仍然歷歷在目。

我目送著她的背影離開，深深呼出一口氣。重新集中精神以後，我拿起一把手術刀，沿著屍體的鎖骨下方，在焦黑的皮肉上切開了一個口子。

跟預想的一樣，死者的氣管中並沒有灰塵，也沒有產生熱作用呼吸道綜合症，以此可以作為死後焚屍的證據。隨著切口的進一步拉開，腫脹的肺泡、右心房以及腎臟的瘀血，還有見於多處內臟粘膜的塔迪厄氏斑❷一一展現在眼前。這就說明了，死亡原因和之前的三名死者完全一致，是窒息。

接下來是進行死亡時間的推斷。由於屍體被焚燒的關係，通常的屍殭屍斑等證據均已被破壞殆盡，因此留給我的最好選擇就只有殘留的消化物了。算是運氣不錯，死者的胃裡充滿了幾乎未經消化的食物，這樣便可以將死亡時間限定在最後一次進食後的一個小時以內。如果是同一名兇手所為，考慮到其過往的作案特點，死者很可能是在昨天或前天晚飯後遭到殺害的。

我取了一些消化殘留物樣本。之後經過化驗，發現其中含有安眠藥的成分——這與江美琳一案的情況相同，但與沈馨和黎小娟的情況則不一樣。至於這是因為兇手厭倦了使用電擊槍，還是別的什麼原因，就只能留待刑警們去進一步破解。

殺人案件的屍檢工作，向來必須做得格外詳細。比方說，假如有一個後腦有明顯外傷的死者，懷疑是遭鈍器擊打致死。從理論上來說，只要鋸開顱骨，檢查顱內瘀血及大腦組織的損傷狀況等等，便可以完全確定死亡原因。但實際上，法醫還必須逐一檢查死者的肢體、內臟、血液等等，尋找一切因素在屍體上留下的各種痕跡，從而還原出死亡前後的全過程。一些並非直接與死亡相關的細節，往往卻隱藏著破案的關鍵。

但也有許多時候，連續數個小時的解剖檢驗，也無法換來任何振奮人心的結果，這對法醫來說已經是習以為常的事情了。不幸的是，今天便遇上了這樣的一種情形。與之前的三位被害人相同，死者的陰道內壁也有刮擦的痕跡，但沒有留下精斑。除此以外，屍檢可以說是一無所獲。

為了幫助之後確定死者身份，我對屍體進行了骨齡測定。通過X射線拍攝恥骨聯合面的形態，再在電腦軟體的輔助下進行比較推斷，最終得出死者的年齡為二十五週歲。由於個體

❷ Tardieu Spots，指因機械性窒息死亡的屍體內臟和粘膜下可見的瘀點樣出血。

差異的存在，加上我缺乏這方面的經驗，我認為誤差有可能達到五歲甚至更多。也就是說，這個資料幾乎不具備參考價值。

下午五點二十分，我完成了所有解剖和檢驗工作。把屍體送到停屍房冷藏後，我在電腦前坐下來，開始撰寫本次屍檢報告：

檢驗日期：二〇一一年四月十四日

姓名：（不明，身份未確定）
性別：女
年齡：（根據對恥骨聯合面骨齡測定）20至30週歲
死亡時間：（假定，根據消化物殘留）4月12日17時至4月13日24時
致死原因：窒息（疑為機械性窒息）

剛剛敲完了這幾個字，手機卻不合時宜地響了起來。螢幕上顯示著甘芸燦爛的笑臉，我按下了接聽鍵。

「忙嗎？」她聽起來心情不錯。

「呃……還好吧。」

「幾點鐘下班？我們公司旁邊新開了一家日本料理，壽司全部五折，看起來還不錯的樣子。咱們晚上去試一下吧？」

「我恐怕去不了，這邊還有事情呢。」
「什麼呀？不是說不忙的嗎？」
「不是啦，現在是有一點兒特殊情況。」
「啊……」我聽見電話那頭的甘芸倒吸了一口氣，然後明顯壓低了聲音，「是不是又……」
「妳先別問了，」我打斷了她，「手機說話不方便，回頭再慢慢告訴妳。」
「好吧，那你什麼時候能幹完？」
「不好說，估計也早不了。」
「那你晚飯怎麼辦？要不我先去吃，你出來的時候給我打個電話，我打包一點兒拿到你家去吧。」
我沒有給她家裡的備用鑰匙，一來是我比較在意個人的隱私，二來是我覺得我們的關係並沒有進展到那一步。
「還是算了吧，」我想了想說，「說不定妳要等很久。妳自己去吃好了，完了就早點兒回家，現在晚上不太安全。我到外面隨便吃一點就行。」
「我一個人去還有什麼意思？本來就是因為你愛吃壽司，才想著要去的啊！」
「那，要不我們改天再去？」
「可是，人家的開業優惠到明天就結束了……」
「那就明天去好了。」
「真的嗎？」

「嗯，一言為定，明天下班我去接妳。」
「好吧，那你也別弄得太晚了，記得要準時吃飯。」
「知道了。」

掛上電話，我試圖集中精力在屍檢報告上。但或許是因為昨天晚上沒有休息好的緣故，效率低得令人火大。寫出來的句子不是缺乏條理性，就是過於專業晦澀，刑警們根本不可能讀得明白。這樣來回修改了好幾遍，才總算拼湊了一篇差強人意的東西出來，由於屍檢本身就沒獲得什麼意義重大的信息，恐怕對鄭宗南他們也難以有什麼幫助。

我走出辦公室，鎖了門，在電梯前按下上行的呼喚按鈕，卻怎麼樣也無法把它點亮。一看時間，竟已將近晚上八點，在不見天日的地下室裡，時間總是趁人不注意而流逝得飛快。因為局裡絕大多數人都已經下班，電梯也停止了運行。我沒有其它辦法，只能穿過整座大樓，使用位於另一側的消防樓梯。

那樣的話，就必須穿過這條狹長的走廊。走廊上安裝著討厭的節能日光燈，發出一汪青慘慘的光線，直至消失在遠處的盡頭，這是因為那邊的樓梯間使用了聲控電燈的關係。毫無疑問，現在還留在這裡的，就只有我一個人了，孤獨的腳步聲在空蕩蕩的走廊裡迴響，四周猶如停屍房一般寂靜。

我走過一扇厚重的鐵門，對了，事實上這裡就是停屍房啊。或許應該說，現在這裡只有我一個活人才對。

地下二層除了法醫辦公室和停屍房以外，還有兩間用於臨時羈押嫌疑人的拘留室。為了防止嫌疑人自殘或銷毀證據，拘留室沒有通常意義上的門，取而代之的是比大拇指還粗的精鋼柵欄，活像動物園裡猛獸居住的籠子。籠子的一角設有便池，同樣沒有任何遮攔，要是有人使用的話，恐怕我在這層樓就呆不下去了。幸好這是堂堂市公安局，一般的小偷小摸或打架鬥毆，自然是沒有資格被扣押在這裡的，因此拘留室長年都是處於空空如也的狀態。

日光燈無法照亮拘留室的內部，鐵柵欄的影子匍匐在地上，接著融入朦朧的陰影中。我忍不住瞥向籠子深處，神經質地覺得或許有什麼東西潛伏在那裡，然而目不能及，裡面安靜得連一絲風都沒有。

靜謐的大樓，狹長的走廊，黑暗的房間。

一股涼氣悄無聲息地爬上脊樑，這樣的場景好像似曾相識。

「啊哈哈哈哈哈哈哈哈哈!!!」耳畔回蕩起一陣歇斯底里的狂笑。

「楊恪平，你也太沒用了吧！」一個男孩陰陽怪氣地叫道。

「嘻嘻……」好像還有女孩子忍俊不禁的聲音夾雜在裡頭。

眼前驀地浮現出那時候的畫面：我孤零零地站在一片小空地上，彎腰喘著粗氣，身上只穿了一條褲衩，屁股上還破了兩個大洞。四周佈滿了陰惻惻的傢伙，如同一群飢餓的殭屍，不懷好意地緩緩聚攏，把我團團圍在中間，無路可逃。

然後，他們像事先約好的一般，同時爆發出一陣震耳欲聾的怪叫。

在名目種類繁多的大學中，醫學院歷來是一個比較特殊的地方。無論在哪所醫學院的哪個年級，總會找到那麼兩三個窮極無聊的男生，喜歡玩一種膽量遊戲，大致的內容無非就是晚上獨自到墳地裡轉一圈，或者是在人體標本陳列室聞著福馬林的氣味過夜之類的。彷彿只要幹了此等壯舉，便可以彌補智商上的缺陷，儼然也能把自己當作合格的醫生了。

十幾年前，我還在醫學院念本科的時候，寢室的老三就是這麼一個傢伙。

當時，電影《午夜凶鈴》剛剛在日本上映。作為好事分子的老三自然不甘落後，從盜版光碟販子手裡搞來一張ＶＣＤ，是用手提攝像機翻拍的版本，圖像模糊不清，還能看到前排的觀眾在大銀幕前走過的影子。但對於窮學生來說，沒什麼是不能忍受的，於是鄰近幾個寢室的男生便都聚了過來，圍坐在老六的電腦前觀看。老六以學習需要為名，讓家裡給他配了一台ＩＢＭ的筆記本，這在當年可是了不得的東西。

我素有自知之明，當然不會去湊這個熱鬧。但周圍的人談論得熱火朝天，因此對電影的劇情還是多少有些耳聞，大意就是一卷被詛咒了的錄影帶，每當播放的時候，鬼就從電視機裡面爬出來殺人。哦，還有那個女鬼的名字叫做貞子。

那天夜裡，我像平常一樣到水房裡洗漱。宿舍每天晚上十一點準時熄燈，之後立即便會有一大幫光著膀子，渾身散發著汗臭和煙味的好漢湧進水房。我不喜歡和人擠在一起，以及被旁邊哥們兒吐出的漱口水濺到身上的感覺，所以總是提早一點兒過來。

我刷完牙，從水房裡出來的時候，樓道裡已是漆黑一片。兩旁寢室的門大都敞開著，奇怪的是，卻看不到拿著毛巾臉盆魚貫而出的傢伙。

我不明就裡地回到自己的寢室，正準備上床睡覺，忽然察覺了不對勁的地方。

黑暗中，寢室裡的其他人全都不見了。

在我出門之前，除了每天晚上的例行公事，在樓底下和女朋友卿卿我我依依不捨一番的老大以外，每個人都還在。顯而易見，他們不可能是去了水房，否則的話，一定會和我在樓道裡碰上。

難道說，又有女生沒拉窗簾就換衣服，所以這群色狼都擠到對面寢室偷窺去了？

這有可能，因為從我們自己寢室的窗戶，是看不到女生宿舍樓的。

對面寢室的門是開著的，我直接便闖了進去，然而我們屋的那些傢伙根本沒在。不光如此，原本住在對門的那幾個哥們兒，現在也一個都不見了。

這太不可思議了！我感到額頭上一顆水珠滑落，不知道是洗臉的時候沒有擦乾，還是剛剛才冒出來的冷汗。

就在這時，我聽到了一些聲音，是從我的寢室裡傳來的。

我猛然回頭，並沒有看見我的室友們。但原本烏燈瞎火的房間中央，現在赫然出現了一方光亮，聲音正是從那兒傳出來的。我認出來那是老六的ＩＢＭ筆記本，而且十分確信，不到一分鐘前它還是關著的。

螢幕上顯示著一個奇怪的畫面，好像是一口井。

好像響起了電話鈴聲。畫面切換，變成了一個長髮的女子，她緩緩轉過頭，向著螢幕以外的世界伸出一隻手來。

「有鬼啊——」

我一邊像瘋了一般朝樓外狂奔，一邊撕心裂肺地喊著這三個字。

宿舍樓前是一塊小空地，我驚異地發現這裡聚集了許多人，他們大都躲在路燈直射不到的地方，肢體相互纏繞在一起，擺成了各種怪異的姿勢。

身後的男生宿舍突然響起一陣瘋狂的笑聲，我頓覺手足無措了。然而為時已晚，空地上人們的目光早已完全被這個只在腰間圍了一條破褲衩，並且作出了奇怪舉動的男生所吸引。

他們慢慢包圍過來，一個個帶著似笑非笑的詭異表情，老大和他女朋友的身影也在其中。

真相不難猜測。老三花了一個下午，動員附近的男生寢室協助這場惡作劇；與此同時，對電腦比較在行的老二則編寫了一個定時自動播放的程式。但他們始料未及的是，我在受到驚嚇以後竟會徑直衝出宿舍樓。

因為動靜鬧得比較大，驚動了宿舍的樓管，於是事情又被報告到了學校。老三倒也算夠義氣，主動承擔了所有罪名而沒讓其他人受到牽連，教導主任網開一面給他免去記過處分，只是在廣播裡作了全校通報批評。

當然，五分鐘後，就不會有任何人記得老三的名字了。

具有諷刺意味的是，我作為受害者雖然沒有受到任何懲罰，但卻從此成了學校裡的名人。由於這一事件，我在整個大學階段都沒有試圖去和女生交往。

我的報復在臨近畢業之際才姍姍來遲。當我宣佈將會攻讀法醫專業的研究生時，老三直接從雙層床的上鋪摔了下來，腳踝因此腫了好幾天。要是說，我當時沒有半點幸災樂禍的心情，那絕對是騙人的。

在許多人的概念中，怕鬼的人自然也會怕見死人，更不用說一天到晚在死人堆裡面打轉了。有趣的是，事實上並非如此。在英語裡，Necrophobia（屍體恐懼症）和Phasmophobia（鬼魂恐懼症）是截然不同的兩個單詞，前者有時又被稱作 Thanatophobia（死亡恐懼症），源於人類對自身死亡的恐懼；後者則僅限於超自然現象方面，有些人對ＵＦＯ和外星人的恐懼也可以劃歸此列。

我對這些理論也了解得並不透徹，曾枫大概能作更為詳盡的解釋。心理醫生無疑清楚二者之間的區別，因此對我身為法醫卻害怕鬼一事，並沒有感到十分驚訝。

就我自己的情形而言，當面對一具人類屍體時，即使是眼球暴突或是腸流遍地，也完全不會令我覺得可怕。恰恰相反，手術刀、肋骨剪、電動開顱鋸這些光聽名字就足以令一般人膽寒的東西，我拿在手裡卻有一種如魚得水的滿足感。就好比端起調色板的畫家，或是雙手在琴鍵上輕掃而過的鋼琴師一樣。

然而在深夜裡，孤身一人走過這條陰冷的走廊時，感覺就大不一樣了。我不自覺地加快了腳步，唯恐在某間拘留室的陰影裡，又將看見一台正在播放《午夜凶鈴》的筆記型電腦。走廊的盡頭又是令我頭皮發麻的樓梯。我像小時候一樣，邁開大步，一鼓作氣便衝了上去。不過，在走進一層的接待大廳之前，我已經重新調勻了呼吸。

「楊大夫，這麼晚了還沒回去？」接待大廳的警衛詫異地說。

「嗯，」我故作輕鬆地揮揮手，「有個報告必須要今天完成。」

「呀，您辛苦了。」

因為並非每個人都是心理醫生，一個怕鬼的法醫，在這個雄性激素嚴重過剩的地方，理所當然不可能得到任何信任。因此我向來十分注意，絕對不能讓旁人察覺一點兒蛛絲馬跡，考慮到對手都是金睛火眼的刑警們，這委實是件不容易的事情。

霎時間，我開始明白，自己一直沒有意識到的工作壓力的來源是什麼了。

停車場上所剩的車已經寥寥無幾，我徑直走向我那輛豐田 PRADO。啟動發動機之前，我下意識地調整了一下車內後視鏡，當眼神接觸到那黑黝黝的鏡子時，心中又忽然一凜，覺得會在後座突然蹦出個鬼來。

我駕車在中央大道掉頭，右轉駛入聖月西路，然後又拐進花園大道。璀璨的燈光在車窗外飛閃掠過，昭示著城市的夜晚才剛剛揭開帷幕。我駛入右關百貨大樓的停車場，在地下二層停好車後，乘坐直達電梯前往位於八樓的餐飲樓層。

我的目的地是一家叫做「夜路」的店，現代重金屬的裝修風格，兼營酒吧和餐廳。此時已經過了生物鐘設定的晚飯時間，我並不覺得怎麼餓，也沒有什麼欣賞美食的胃口。只是在工作告一段落後，假如不去找吳瞎子喝上一杯，便總覺得好像欠缺了點兒什麼。由於長期和一科的夥計們合作，這毛病也不知不覺地傳染到我身上來了。

吳瞎子是個有趣的傢伙，他不光是「夜路」的老闆，還親自在吧台作調酒師，手藝不同凡響。我想，他多半是姓吳，但卻從來不知道他的大名。這倒不怎麼要緊，反正外號是不會騙人的，吳瞎子的確是個如假包換的瞎子，從早到晚都戴著一副太陽鏡，毫不透光的鏡片讓人不禁聯想起老式的黑膠唱片。據說，店裡面有夥計看過他摘下眼鏡後的樣子，左右眼球均已整體摘除，只剩下兩道瘆人的疤痕。

我信步走進店內，吧台就設在靠近店門的位置，吳瞎子身穿熨得筆挺的襯衫和條紋西裝背心，正在來回擦拭著一個高腳杯。

大部分盲人都有超越常人的聽覺，聽見我走近的腳步聲，吳瞎子驟然停下了手裡的動作。他抬起頭來，漆黑的眼鏡正對著我所在的方向。

「歡迎光臨。」

與平日裡不同，吳瞎子的聲音顯得有氣無力的。

「老闆，生意好哇。」我隨口客套著。事實上在這個時間，吃晚飯的客人已經走得差不多了，而喝酒的客人還沒到來，店裡面顯得空蕩蕩的。L型的吧台旁大概有十幾個座位，此刻只有最裡面的角落坐了一位女性顧客，她的面前放著一杯喝了一半的馬丁尼。

「呵，原來是大夫啊。」吳瞎子咧嘴一笑，但笑容有些勉強。「有日子沒見了啊。喝點兒什麼嗎？」

「嗯，還是老樣兒吧。」

老樣兒的意思是指蘇格蘭威士忌加冰塊，醇香的金黃液體能給身體帶來愉快的放鬆，那正是我現在所需要的。儘管之後還要開車回家，但我清楚自己的酒量，只喝這一杯不會造成任何影響。至於路上的交警，顯然也不會來為難市局的上級警官。

「夜路」的吧台是經過特別設計的，每樣東西都擺放在固定的位置，因此吳瞎子雖然看不見，也能信手拈來。他拉過一個方形的酒杯，往裡面加入適量的冰塊，放在了我的面前。然後他抓起一個酒瓶，在手裡掂量了一下，準備倒酒。

這時我詫異地發現，那赫然竟是一個波旁威士忌的瓶子。

「等一下！」我一把按住吳瞎子準備倒酒的手。

吳瞎子驀地怔住了，臉上透露出誠惶誠恐的神情。被我的聲音吸引，角落裡的女人也把頭轉向了這邊，她的側臉乍看上去很熟悉。或許是有點兒像某個女明星吧，我想，在這個時代，美女的同質化本來便十分嚴重。

「哎呀，對不起。」吳瞎子終於意識到了錯誤，立即地把那瓶波旁收了回去，又從旁邊拿起了 CHIVAS 的瓶子。

我頓覺得有些無趣，本來是打算來找吳瞎子發發牢騷的，可是看他那心不在焉的樣子，今天明顯完全不在狀態。

一陣烤肉的香氣傳來，這讓我想起了，這裡的煎雞肉三明治也是一絕。我確實是答應過甘芸要好好吃晚飯的。

「我還是坐到裡面去好了。」我說著向吳瞎子舉起杯子，他對這個動作毫無反應，只是無精打采地點點頭，算是回答我的話。

我選了一張帶沙發座位的桌子，店裡的夥計強子招呼我坐下，我點了煎雞肉三明治和羅宋湯。強子今年過年的時候才剛滿十七歲，但已經在「夜路」裡幹了有一段時間，和我們這些常客也混得頗熟。

「你們老闆今天是怎麼回事？」我攔住他問道。

「哪止今天，這段時間一直都這樣呢，」強子壓低了聲音說，「聽說老闆家裡出事了。」

「啊？什麼事？」

「那我就不太清楚了。那個，楊大夫，您可別說是我說的啊。」

給我端來三明治的是另一名叫阿森的夥計，大概是強子那小子怕我繼續追問下去，所以刻意躲開了。

食物香氣的信號迅速傳遞至大腦，減少了胰高血糖素的分泌，被抑制的飢餓感又重新開始蔓延。輕咬一口三明治，包裹在雞肉內的汁液如決堤般湧出，浸潤了外層烤得恰到好處的麵包，配合著有機番茄和芥末醬，在舌尖上形成一股妙不可言的滋味。「夜路」的這道菜，最關鍵的秘訣在於其新鮮的用料，因此從來沒讓人失望過。

我狼吞虎嚥地嚼著三明治，忽然有一種被人注視的感覺。那目光似乎是來自吧台方向，我本來以為是吳瞎子，但隨即醒悟過來那是不可能的。囫圇吞下嘴裡的半塊雞肉，我抬頭一看，發現那喝馬丁尼的女人正目不轉睛地朝這邊望來。發現被我注意到了以後，她馬上把臉轉向了別處。

初次直面她的正臉，再次讓我產生了一種似曾相識的感覺。無論如何，她可算得上是個漂亮的女人，大概是在附近寫字樓工作的白領。烏亮的長髮燙成了大波浪捲，臉上化了淡妝，身穿一襲純黑色的套裙，彰顯出她苗條的身材。儘管我還是更欣賞像甘芸或小安那種豐滿而活力充沛的女孩，但在女人裙襬之下，交叉於吧台旁邊那雙曲線完美的小腿，同樣叫人浮想聯翩。

「夜路」既然是酒吧，自然就不乏那些目的在於尋找豔遇的顧客。老實說，假如這樣的女人走過來搭訕，那是很難把人家拒於千里之外的。

不過令我在意的是，我確定自己曾在什麼地方見過這個女人，卻無論如何也想不起來她是誰——說不定，她也是出於同樣的理由所以多看了我兩眼。我想，大概是很久以前的事情了，否則像這樣的女人，我應該是不會輕易忘掉的。

酒足飯飽後，我帶著遺憾離開了「夜路」，始終無法想起來女人的身份。我也考慮過直接過去問她，但最終還是打消了念頭，因為假如人家對我沒有印象的話，那只會被認為是個可悲的藉口罷了。

我乘電梯到地下停車場，發現 PRADO 被兩輛車緊緊夾在了中間，左邊的那輛奧迪尤為過分，幾乎是緊貼著我的車停住。車門只能拉開一個很小的角度，人根本不可能鑽進去。無計可施之下，我只好打開副駕駛一側的車門，跨過中控台和換檔杆進入駕駛艙。

我好不容易剛剛坐下，一個人影從車前方經過，定睛一看，竟然是剛才「夜路」裡的那個女人。

我忽然有了一個瘋狂的想法，假如開車一路跟蹤她回家的話，說不定能想起來這個女人究竟是誰。

PRADO 停的位置很好，是車輛駛離停車場的必經之路。於是我故意先不啟動發動機，就坐在那兒等她開車出來，心裡感到不可思議，自己怎麼會那麼在意她的事情。

十分鐘後，女人再次出現在擋風玻璃前，一邊還在東張西望。似乎她在停車場裡面逛了一圈，然後又繞回到了原點。

我按捺不住，折騰著從副駕駛一側下了車。

「找不著車了嗎？」我從越野車的陰影處跳出來。

女人下意識地向後退了一步，但並沒有露出受到驚嚇的表情。她與我對視了兩三秒，又瞟了一眼旁邊的 PRADO。

「酒後駕車可是違法的。」她緩緩道，聲音如同一杯微溫的威士忌。

「說我嗎？」我微笑著反詰，「妳自己呢？」馬丁尼可是由琴酒和苦艾酒調成的烈酒。

「我可沒有開車。」

「那妳到停車場來幹嘛？」

女人的回答讓我心花怒放。

「我是來找你的。」

「噢？找我有事嗎？」我竭力讓自己顯得矜持一些。

「嗯，這個給你。」

女人遞過來一張名片，我伸手接了，但那上面並非我想像的那樣是她的電話號碼，而是一個網址。

「這是什麼網站？」我奇道，「為什麼要給我這個？」

「因為，」她的話音依然平靜，卻猶如一道晴天霹靂，「你的身上……有問題。」

「什麼?!」

「你現在大概還沒有意識到，但不久之後也許你會需要我的幫助。假如是那樣的話，你只要到上面的網站留言，我就可以看到了。」

我幾乎就要認為，這又是老三安排的一齣惡作劇了。然而看見女人那認真的樣子，卻令我始終無法釋懷。

「喂！我到底有什麼問題，妳把話說清楚了！」

「該怎麼說呢……」她幽幽地看著我，眼神像是在看一隻無家可歸的流浪狗。

「在你身上，有不乾淨的東西。」

# 第五章　致命誘惑

冰冷的解剖台上躺著一具冰冷的女屍。

女屍是赤裸著的，在無影燈的照射下，潔白無瑕的軀體被包裹在一片神聖的光暈之中，宛若一尊白玉美人雕像。

精鋼製成的手術刀已經抵住了女屍的咽喉，然而我執刀的手卻在微微顫抖，始終無法用力割下那吹彈可破的肌膚，彷彿不忍心去破壞這件完美的藝術品。

我伸出另一隻手壓住女屍的胸部，希望藉此來減少手術刀的抖動。指尖頓時傳來一股柔軟而富有彈性的觸感，凝脂般的乳房在掌心裡不安分地遊走，就像是一對野性未馴的兔子，使我無法著力。

正當我不知所措的時候，女屍忽然睜開了眼睛。

她的瞳孔已經完全散大，猶如兩顆黑色鑽石，直勾勾地望向天花板，顯得說不出的香豔詭秘。像奶油般蒼白的嘴唇微微上翹，似笑非笑的表情卻格外撩人。

她抬起頭來，將那寒芒閃動的刀尖咬在了嘴裡。然後雙唇微張，舌尖抵著鋒銳無匹的刀刃緩緩滑過，卻沒留下絲毫傷痕。她從刀身舐至刀柄，接著又順勢滑上了我的手指。

我呆呆地鬆開了手，手術刀哐當一聲掉到了地上。

女屍翻身坐了起來，黑漆漆的眼珠轉到我的身上，臉上那淫靡的笑意更濃了。她輕舐雙唇，一絲水銀般的唾液掛在嘴角，挑逗著每根神經的原始欲望。她像體操運動員那樣舒展雙臂，優雅地向前圍攏，如蛇一般地攀上了我的脖子。我只覺渾身無法動彈，一雙冷冰冰的嘴唇瞬間貼上了我的唇，舌頭隨即互相糾纏在一起。

我的一隻手依然按在女屍的胸部，隨著她的身體緊貼上來，豐滿圓潤的乳房逐漸在我的掌中變形，她發出了如鶯啼般的一聲嚶嚀。

耳熟的聲音喚起了我的記憶。對了，懷中的女人根本不是什麼屍體，而是一科的刑警小安。把解剖台當成愛床真是一個絕妙的主意，在辦公室裡偷偷摸摸的結合，也平添了一種別樣的快感。

女人的身體變得緊繃起來，她輕輕地齧咬著我的下唇，雪白修長的雙腿已經盤到了我的背後。我也積極地給予她回應，一邊熱烈地吸吮她那有如蘭花般的舌尖，一邊伸手將她攔腰抱起。冰涼光滑的腰肢仿若楊柳一般纖細，隨著軀體有節奏的搖擺，一頭波浪般的秀髮在我手上來回掠過。

不，不對。小安明明是齊耳根的短髮，怎麼會落到腰際了呢？

無比高漲的情欲已經不允許我再進一步思考，我緊緊地擁著懷中那具魅惑的軀體，五感開始變得模糊起來。

我從雙人床上醒來，發現周圍空空如也，壓根兒就沒有什麼女人的影子。下體傳來一陣脹痛，我意識到自己正處於完全勃起的狀態。

原來竟是南柯一夢，我不由得重重地歎了一口氣，心中的失落難以言表。不過轉念一想，總算擺脫了那樓梯間的夢魘，倒也是件值得高興的事情。方才的夢境雖然匪夷所思，但與其說是噩夢，還不如說是美夢更加合適。顯而易見，這個夢並沒有讓曾杋知道的必要。

我重新閉上眼睛，渾身無力地癱臥在床上，戀戀不捨地回味著夢中種種旖旎風光。在解剖台上，女人睜開眼睛的樣子清晰地刻在了我的腦海裡——很明顯，那並不是小安的臉，可是我卻想不起來她是誰。婀娜多姿的身段正如一絡輕煙般逐漸消散，我想伸手去抱住她，卻只撲了個空。

黑暗中，從前交往過的女朋友，以及那些我曾經心儀的女孩，她們靚麗的容貌在眼前逐一浮現。女孩子們燕瘦環肥，每一個都十分美豔動人，然而卻不是夢中女郎的模樣。

最後我忽而明白過來，她就是之前在「夜路」裡遇見的那個女人。

「你身上有不乾淨的東西。」女人說完這句話便離開了。只剩下我像個白癡一樣佇立在原地乾笑，不自然的笑聲在停車場裡回蕩。

因為這未免也太荒謬了。

所謂「不乾淨的東西」只是一種含蓄的隱諱，換成直接的說法，那就是「鬼」。儘管我向來對各類恐怖作品都是避之則吉，但對「鬼上身」這一概念還是了解的。無論在小說還是電影裡，被鬼魂附身的人都會喪失本性，肉體按照附身靈魂的意志行動，而假如鬼魂由於某種原因離開了，被附身者又會恢復原本的意識，但通常對被附身期間的行為沒有記憶。從這一點上來看，倒和多重性格的臨床表現有異曲同工之處。

這麼一來便很清楚了，現在支配我這個身體的，毫無疑問就是楊恪平的意志。因此說我被鬼上身什麼的，純粹屬於無稽之談。

兩腿之間的那玩意兒依舊巍然聳立，甚至比平常和女孩子在一起的時候更加雄壯威武。早知如此，我懊悔地想著，傍晚的時候答應讓甘芸過來就好了。

我不打算通過自慰來解決問題，這並非出於什麼生理健康的理由，而是我覺得自己不能做好。以往幾次手淫的經驗，都是以包皮被磨得生痛，卻沒有獲得多少快感而告終。作為對人體構造極度熟悉的法醫，我實在無法對自己的右手產生性幻想。

然而下體也絲毫沒有要偃旗息鼓的意思，那脹痛的感覺極度難受。我跳下床，跑進浴室，把淋浴間的冷水水龍頭打開，一鼓作氣站到了蓮蓬頭下方。冰涼徹骨的冷水從頭頂澆注下來，熊熊欲火總算慢慢熄滅，神智也變得清明起來了。

耳畔傳來嗚咽的聲音，像是遠方嬰兒的夜啼，又像是女人悲傷欲絕的低泣。

只是空氣在水管中流動產生的響聲罷了，我強作鎮定地告訴自己。因為平時都是洗熱水澡，而熱水流經的是另一截水管，所以才會一直沒有注意到。

但這聽起來合情合理的解釋卻沒有獲得預期的效果。我的大腦迅速地想像出來一個鬼的樣子：它沒有臉，也沒有手和腳，半透明的頭髮和軀體懸浮在空中——不，與其說是想像，更應該說是感知，我無比確信，這個鬼就在我的頭頂上方，正不懷好意地窺探著我的一舉一動。

從蓮蓬頭中噴射而出的水滴打在我的眼睫毛上，額外的重量令眼瞼感到不適。但我拼命堅持著不眨眼，因為眼睛一旦閉上了，再睜開的時候，便會發現那個鬼已經不知不覺來到了眼前。

我關上水龍頭，低著頭退出淋浴間，用毛巾把身上的水珠擦乾。在擦頭髮的時候，必須注意著不能讓毛巾擋住自己的視線。當然了，也絕對不能去照鏡子，否則的話，鬼就會在鏡子裡從背後出現。

我連滾帶爬地逃離自己家的浴室，把滿屋子的電燈統統打開，房間裡頓時明亮得如同白晝。我呆望著客廳的沙發出了好一會兒神，驚慌的心情才逐漸平復下來。

真該讓她來好好看看這一幕，我心道。倘若我真被鬼魂附身了，即使不說可以出去嚇唬別人，也不至於被自己的胡思亂想嚇個半死。

一想起那個女人，胯下那好不容易才安分下來的玩意兒竟又有了蠢蠢欲動的跡象。我感到莫名其妙，之前與她近距離交談的時候，雖然也並非完全沒有被她吸引，但起碼不至於立刻產生明顯的生理反應。然而自從在夢裡出現以後，她卻猶如散發著一種魔力，哪怕只是一剎那間的閃念，也足以令人心蕩神馳。

我忽然想到了一種可能性，這個可怕的想法讓我彷彿墜入了一個無底的深淵。

這天的後半夜我睡得很不安穩，加上之前的疲勞以及酒精的影響，到了早上還是迷迷糊糊的。清晨時分下起了淅淅瀝瀝的小雨，氣溫也驟然回寒，我躲在厚厚的被子裡，依舊渾身發抖，感覺像是重新回到了冬天。

我比平時足足晚了一個小時起床，頭痛得有些暈眩，四肢就像灌了鉛一樣沉重。在廚房裡翻出來了半袋麵包和果醬，是甘芸在兩天前買的，就著開水吃完以後，感覺才好了一些。

早上的交通高峰已過，但雨天令本來便不怎麼順暢的道路變得更加濕滑難行，中央大道上堵起了不見頭尾的車龍，一些缺乏教養的白癡還在徒勞無功地摁著喇叭。我心不在焉地開著車，像蝸牛般慢吞吞地騰挪前行，倒也並不覺得煩躁。

回到局裡已經接近上午十一點，我走進辦公室，空氣中似乎還殘留著一絲焦糊的氣味。解剖台不愧是美國進口的高檔貨，經過自動清潔以後就如新的一樣，幾可鑒人。我來到通往停屍房的鐵門前，稍稍猶豫了一陣，在門邊的密碼盤上輸入了幾個數字，厚重的鐵門隨即向一旁打開。

停屍房共有兩個存放屍體的冰櫃，都是上中下三排，每排分別是兩個裝有獨立櫃門的冰格，因此最多可以同時存放十二具屍體。但由於最上面的一排位置過高，屍體存取時都必須有兩個人才能舉得起來，不僅十分麻煩，而且容易對遺體造成損害，因此除非必要，基本上都不會被使用。

我打開中間那排的其中一扇櫃門，按動開關，冰格底部的鋼板便連同上面的內容一起滑動而出。目前居住在這裡的是江美琳的遺體，可憐的少女被裝在尼龍編織的屍體袋裡，這種袋子質地頗為粗糙，實在委屈了她那嬌嫩的肌膚。

昨天晚上，我在「夜路」裡遇見了那個奇妙的女人，當時對她也並沒有任何非分之想。因此我只能假設，後來她在夢裡出現的時候，一定是有什麼特別的地方，才對我產生了如此強烈的誘惑。

我不費吹灰之力便找到了答案——事實上，這個特別之處顯而易見。

那就是，在夢的開頭，她是作為一具屍體出現的。

世界上存在這樣的人，他們對人類屍體往往表現出一種特殊的愛戀，處於屍體的周圍能令他們感到滿足。在極端的情況下，某些人會與屍體性交，從而獲得在正常性行為中無法得到的快感，甚至因此通過謀殺的手段來製造屍體。這種現象目前已經為醫學界所認知，學名被稱為戀屍癖，是一種嚴重的心理疾病。主流的觀點認為，這與患者潛意識中的支配欲望和死亡本能相關。

對於法醫來說，戀屍癖是徹頭徹尾的絕症。

不幸的是，由於長期與屍體接觸，法醫偏偏屬於最容易患上戀屍癖的人群之一。我在醫學院念研究生的時候，年逾花甲的老教授就曾經語重心長地告誡過我們這些菜鳥。但是告誡歸告誡，潛意識是主觀意志不能左右的，就像我可以告訴自己鬼怪都是子虛烏有的東西，但也無法抑制恐懼的情緒。

無論如何，對於這樣的情況我絕對不能坐視不理。不過，因為單純的懷疑便跑去找曾杋商量的話，也未免過於冒失了。在那之前，我必須作進一步的測試以作確認。

這應該不是什麼難事，恰巧，現在停屍房裡便有現成的測試對象。

之所以選擇江美琳來進行這個實驗，是因為相對來說，她的屍體遭受的毀壞較少，這樣得出來的測試結果也會準確一些。

我深深吸了一口氣，將屍體袋上的拉鍊拉開四分之一，少女的頭部隨即展現在日光燈下。她的臉上蒙上了一片薄薄的冰霜，宛如一層細篩的白糖。由於體內水分的流失，臉頰和眼窩顯得有些凹陷，但仍然無法掩蓋她生前的美麗。

我強迫自己盯著屍體的臉看了兩分鐘，發現沒有任何特別的感覺，當即便安心了不少。但為了謹慎起見，我再次把拉鍊拉下，使江美琳的胸部也在眼前一覽無遺。畢竟，夢中的女屍是裸體的，因此有必要進行測試，那種莫名的興奮是否與屍體的性器官有關。

脖子上絞索造成的勒痕，以及胸前解剖後縫合的傷口，一齊訴說著少女悲慘的命運。只要這案子一天還沒偵破，她的遺體就不能火化，按照目前調查的進度來看，恐怕她還得在這冰冷狹窄的格子裡住上一段時間。

江美琳的一雙乳房早已凍得堅硬如鐵，皮膚也已經失去了原有的光澤。除了一絲憐憫以外，我可以肯定自己對她不帶有任何情感。

也就是說，到目前為止的結果都是正面的。接下來，最後的一項測試是直接觸摸屍體的性器官。只要能夠做到這一點，應該就沒有什麼值得擔心的了。

我瞄準那硬邦邦的左乳，不情願地伸出右手。

在魔爪即將觸及少女的身體之際，一隻纖纖玉手卻悄無聲息地，突然從背後搭上了我的肩膀。

我像一個兔子那樣在地上蹦了起來，手臂不聽使喚地在空中劃著滑稽的圓圈。

「哎呀，嚇到你了嗎？不好意思……」一個女性的聲音說道。定睛一看，原來卻是安綺明，不知道從什麼時候起站在了我的身後。

我兀自驚魂未定，憑著本能的反應拉起尼龍袋的拉鍊，將少女的屍身遮蓋，又隨手拍下開關，目送著她回到那個冰冷漆黑的不銹鋼洞穴中去。

「怎麼啦？」小安看我沒有答應，「不會就嚇傻了吧？」

「這裡可是停屍房啊！冷不丁有人在背後拍妳一下，妳試試看？」我故作憤怒地抗議，顯出振振有詞的樣子，以掩飾自己的心虛。

「對不起，我看外面沒有人，這邊的門又開著，就自己進來了。」她眨了眨眼，「我還以為法醫是什麼都不怕的呢。」

法醫怕的東西多了去了，我心道，但脫口而出的卻是：

「找我有事嗎？」

「沒事來看看你不可以啊？我有那麼不受歡迎嗎？」

「那當然求之不得。」我半推半搡地帶小安離開停屍房，然後把鐵門關上。「不過，妳現在不是應該很忙的嗎？案子破了沒？」

「這倒還沒有，但已經取得了突破性進展。」

「真的？」

「你看這個。」小安說著把身體湊近，一陣野菊花般的體香鑽進我的鼻孔。

燈光下，我注意到她的脖子上有一個東西閃閃發亮。仔細一看，是一個小小的銅質十字架。

「這個，難道是……」

「是的，跟昨天你在被害人身上發現的那個是一模一樣的東西。」

「啊，妳是怎麼找到的？」

「昨天我不是按你說的，把十字架拿到鑒定科那邊去了嗎？結果進行還原以後，在十字架的背面發現刻有『聖月教堂』的字樣。於是今天一早我們就去找到了教堂的神父，確認他們曾經訂做了這樣一批十字架，用於分發給教區的信徒們。」小安得意地說，「你看，後來神父還送了我一個呢！」

「這麼說，死者是前往聖月教堂做禮拜的基督徒了？」如果是這樣的話，屍體確認工作也許會比我預料的要容易一些。

「那當然也是一種可能性。不過鄭隊的看法則是，兇手的下一個目標，才是跟聖月教堂有關的人。」

原來如此。那樣的話，就是跟「可馨」老闆娘一案的手法一樣，鄭宗南會這麼推測也不無道理。

「嗯。」我表示同意。「不過，妳到這兒來，不光是為了讓我看這個十字架的吧？」

「哦，對了，我們晚上一起吃飯，我是專門來邀請你的。」

「吃飯？有什麼值得慶祝的事情嗎？」

「不是慶祝，昨天小何那冒失鬼不是瞎闖了曾大夫的辦公室嗎？鄭隊說，要給人家賠個不是。」

「呵，沒想到現在老鄭也學會搞這一套了啊。」

「你畢竟也算是當事人之一，所以也一起去吧？」

「這個……」我猶疑不決。由於與一科的關係密切，他們的活動我本來就經常參加。只不過，昨天我便跟甘芸約定好了，今天晚上要和她去吃特價壽司的。

「怎麼了？」小安彷彿看穿了我的想法，「跟女朋友有約會嗎？那樣的話就算啦。」

然而我在考慮的卻是另外一個問題。

「老鄭有沒有說，打算去什麼地方吃？」我問。

「還能是哪裡？吳瞎子那兒唄！」

對於刑偵一科來說，「夜路」幾乎就相當於他們的另一個辦公室。

「好吧，」我點點頭，「我也去。」

小安回去後，我給甘芸打了個電話，儘管她的聲音聽起來難免有些失望，但還是顯得十分懂事。老實說，對於像她這個年紀的女孩而言，這著實難能可貴。

「那也沒辦法了，」她說，「還是工作要緊吧。」

「對不起，我們以後再去吧，頂多就是貴一點兒罷了。」

「嗯，沒關係的，那你先忙吧。我愛你。」

「……我也是。」我儘量希望表現得沒有半點遲疑。

在食堂解決了午飯，這天下午幾乎沒有任何工作，一一〇失蹤人口信息中心給一科發去與焦屍年齡身高吻合的失蹤者名單，同時也抄送給了我一份。之後，中心的工作人員又致電，詢問是否需要安排認屍，我當即拒絕了，因為那完全沒有意義，只是純粹為失蹤者家屬增加不必要的痛苦而已。

就這麼渾渾噩噩地等到了下班時間，又耽擱了一會兒，我沿著昨天的路線，駕車前往右關百貨大樓。中央大道和花園大道都堵成了停車場，因此在路上的時間比昨天多花了數倍。

正值晚飯時刻，加上這天又是週五，「夜路」的顧客比之前多了不少。吧台旁有兩組顧客正在喝酒，一邊是兩個穿西服的中年男人，無疑是剛下班的白領；另一邊則是一男一女兩個外國人，似乎還在等待同伴的到來。

店裡沒有昨天那個女人的蹤影。或許，她晚些時候會來也說不定，我暗忖。

吳瞎子手持搖壺，正準確無誤地往吧台上的杯子倒出一種藍色的液體。我禮貌地打了個招呼。

「啊，楊大夫，歡迎歡迎！」墨鏡以下的半張臉上頓時綻放出熱情的笑容，「昨天真是不好意思，快請進，鄭隊他們在裡面等您呢！」

正當我受寵若驚之際，坐在角落裡的鄭宗南也看見了我。

「大夫！」他從椅子上站起來揮手，「在這邊！」

鄭宗南四十來歲，腦袋和四肢彷彿都要比常人大上一圈，濃密的頭髮梳理得十分整齊，但兩鬢已經斑白。乍看上去，沒有人會想到他竟是與最危險的犯罪分子打交道的刑警隊長，倒像一位和藹的中學教師。按他自己的話來說，那種滿臉兇神惡煞的警察，頂多只能嚇唬嚇唬無辜的老百姓，在真正窮凶極惡的罪犯面前是完全派不上用場的。

我和鄭宗南合作已經有不少年頭，也曾破過一些值得驕傲的案子。他屬於那種典型的老派刑警，經驗和執行力是最主要的武器，其辦案手法難免會被認為缺乏靈光一閃的智慧，但卻行之有效。毫無疑問，他不可能是什麼仕途亨通的人物，但卻是領導身邊從來不可或缺的實幹派。

從其他人的眼中看來，這一桌子顧客實在是太古怪了：光是那個細皮白臉，戴副金絲眼鏡的傢伙，跟這群一個個滿臉嚴肅，彷彿痔瘡發作的男人們混在一起也就罷了，更匪夷所思的是他們中間還坐了一個如花似玉的小姐兒。

我驚訝地發現安綺明竟然換了一套衣服，是一件碎花圖案的吊帶連衣裙，登時使她顯得像個恬靜文雅的鄰家女孩。不僅如此，她還穿了一雙細跟的高跟鞋，甚至前所未有地塗上了淡淡的口紅。

妳是準備去相親嗎？我忍住沒把這句話說出口，但小安又一次洞察了我的想法。

「這衣服可是工作。」她悻悻道，顯得少有的忸怩。

「老鄭，」我笑著坐下來，「你們一科的福利看來不錯嘛！」於是在座的男人們都笑了起來。

「真的是工作，」鄭宗南正色道，「現在，咱們的最大希望就寄託在小安身上了。」

「怎麼回事？」

「簡單來說，就是引蛇出洞。」

我立即明白了，這是打算以小安的美貌作為誘餌，把連續殺人案的兇手給引出來。方案不難想像，無非便是讓小安到兇手可能出沒的地點徘徊，其他人則隱蔽在附近監視，假如發現可疑對象的話便一舉拿下。這也是她換裝及化妝的原因——跟平常男性化的模樣比較起來，這一身打扮無疑更具吸引力。

「今晚就要行動？」我問。

「不錯，所以抱歉，今天就不陪老弟你喝酒了。」

「會不會太急了？兇手每次作案以後都要隔差不多一個月才再次犯案，他前天才作了案，恐怕暫時不會再出來了。」

「是啊，不過一來局長那邊受到的壓力很大，所以我們必須要有所行動才行；二來最近這兩起案件只隔了十天，這也許表示兇手的犯罪頻率在加快。」

「確實有這樣的可能。」曾杋也表示贊同，「以往成功的經驗會令兇手覺得逃脫追捕很容易，因此會放鬆警惕；同時對犯罪帶來滿足感的依賴也會與日俱增，就像毒品一樣，迫使他不得不接二連三地作案。」

「總之，」鄭宗南道，「我們也做好了打持久戰的準備，那傢伙總是會露出狐狸尾巴的。」

「話說回來，」我說，「小安是要在哪兒賣弄色相呢？兇手的行蹤掌握了嗎？」

「初步的計劃是圍繞中央公園和花園大道的市中心一帶。目前為止的四名死者，有兩人的屍體被棄置在離這不遠處，大學生遇害之前則是在市裡唱卡拉ＯＫ，此外據燕花街的商戶反映，被害的老闆娘晚上也會不時到附近的酒吧來喝酒。所以我們懷疑，兇手的活動範圍是在市中心一帶。」

店裡的夥計端來食物，鄭宗南這才收住了話頭。阿森一雙蒲扇般的大手上舉著一個巨型托盤，強子則身手敏捷地從上面搬下一個接一個的盤子，將豬扒、烤大蝦、雞肉串燒等等擺了滿滿一桌，蔚為豐盛。只可惜沒有好酒為伴，再美味的佳餚也要大打折扣。

「不過，」我繼續剛才的話題，「在人流量那麼大的地方，要讓兇手注意到小安也不容易吧？」

「這就得感謝那些多嘴的記者們了，」鄭宗南恨恨道，「全靠他們不負責任地亂寫一通，現在已經沒有多少女性敢在晚上獨自行動的了。」

是這樣嗎，我忍不住向吧台那邊瞟了一眼，先前那兩個穿西服的男人已經走了，又來了好幾個外國人，一邊喝酒一邊談笑風生。

「有份報紙還給兇手起了個名字：『女鬼殺手』，」小安補充道，「拿超大的字型印在頭版上，還特地作成了血淋淋的效果。」

我記得很清楚，那報紙出版於清明節當天，據說銷量十分可觀。

「那幫混帳東西，說得好像我們警察壓根兒沒幹活似的。」何豐擺出一副義憤填膺的樣子，「應該像去年北京那案子一樣，徹底禁止媒體報導就好了。」

「別說那沒用的了。」鄭宗南道，「那是因為發生在首都，公安部直接介入了的。咱們還是想著趕緊把人抓到，至於他們愛怎麼寫就怎麼寫好了。」

去年，在北京也發生了一系列的連續殺人案。由於公開案情對維持社會穩定有百害而無一利，公安部把相關的消息全都封鎖在了最小的範圍內，因此案件並不為大眾所矚目。但在公安系統內部，幾乎人人都有所耳聞。

「這麼說來，」小安插嘴道，「我記得聽人提到過，曾大夫您跟那位方程博士好像很熟吧？」

「呃，」曾杋道，「很熟倒說不上，我們是大學同學。」

「誰是方程博士？」我問。

「咦？你不知道嗎？」小安奇道，「他和曾大夫一樣是心理學家，北京的那個案子到後來就是他破的。」

「我怎麼沒有聽說過？」

「從官方渠道流出來的消息當然不會有。但方程博士的一個朋友，叫夏亞什麼的，他後來把這個案子寫成了小說發表，才最終真相大白。」

「不是說封鎖了消息嗎？怎麼又有小說冒出來呢？」

「正因為是小說的形式，讀者都會認為，那些只是編造出來的情節罷了，所以即使發表也沒關係嘛！」

「對了！曾大夫，」小何興奮地喊道，「要不您也從心理學的角度，給咱分析分析這回的案子唄？您說，這傢伙殺人也就罷了，幹嘛還裝神弄鬼的？」他似乎已經完全忘掉這頓飯是為什麼吃的了。

「你小子哪兒來那麼多廢話！」鄭宗南斥道，「惹急了曾大夫明兒先替你做個分析，報告指出『此人缺心眼兒，不適合從事刑偵工作』。這樣吧，看在你小子跟過我的份兒上，給你找個優差，調往基層派出所去抓賣淫嫖娼怎麼樣？」

「哎！頭兒，我就是隨口說說嘛……」

在座的人都一齊大笑起來。眾所周知，鄭宗南平生最看不起那些打著掃黃旗號，目的卻只是收受賄賂和罰款的警察，說「欺負連衣服都沒穿整齊的老百姓算什麼本事，有種來跟拿槍的幹去啊」。

「其實小何說的這個問題，我自己也有考慮過。」曾朳推了推眼鏡，「一般來說，兇手毀壞被害人的屍體，大致可以分為兩種情況：一種是出於對被害人的憎恨而洩憤，這是最常見的；另一種則恰恰相反，是為了把屍體的某一部分，作為犯罪的紀念品予以收藏，兇手對被害人更多是體現出喜愛的情感，以及瘋狂的佔有欲。」

「那麼，」小安道，「這個兇手應該是屬於第二種了。」

「不。首先，並非所有被害人的屍體都遭到了毀壞；其次，兇手切下屍體頭部的重點，似乎並不在於得到頭部，而是在於剩下一具沒有頭的屍體。」

「這是什麼意思呢？」

「我覺得，在這個案子裡，兇手對被害人所持有的感情，既不是『恨』，也不是『愛』，而是像被裝扮成女鬼的屍體所表達出來的那樣，是一種『恐懼』。對於兇手而言，女性就如同鬼魂一樣令他感到懼怕，可能還帶有些許厭惡，因此他認為，必須要把她們消滅掉。當然，我不是專門研究犯罪心理學的，所以也說不上是什麼專業意見了。」

鄭宗南連忙客套了幾句，此後飯桌上的氣氛逐漸沉默，大家都把注意力轉移到了散發著誘人香氣的食物上。

一科因為還有任務，這頓飯吃得也是匆匆忙忙的。不久，鄭宗南向我和曾杋說了聲抱歉，示意準備開始行動。

「楊大夫，」小何突然問道，「您還約了人嗎？」

「嗯？沒有啊！」

「哦，我看您老是往吧台那邊看，以為您在等人呢！」

這小子不管什麼時候都是那麼討厭，我心道。

「我是在看吳瞎子，」我隨口編了個謊，「今天好像心情很好的樣子，我前幾天來的時候看他都蔫了。」

「那是當然的，」鄭宗南接道，「因為老吳今天早上醒來了。」

「哪個老吳？」

「就是在中央公園管遊船的老吳，黎小娟屍體的第一發現者，因為當場心臟病發，之前一直在昏迷狀態，今天終於醒了。想不到吧，老吳原來就是吳瞎子的哥哥。」

刑警們離開後不久，曾杋也一併告辭了。我看了看店內的掛鐘，還不到九點。

為什麼要在意時間呢？我說不上來。於是又點了一杯威士忌，獨自靠在沙發上發呆。也許是因為酒精的作用，下身逐漸變得挺立起來了。

我是在等昨天那個女人。自己對這一點心知肚明，只是心裡不願意承認罷了。

時間一分一秒過去，杯中的琥珀色液體很快便見了底，之後，冰塊也融化成了液體。

十點三十分，我斷定她今天是不會來的了。事實上，以我光顧「夜路」的頻率，總共也只不過見過她一次而已，這足以證明她並非這裡的常客。我覺得自己是個十足的傻瓜。

我搖搖頭，拖著腿著走出店門，迎面而來一群二十出頭的年輕人，男孩和女孩互相摟抱著，像纏在了一起的毛線。他們高聲說笑著，彷彿在嘲弄眼前這個孑然一身的大叔。

我並沒有直接回家，開了二十分鐘的車前往甘芸的住處，停好車以後，我撥通了她的手機號碼。她與大學時代的同學合租了一處公寓，因此我沒有直接上樓去找她。

「恪平，和同事吃完飯了？」甘芸對我的來電似乎很驚喜，「你到家了嗎？」

「吃完了，可是沒怎麼吃飽。」

「啊……怎麼那麼可憐？」

「是啊，陪我去吃夜宵吧！」

「現在？太晚了吧，明天會起不來的。」

「沒關係，反正明天是週末麼。」說完我才想起，她工作的旅行社在週六也要求上班。

「都這麼晚了，你在哪裡？」

「我已經到妳家樓下了，妳換件衣服下來就行。」

十五分鐘後，甘芸出現在公寓樓下。這時雨已經停了，但室外的空氣仍然清冷，她披了一件皮革外套，下半身卻只穿一條粉紅色的迷你裙，又套上長統黑色絲襪稍作保暖。真是個善解人意的好孩子啊，我在心裡由衷地讚歎。

甘芸拉開車門，坐上副駕駛的位置，車內即時洋溢著一股青蘋果的芳香。

「你想去吃什麼？」她微笑著問道。

我沒有回答，一把將她拉近身邊，幾近瘋狂地吻著她的櫻唇。左手肆無忌憚地伸向她的大腿，然後又順勢滑入到了裙子底下。

「啊……」甘芸明顯被我的舉動嚇了一跳，但並沒有反抗，任由我的手伸進了她的內褲裡面。

前方突然亮起一束刺眼的光芒，我登時不知所措，下意識地把手從甘芸的裙子裡抽了回來。然而那光卻驀地拐了個彎，徑往別處去了，原來是一輛過路的汽車，那開車的混蛋竟在市區裡也打開了遠光燈。我正要破口大罵，忽然左頰感到一陣溫熱，卻是甘芸那柔軟的小手。

「不要在這裡……好不好？」她低聲哀求，臉上早已是一片緋紅。

我以那個滑稽的姿勢僵硬了兩三秒鐘，這才默默放開她的身體。然後我發動了汽車，以大大超過市區上限的時速駕車回家，一路上兩人都是一言不發。一進家門，我便扯下了甘芸的外套，不由分說地把她推倒在沙發上。

狂風暴雨般的性愛由客廳持續到臥室，期間我破天荒地三度射精。一番酣戰過後，疲勞感完全支配了身體，我倒臥在床上，呼吸著空氣中兩人的體味，轉眼間便已昏昏睡去。

也不知道過去了多長時間，我毫無徵兆地醒了過來。四周一片漆黑，萬籟俱寂，顯然仍是午夜時分。上次沒有做夢地在半夜醒來，好像已經是很久以前的事了。

我扭頭看看身邊的甘芸，她背向著我，似乎還在熟睡之中。一件寬鬆的銀灰色睡袍擋住了她身體的曲線，在幽暗的房間裡顯得格外顯眼。我不記得甘芸有這麼一件衣服存放在我家，大概是剛才一起帶來的，她是個聰明的女孩，無疑早就洞悉了我去找她的主要目的。

一開始交往的時候，甘芸喜歡兩人相擁著入眠，但由於我說那樣根本就睡不好覺，她才躺到旁邊，只是把手臂輕搭在我身上。她說，這能讓她覺得很有安全感。

銀灰色的背影微微抽動，原來她並沒有睡著。我聽見一聲若有若無的嗚咽——她似乎是在哭。

此時迷亂的情欲早已退去，我不由得有些心虛。的確，就今天發生的這些事情而言，她有足夠的理由感到生氣或難過。

我轉過身去，從背後摟住甘芸的身子。

「親愛的，」我儘量溫柔地說，「妳怎麼了？」

她沒有答話，依然低聲抽泣著，冰涼的身體在我懷裡不住顫抖，彷彿一隻剛從水裡爬上來的小貓。

「有什麼事可以好好說麼，先別哭了，好不好？」

她依然保持沉默，但我確信她是醒著的，我加強了手上的力量，想把她翻轉過來面向我。

然而就在這個時候，客廳那邊響起了窸窸窣窣的腳步聲。

「恪平？」房門外傳來甘芸的聲音，「你剛才說什麼？」

# 第六章　地址

我再度醒來的時候，天已經亮了。外面傳來滴答滴答的聲音，像是又下起了雨，毫無生氣的陽光透過窗戶照進來，在房間裡灑下一片陰鬱。

眼前晃過一團灰濛濛的影子，似乎有什麼人在走動。我揉了揉眼睛，隨著目光慢慢聚焦，那影子逐漸化成了一個女孩的形狀。甘芸已經穿戴得整整齊齊的，齊肩的頭髮紮成了一根短辮，顯出與年齡不相稱的幹練。

「醒啦？」她笑著在床邊坐下來。

「嗯……」我迷迷糊糊地答應道，「妳要走了？」

「我得上班啊！對了，外面下雨，我沒有帶傘，把你的傘拿走了。」

「是嗎，那我開車送妳去吧？」我掙扎著要從床上爬起來。

「不用啦，等你起來起碼還得十分鐘，路上再堵一會兒我就該遲到了，我自己坐地鐵還快一些。」

「哦，那好吧……」

從甘芸的目光中流露了一絲不易察覺的失望，或許，她是期待我至少再堅持一下的吧。

「冰箱裡已經沒有吃的了，我煎了最後的幾個雞蛋，你的那份放在微波爐裡，待會兒起來記得吃掉，別放涼了。」

「這樣啊……那我等會兒去趟超市好了。」

「太累的話就不要勉強自己了，還是我下班去買回來吧。你知道嗎，昨天晚上你居然說夢話了，把我嚇了一跳。」

「說夢話……嗎？」

「是呀，我半夜起來那會兒聽見你在說話，但又聽不清楚內容。一開始我以為你醒了，我就問你在說什麼，可是你又不做聲了，後來才發現你只是翻了個身，還睡著呢。」

「妳半夜起來過？」我隱約覺得有什麼地方不太對勁。

「嗯，」甘芸的臉上又泛起了紅暈，「因為昨天……那個……太激烈了，我那兒有點不舒服，所以起來去洗了一下……」

我眉頭緊皺，似乎有件十分嚴重的事情，卻偏偏想不起來了。

「對了，妳昨晚穿的什麼衣服？」

甘芸瞪大了眼睛，她對於這個問題顯然感到十分驚訝。

「就是現在穿的這身呀，」她拉住迷你裙的一角，「你不記得了嗎？」

「不不，我是說晚上睡覺的時候。妳是不是穿了一件銀色……還是灰色的睡袍？」

「不是啊，是那套粉紅色、印著 Hello Kitty 圖案的，因為我只有這套睡衣是放在你這裡的嘛！再說，我從來就沒有過什麼銀灰色的睡袍啊！」

我想，我這時的樣子一定跟鬼沒什麼兩樣，因為甘芸的表情就像見了鬼似的。

「親愛的，你沒事吧？」她緊張地伸手摸向我的前額，「也沒有發燒啊，怎麼臉色會這麼差？」

我把腦袋側向一旁，掙脫了她的手。

「沒事，妳不是說要上班嗎？還不快走？」
甘芸站起來，走到門邊又回過了頭，一臉擔心的樣子。
「我真的沒事，」我有些不耐煩地說，「妳快去吧。」
「那你好好休息，我下班再來看你。」
我默默點頭。甘芸這才不情願地轉身離開，不一會兒，玄關處響起關門的聲音。
我清楚地記得昨天晚上的一幕。我正在與床上的「甘芸」說話，同時又聽見了甘芸在門外的聲音，但之後的事，我便毫無印象了。甘芸剛才的話也印證了我的記憶，也就是說，這並不是一個夢。
那麼，當時我看見的——不對，應該說我抱著的——那個銀灰色的東西是什麼?!
睡意和疲倦早已飛到了九霄雲外，我從床上一躍而起，身上仍是一絲不掛。我審視著這個已經居住了好幾年的房間，卻突然有了一種說不出的陌生感。
床和床墊是我剛搬進來的時候便買下的，就是那種最普通的實木雙人床，反正到現在也還沒出什麼大毛病。床上用品則是後來趁著右關百貨大樓打折的時候，一次性買了兩套交替使用，都是深色系的，目的是為了可以不必頻繁換洗。
床單是宛如夤夜星空般的深藍色，被罩和枕頭袋的顏色要稍淺一些，有點兒像在愛琴海諸島上隨處可見的那種藍色。顯而易見，這些東西都不可能在月光的蠱惑下變成銀灰，何況在這陰雨天氣裡，昨晚根本就看不到月光。
我試著回憶夜裡的細節。除了銀灰色的身軀以外，我並沒有看見那個東西的臉——如果它真的長著一張臉的話。另外，它似乎會動，而且感覺冰冷。

對了，那個東西還曾經發出了一種類似嗚咽的聲音。當時我以為是甘芸在哭，但現在回想起來，由昨天見面開始，直到今天早上她出門上班，甘芸的心情一直都還不錯。昨晚在床榻之上，她那縱情享受的樣子也不像是裝出來的。這麼說來，她顯然不會在半夜偷偷哭泣，只是我由於自己心中有愧，才導致了誤解而已。

如果不是哭聲的話，那個東西所發出來的，會不會其實是——這個想法頓時令我毛骨悚然——笑聲？

順理成章地，我立刻聯想到了另一件事——這是否就是所謂的「不乾淨的東西」？

儘管從小到大都怕鬼怕得要死，但我畢竟是個以科學作為職業的醫生，在我的信念裡，鬼魂是不存在於這個世界上的。假如僅僅是有人說了奇怪的話，或者是夜裡看見了奇怪的東西，我大概只會當作是無稽之談。然而，這些平時鮮會碰上的事情，卻在兩天之內接連發生，從概率上來說，二者之間不可能沒有關聯。

此外，不知道為什麼，那個女人說話的方式給人一種很有分量的感覺，也令我無法等閒視之。

前天晚上，她是這麼說的：你身上有不乾淨的東西——是「身上」，而不是「身體裡面」，因此也可以解釋為，那東西是附著在我體外的某個地方。之前把這句話理解成鬼魂附體的意思，說不定是我誤會了。

中國的民間傳說中，遭人殺害的死者陰魂不散，會留在陽間糾纏著兇手不放。平時看上去雖然沒什麼異狀，但倘若遇到天生陰陽眼的人或者修煉有方的術士，便能看到伏於兇手的背上伺機報仇的鬼魂。因此古代有些劊子手在行刑前以黑布蒙面，目的便是讓受刑者無法認出自己的面貌。

難道說，那個女人竟是個能看見鬼魂的人物？

但問題是，我可沒有殺過人，不僅如此，我還是專門替無辜死者伸冤的法醫。要是沒有我，鄭宗南這些刑警們便不知道該去尋找什麼兇器，也無從得知準確的死亡時間以排查嫌犯的不在場證明；同樣，法院也可能會因為缺乏關鍵證據無法定罪，從而讓兇手逍遙法外。多年來，這座城市的殺人兇手們之所以能被繩之以法，完全都是因為有我這個法醫存在。假如那些鬼魂們現在反而纏上了我，那豈不是恩將仇報了嗎？

我感到莫名的委屈，頭腦中一片混亂，怎麼想也想不出個所以然來。不過，接下來該做什麼，卻是清楚得很。我翻出前天穿的那條褲子，從後兜裡掏出來一張卡片，卡片上只印有一個網址。

如果需要幫助的話，就到這個網站上留言——當時，那個女人確實說過這樣的話。

我打開書桌上的筆記型電腦。在等待系統啟動的過程中，我第一次仔細地端詳起那個網址來：域名的後綴是「.org」，意味著這應該是一個屬於非營利組織的網站，當然互聯網的域名註冊並沒有硬性規定，也就是說無論什麼人，只要支付每年幾十塊錢的管理費用，都能獲得這樣的一個網址；至於域名的主體部分，則是一串在我看來是毫無意義的英文字母，一開始我猜會不會是漢語拼音的首字母縮寫，但字母「V」的存在徹底否決了這一可能性。

短短幾十秒的等待時間，感覺卻像過了半天。系統啟動完成後，我迫不及待地打開瀏覽器，在位址欄輸入那個網址，然後按下了回車鍵。

瀏覽器的視窗變成黑色，正如那個女人所說的那樣，這是互聯網上的一個ＢＢＳ留言板。網頁設計得極為簡陋，準確地說，根本就沒有任何設計可言。黑色背景搭配白色的宋體字，簡直就像是回到了二十年前單色顯示器流行的年代，整個網頁上沒有一張圖片，甚至連標題都是空白，即使是作為中學生的電腦課作業，恐怕也難以及格。

網頁的上半部分顯示著之前的發言，我沒有心情細看，直接拉到底部發表新留言的地方，一個窄長的文字方塊要求輸入留言者的名字，下面一個較寬的文字方塊則用於輸入留言的內容。這個網頁似乎並不要求訪問者先註冊後才能發言。

我想了想，在名字一欄輸入了「右百停車場」。看到「右百」，這個城市每個人都明白是指右關百貨大樓。因為我還不能確定，這裡面是否有某種惡作劇的因素存在，所以不想輕易地留下真實姓名。

在正文一欄，我寫道「急需幫助，請儘快聯繫」，然後留下了自己的手機號碼。

按下發送鍵，螢幕顯示留言添加成功。不知道為什麼，我竟有一種如釋重負的感覺，彷彿只要找到了那個女人，這些詭異的事情便能得到圓滿的解決。

「那麼，什麼都不要管了，先好好睡一覺吧。」心裡響起一個聲音。

一陣潮水般的睡意洶湧襲來，我搖晃著往後一倒，跌在床上，隨即便失去了知覺。迷糊間我似乎醒來過兩三次，窗外的天色依舊昏暗，於是又重新陷入了一片混沌之中。

電話鈴聲響起的時候，我的第一反應是來自凶案現場的召喚，一定是那個傢伙又開始殺人了。連忙摸索著抓起手機，螢幕上卻顯示著一個陌生的號碼。

「喂……」我含混不清地說。

「你好。」話筒裡傳來對方一句普通的問候，卻彷彿是一柄鐵錘，一下子重重地擊打在我的腦子裡。

「啊！妳是……」

不會有錯，這把宛若威士忌般柔和醇厚的聲音，正是前天夜裡的那個女人。

「請問，」她似乎沒有注意到我的失態，「是你在網站上給我留言的嗎？」

「是，是的！」我連忙道，「事實上，我這邊好像發生了一些怪事……」

於是我把昨天晚上的所見所聞詳細地描述了一遍。女人安靜地聆聽著，我可以想像她在電話那頭認真思考的樣子。

「你確定你不是在做夢嗎？」她問。

「確定。因為當時我還跟那個東西說話，其他人也聽到了。」

話一出口我就後悔了，這等於向她承認了我昨晚和其他人同床共枕。但至於這樣有什麼不好，我卻沒有細想。

「是嗎……」女人沉吟道，「沒想到那麼快就出現了啊……」

「出現?!什麼東西出現？」

「你先不要太緊張，也不用害怕，現在的情況還不算很糟糕，我是可以幫助你的。不過，我們必須儘快見一次面了。」

「那太好了，妳現在有空嗎？」

「如果你能馬上過來的話那當然最好不過——你知道竹語山莊在哪裡嗎？」

我記得曾在報紙刊登的廣告上看到過這個名字，是位於雨竹區的一個商品房小區，從廣告的設計和篇幅來看，檔次大概不低。雖然不知道具體位置，但我的車裡裝有ＧＰＳ，這應該不成問題。

「我立刻就出發。」我說，「那麼，我就在小區附近找一個咖啡館，然後打電話請妳出來。」鄭宗南時常就是這樣打電話與證人約定會面的地點，我覺得這種說話方式非常酷。

「不行，我今天不能離開這兒，所以你要直接進來找我。」她接著說了一個具體的門牌和房間號。

「這樣啊……」

「有問題嗎？」

「哦……沒有。」沒想到竟然要進入她的閨房，我不由得心跳加速起來。

「好，那我就在這兒等你了——哦，還有，記得不要在開車之前喝酒。」

「那個，我可以問一個問題嗎？」

「哎？當然可以。」

「妳……到底是什麼人？」

不知道是不是我的錯覺，好像聽見她在電話那頭低聲竊笑。

「我嗎？嗯……你就把我當成是辟邪法師好了！」

掛掉電話，手機螢幕上令人難以置信地顯示著下午三點零五分，我這才驚覺這個回籠覺竟然睡了那麼長時間。匆匆準備一番後趕快出門，通過GPS找到了竹語山莊，原來是在外環路的邊上，離這兒頗有一段不短的路程。

幸好一路上還算順利。依照GPS的指示，我從某個出口駛離外環路，又在嶄新鋪設的柏油路面上走了大約七八公里，便看到了竹語山莊氣派的大門。前面被一扇汽車道閘攔住了去路，閘門旁有感應式的讀卡機，但我顯然沒有相應的卡片，於是只得乖乖地停了下來。

一名身穿黑色制服的保安走上前來，我放下了駕駛室的車窗玻璃。

「先生您好，」保安禮貌地詢問，「請問是來找人的嗎？」

「對，」我報出女人告訴我的門牌號，「湘竹閣B座，1605室……」

不料還沒等我說完，原本態度親切的保安卻已經陡然變色，彷彿聽到了什麼噩耗一般，一張臉扭曲成了詭異可怕的形狀。

「湘竹閣B座?!」他狠狠地瞪著我，「你說要找湘竹閣B座？業主的名字叫什麼?!」

我頓時傻眼了——我並不知道女人的姓名。

保安咄咄逼人地按住擋風玻璃，看那架勢，似乎只要我回答不上來，他便要馬上報警把我抓走。然而他的眼神中卻分明流露出恐懼，好像我不僅僅是普通的可疑分子，而且是個極度危險的傢伙。

報警？這個念頭倒提醒了我。

「那個，事實上，我是市公安局的……」我從錢包裡掏出警官證，亮出印有照片、姓名、單位和警察編號的一面。我的職務「副主任法醫師」則印在另一面，緊貼著我的手心。

這一及時的行動果然巧妙地扭轉了局勢。

「哦哦！原來是這樣！」保安如釋重負，連連點著頭，一臉恍然大悟的樣子。「真對不起，楊警官，您怎麼不早說呢？」

我自然不會去糾正他在稱謂上所犯的錯誤，同時又隱約感到有些蹊蹺——似乎，他認為警察的到來是理所應當的事情。

但我實在不希望再節外生枝，因此也就沒有怎麼在意。於是保安殷勤地打開道閘，我把車子駛進小區，沿著他指點的方向前進。竹語山莊名副其實，乃是建築在一片天然的小山坡之上，各種不規則的彎道和上下坡比比皆是，如果是自己進來尋找的話，恐怕就難免要繞些冤枉路了。

一眼望去，山莊內都是些二十多層的高層洋房，相互之間間距甚寬，低密度住宅的定位註定了其不菲的價格。事實上，這裡的環境也的確十分宜人。除了山坡上大片大片茂密的竹林以外，各種色彩豔麗的鮮花和造型別致的盆栽亦隨處可見，即使是在機動車道，兩側也分別栽種著整齊的柏樹，蒼翠挺拔。

有點兒像是古代陵園裡，墓道上的那些柏樹。

豐田 PRADO 先後駛過了鳳竹閣、青竹閣、金竹閣和桂竹閣——這裡的洋房組團似乎都是以竹字命名，每個組團各由三至五幢單元樓組成——便看到了指向湘竹閣的路標。我依照路標上的指示拐彎，把車停在了路旁供訪客使用的臨時停車場上，前方矗立著四幢風格現代的單元樓，潔白的外牆與陰霾的天空形成了強烈的對比。

單元樓的形狀是少見的八角形，乍看之下，容易誤以為是圓形，不過倒是符合了小區竹子的主題。由於是依山而建，這四幢大樓雖然外形相同，但高矮不一。從大門外的標識來看，緊挨著停車場的是A座。停車場旁邊有一條樓梯，通往較低處的山谷部分。我走下來後，發現谷底是一大片草地，中間有一個人工開鑿的長方形水池，池底鋪了琉璃色的馬賽克，清澈的水面上則漂著幾朵淡紫色的睡蓮。一道格調雅致的平板小橋橫跨水池，之後便是B座的入口，防盜門安裝了先進的視頻通話系統，此刻卻形同虛設地大敞開著。

我信步走進大樓，心道這小區的保安措施原來也不過如此。大堂的裝修簡潔漂亮，角落裡點綴著竹子的裝飾。呼喚電梯的按鈕下方放著一個頂部是煙灰缸的垃圾桶，但空氣中並沒有令人討厭的煙味，我按下按鈕，左邊的電梯門隨即應聲打開。

心跳隨著電梯的上升開始加速，大概是因為即將與她見面，所以變得興奮的緣故吧——我這樣想著，但情緒卻不怎麼愉快。某種莫名的壓抑感讓我覺得胸口憋悶，氣管彷彿被堵住了，有點兒像在學生時代，高考開始前三十分鐘時考場裡的氣氛。

直至看見她的身姿出現在1605室那扇豪華漂亮的實木大門之後，不適的感覺才略略有所緩解。

「來得可真快。」響起了威士忌般的聲音。她今天穿著藍白條紋的上衣和米色裙子，大概是由於我的來訪，而特地換上了外出的服裝。

「因為外環路今天很順啊！」

「是嗎。」她說著把我讓進門裡。

我環視室內，玄關後是連為一體的客廳和飯廳，足足有我家客廳的兩倍大。與玄關相對的是一個大陽台，可以眺望坐落於對面山坡之上的C座和D座。飯廳旁的一扇推拉門緊閉著，門後應該是廚房。一條狹長的走廊通往後面的房間，從客廳的面積來看，這套房子應該起碼有三間臥室。

也就是說，不像是一個單身女人所住的地方。不過，客廳裡並沒有她和某個男人或小孩子的合照，這令我稍感寬慰。

「那東西……」我開門見山，「妳知道那是什麼，對吧？」

她點點頭。

「具體的種類暫時我還不能辨別。不過，對於這一類的東西，人們通常統稱為『鬼』。」

儘管我早已有心理準備，但當她把那個字說出來的時候，還是有種渾身上下被電流擊中的感覺。

「那，」我儘量冷靜地說，「妳有辦法對付它嗎？」

「你先坐下來吧。」她指著客廳的沙發。

我依言坐下，這沙發質料堅硬，而且似乎長期缺乏保養，坐上去的感受與在曾枫的辦公室裡不可同日而語。其它的傢俱電器同樣也是較為廉價的產品，電視機甚至還是使用顯像管的龐然大物。地板瓷磚和牆紙用的是能滿足大多數人品味的圖案，但施工質量馬虎，大概是開發商在交樓時附送的標準裝修。

她不知道從哪兒拿出一支小手電筒，湊到我臉前說了聲「別動」，便把光線徑直朝我的眼裡射來。

與這相同的動作，我已經記不清自己曾做過多少遍了。只是我面向的對象，瞳孔不會因為強光而收縮，自然更不會因為難以忍受而轉過頭去。

「好了，」她關掉手電筒，「很不舒服嗎？」

「沒什麼，」我咕噥道，「算是報應好了。」

她似乎沒聽見我的話，手裡又變出來了一個我沒見過的東西。那是一個金屬外殼的小盒子，差不多是兩張信用卡的大小，上面裝了個像計算器那樣的液晶螢幕，以及兩個發光二極管燈。

「把衣服掀起來。」

「什麼？」

「把衣服掀起來，露出肚臍。」她重複了一遍，語氣不容分辯。

我自然只能遵命，卻不由得暗暗懊惱最近沒有更多利用局裡的健身房。她大概是打開了金屬盒子上的某個開關，一個黃色的燈亮起，同時發出了規律的蜂鳴音。她把盒子放到我的肚皮上，液晶螢幕上隨即顯示出幾個我無法理解的數字。

「現在驅鬼的工具都這麼現代化的嗎？」我忍不住問道。

「不放心嗎？」她一邊緊盯著螢幕上數字的變化，一邊反問，「是不是覺得我應該點三炷香，拿個桃木劍舞著，然後往你腦門上貼幾道符？」

我勉強地笑了笑，沒有回答。

大約過了五分鐘，金屬盒子上另一個紅色的燈也亮了起來，蜂鳴音變成了不間斷的長鳴。她再次確認螢幕上的讀數後關上電源，示意我可以把衣服放下來了。

「還好，看來跟我猜想的一樣。」她站起來，走到飯廳的餐桌旁，回來時手裡端著一個小塑膠碗。「把這個吃掉，過幾個小時後會拉肚子，然後就沒事的了。」

我朝碗中看去，裡面裝了半碗乳白色的糊狀物。湊近一聞，我不禁皺起了眉，從碗裡散發出一股辛辣腥臊的氣味，看樣子不像是單純的瀉藥。

「不要問是什麼，吃下去就是了。」她似乎看穿了我的心思。

「這玩意兒沒有毒吧？」

「我不是說了嗎？吃完會拉肚子的啊！不過除此以外，不會有別的副作用，我也沒有理由要害你吧。」

「就沒有別的辦法了嗎？」

「倒也不是說沒有。要麼吃這個，要麼喝兩大碗新鮮黑狗血也行，你自己決定好了。」

我無可奈何，心裡反覆默念著「這是杏仁露、這是杏仁露」，閉上眼睛屏住呼吸，一口把那坨黏糊糊的東西嚥了下去，絲毫不敢讓它在口腔內停留。然而還是有少量沾到了舌頭上，那滋味簡直難以形容，就像是吞了一管腳氣膏——而且是用過以後的那種。

「有水嗎？」我感覺自己的五官都擠到了一塊兒。

「水……哎呀，沒有。」

「就算涼水也無所謂，我自己到廚房水龍頭接點兒可以嗎？」我說著便要站起來。

「不行!!」

她突然猛地飛撲過來，一下子把我按回到了沙發上，我絲毫沒有準備，手裡的碗頓時被撞飛了出去。她雙手緊緊抓住我的肩膀，也不知道是從哪兒來的力氣，雙肩竟被她捏得隱隱生痛。我被這突如其來的變故弄得不知所措，猶如石化了一般坐在那兒，一動不敢再動。她則以一個不太淑女的姿勢半趴在沙發上，臉色由於劇烈的動作而微微泛紅，胸膛有節奏地起伏著。

只聽見掉在地上的碗骨碌骨碌旋轉的聲音，然後一切歸於寂靜。

我輕輕轉過頭，她正好抬起了眼睛。一剎那，我與她的視線在空中相遇。身體裡好像有個瓶子被打翻了，像潮水一般湧向身上的每個角落，彷彿整個人都泡進了溫泉，有種想要引吭高歌的衝動。

就這樣四目對視著，誰也沒有說話，不知道過了多久。從肩膀上傳來的力量已經消失，但她的手仍然沒有離開。

「那裡……」最終她打破了沉默，聲音低如蚊蚋，「不可以進去……」

「哦。」我凝視著她清澈深邃的眼眸，在裡面看到了自己一分為二的影子。

這個影子在不知不覺間靠近，隨著形狀逐漸變得高大，輪廓卻慢慢模糊了起來。

就在這時，手機突然響起了刺耳的鈴聲。她如同遭到電擊一般，一下子從沙發上彈了起來，有些神經質地退開幾步，轉身背向著我，伸手把剛才弄皺了的裙子拉直。

我呆呆地看著她的背影，隨手接起電話，目的只是為了讓那討厭的鈴聲趕快閉嘴。

「恪平？」話筒裡傳來甘芸焦急的聲音，「你沒在家裡嗎？」

「啊……我在外面。」

「你不會是去超市了吧？要買的東西我都已經買好了，你可不要再買了啊！」

她們旅行社的規定，除了店面的服務人員以外，其他員工在週六只須工作到下午三點。這孩子一定是記著早上的約定，在下班後替我採購去了。

「沒有……」我支吾道，「只是待在家裡太悶了，我出來兜兜風而已。」

「是嗎，那就好，不過你什麼時候回來啊？有些東西等著放進冰箱呢。」

「那，我馬上就回來。」

「嗯！我等你。」

我掛掉電話，從沙發上站起來。她正彎腰撿起剛才掉在地上的碗。

「那個……」我艱難地開口道，「如果沒有其它事情的話，那我就先回去了。我應該付妳多少錢？」

她轉過身來，臉上已經恢復了平時的神情。

「我的名字叫葉詩琴，詩歌的詩，小提琴的琴，所以別老是你你我我的了。」

詩琴……我回味著這個名字，腦裡響起了清脆悅耳的叮咚聲。

「楊恪平。恪守的恪，平安的平。」

「女朋友嗎？」她指了指我握著的手機。

「呃，算是吧。」

「為什麼要說謊？關於來這裡的事情。」

「也沒有什麼特別的理由。但即使跟她說實話，說被鬼魂纏身了所以去找高人求救什麼的，也是純粹讓她瞎擔心罷了。我只是覺得沒有那個必要。」

「呵，沒想到你還挺會體貼人的麼。」她略帶嘲諷地說，「但是，不可能瞞得過去吧，昨天晚上她也在場，不是嗎？」

「嗯？」

「你在電話裡說過，有人能證明你在半夜說話，那應該就是她吧？」

「是的，不過她好像以為我在說夢話。」

「什麼？你當然是醒著的吧。」

「可是，在那以後我立刻就睡著了，所以她會這麼想也不奇怪。」

葉詩琴瞟了我一眼，臉上露出驚訝的神情。

「你是說，在那樣的情況下，你居然睡著了?!不會覺得害怕的嗎？」

「怎麼可能？」我苦笑道，「恰恰相反，我從小就特別害怕鬼怪一類的東西，而且比普通人的程度要厲害得多。我想，那根本算不上是『睡著了』，而是被嚇暈過去了才對。」

這是人類肌體與生俱來的一種自我保護機制，就像保險絲的工作原理一樣。當恐懼情緒到達了頂點以後，腎上腺素在瞬間極大量地分泌，令人立即陷入昏迷狀態——很多時候，死亡亦將隨之降臨。但假如後來意識恢復的話，大腦也會將記憶中的情感部分自動抹除，因此雖然能記起發生過的事情，卻不會有身歷其境的恐懼體驗。我相信，昨晚發生的大概就是這麼一種情況。

「原來如此。」她嘟囔著，打開了通往外面的大門。

「那個，」我在玄關處站住了腳步，「妳還沒說我該付多少錢啊。」

「不靈不收錢，等你真的沒事了再說吧。」

「這……不太好吧？」

我們再度四目相對，這次她很快便移開了視線。

「快回去吧，讓女朋友乾等著才不好呢！」

她的樣子看起來毫無商量的餘地。

「那，今天給妳麻煩了。」我只好恭恭敬敬地鞠了一躬，「謝謝妳，葉小姐。」

「葉小姐……」她柳眉輕凝，「聽起來真彆扭，你以後還是直接叫我詩琴好了。」

這麼說來，還會有「以後」是嗎？我在回程的路上不斷地想著這個問題，於是心裡變得陽光明媚了。

回到家的時候，甘芸正坐在房間門外的台階上，百無聊賴地玩著iPhone——那是情人節時我送給她的禮物。身邊放了兩個大號的沃爾瑪購物袋，塞得脹鼓鼓的，看起來大部分都是食物。

看到我從電梯裡走出來，她的臉上露出了幼稚園小朋友見到媽媽時的表情。

晚飯是無錫排骨和紅燒黃花魚，但其實只是直接從超市買回來的成品，食用前再用微波爐重新加熱罷了。這麼一來，便發現了早上我沒吃的兩個煎蛋，因此又被甘芸板著臉教訓了一通，說什麼不吃早飯的危害云云。我本來打算放在晚飯一起吃，可甘芸堅持說放的時間太久會變壞，逼著我去倒掉了。

但即使這樣，也沒能夠改變我拉肚子的命運。詩琴預言的腹瀉在晚飯後不久出現，下腹部忽然絞痛難當，彷彿所有腸子都擰在一起打了死結，萬幸的是持續時間並不長。從洗手間出來後，或許只是心理作用，覺得身體輕快了許多。

這天晚上，我和甘芸沒有做愛——就她在我家過夜的日子而言，這樣的事還是第一次發生。或許是因為前一天的瘋狂至今依然餘勁未消，她並沒有表現出任何異樣，只是早早地上床休息。經過一週六天的工作，會感到疲勞也是理所當然的。

我則出奇地清醒，估計是因為上午睡多了的關係。打開電腦，在Skype上和幾個久未謀面的朋友有一搭沒一搭地聊著天，時間倒也過得飛快。十點半的時候，看到老媽帳號上線的信息，我趕忙退出了登錄，不然又是一通毫無新意的嘮叨。

仍然毫無睡意。我打開互聯網瀏覽器，打算隨便上網看點兒新聞，視窗卻一下子變成了黑色，由於上一次瀏覽器沒有正常關閉，因此便自動載入了當時打開著的網頁。

黑色背景和白色字體，正是詩琴給我的那個 BBS 留言板。早上我只是瞄了一眼便匆匆跳過，此刻卻不禁有些好奇，其他留言者究竟寫了什麼內容。

查看發言同樣不需要任何權限，於是我便一條條閱讀起來。大多數發言都是和我一樣，因為身邊發生了靈異事件而前來求助，但比我的故事卻要精彩得多了。譬如說，有人寫道：「我哥哥從外地回來以後就完全變了一個人，肯定是被什麼東西上身了」；另一人則言之鑿鑿地堅稱「浴室的天花板漏水，但樓上可是沒人住的空房子，那水漬看上去就像是一張人臉的形狀啊」等等。

其中，幾天前發表的一條留言引起了我的注意，是因為裡面提到的一個名字：

「昨天是美琳尾七的日子。班裡的同學一起到晴霧山為她守靈，晚上睡在露營區的帳篷裡。我半夜起來的時候，在一棵樹後看見了一個白色的人影，仔細一看，那就是穿著白色連衣裙的美琳!!她好像發現了我，很快地飄走了，我想追過去，但她已經消失在樹林裡面了。我想，一定是她想來和同學們作最後的告別吧。後來跟大家說了這件事，可是誰也不相信我……」

從文中提及的地點來判斷，發言者多數是來自本地，不過也偶爾會出現一兩條關於鄰近小城市的信息。比如說，那條差點兒讓我從椅子上摔下來的留言便是如此。

留言發表於大約兩個月以前。內容很普通，大意是說房子裡好像有些奇怪的現象，懷疑是因為鬧鬼，因此懇請高人前往收服。在正文的末尾還附上了房屋的地址：新鳳大街十九號。

我認得這個地方，那是一幢五層高的居民樓。
因為二十多年以前，我家就住在隔壁——十七號的頂層。

# 第七章　英雄救美

離十一點還差五分鐘，儘管還算不上太晚，但早睡的人多半已經進入夢鄉。在這時候給關係不算特別親密的人打電話，無疑是欠缺深思熟慮的舉動。

思前想後了一會兒，我決定還是要冒失一回。因為現在不把這件事情搞清楚的話，恐怕這晚上我也不用指望能睡得著了。

手機裡儲存著詩琴的來電記錄，我走到陽台上，一邊按下了回撥鍵。

新鳳大街十九號——仔細想想的話，小時候我每天在樓梯間裡疲於奔命，確實是為了逃離它所投下的陰影——是幢鬧鬼的房子？那麼，那裡究竟出現了什麼詭異的現象，又是從什麼時候開始的？我被這怕黑的窩囊性格拖累了小半輩子，它會不會就是造成這一切的罪魁禍首？

當然，這很有可能純粹是留言那傢伙的一派胡言。就算是真的，面對著幾十個類似的求助信息，詩琴也未必一定清楚其詳細情況。但她畢竟是這方面的「專業人士」，應該有著獨到的見解。退一步說，即使只是聽到她那如威士忌般溫暖的聲音，也是令人安心的事情。

等待對方應答的提示音響了三遍，我開始感到動搖，詩琴說不定已經睡了。但假如鈴聲會把她吵醒的話，即使現在掛斷也已經來不及，來電顯示也將證明是我幹的好事。

當提示音響到第八遍的時候，電話突然接通了。我稍等了一會兒，卻沒有聽到詩琴說話，從話筒裡傳來一些嗞嗞沙沙的雜音，她那邊的信號似乎不是很好。
「喂？」我試探著道。
沒有人答話，但通話質量似乎改善了一點兒，可以清楚地聽見背景的聲音了。噠噠噠，好像是腳步聲，頻率很快，也許是有人在急匆匆地行走。
砰!!突然傳來一下巨響，彷彿某扇門被使勁甩上了的聲音。
「喂？聽得見嗎？」我不自覺地提高了音量，但仍然沒有回答。
腳步聲的頻率越來越快，夾雜著隱約的喘息聲，那邊似乎是跑起來了。
「……混蛋！不要過來!!」
啪！嗞——啦——耳膜被突如其來的幾下噪音刺得難受，然而我還沒來得及作出痛苦的表情，電話那頭就傳來了代表通話結束的信號音。
「喂，喂?!妳沒事吧?!」我氣急敗壞地衝著手機大吼，唯一的回應卻只有那冷冰冰的嘟嘟聲。
「恪平，怎麼了？」
穿著 Hello Kitty 睡衣的甘芸從臥室裡探出頭來。她顯然是被吵醒的，但我無暇理會，心急火燎地在手機上按下了重撥。漫長的沉默過後，一個令人絕望的女聲說道：「您所撥打的電話暫時無法接通，請稍後再撥。」
抱著萬一的心理又試了一遍，依然是同樣的結果。
「恪平？」甘芸緊張地看著我，「到底發生什麼事了？」
我垂下握著手機的手，一言不發地站在原地，玻璃的窗戶上忠實地反映出了一張鐵青的臉。稍稍冷靜下來後，我徑直走回室內，略一側身，避開了站在門邊的甘芸，從洗衣簍裡撿起不久前換下來的衣服。

「我有事要出去一下，妳先睡吧，不要等我了。」

「啊……」

我一邊穿衣服，一邊回想著剛才那通電話。被切斷前聽到的那句話，毫無疑問，是來自於詩琴的聲音。出於某種原因，她的聲音明顯比平時尖銳，而且可以分辨出來，她說話時離話筒還有一段距離。因此，她那句話的對象並不是在電話另一頭的我，而是另外的什麼人。也就是說，那個她叫著「不要過來」的傢伙，當時就在離她不遠的地方。

「都這麼晚了，」甘芸幽幽地說，「有案子嗎？」

「嗯。」我正好順水推舟。

「還是那個連續殺人案嗎？」

「呃，這個麼……」

「知道了，」她歎了口氣，「又是不能說，對吧？」

「沒辦法啊。」我撓撓頭，覺得這個職業真是選對了。

「不會有什麼危險吧？怎麼看你好像很緊張的樣子啊？」

「別傻了，怎麼會呢……」

我強顏歡笑，心裡卻一點兒底氣也沒有。直覺告訴我，從現在開始到天亮之前，在這個烏雲密佈的晚上要想不碰上什麼危險，恐怕是不可能的了。

更叫人惱火的是，我甚至還不知道那危險到底是什麼。

深夜的外環路幾乎沒有什麼車，我直接把油門踩到底，PRADO四升排氣量的發動機發出震耳欲聾的轟鳴，駕駛艙的座椅彷彿化作了巨人的手臂，緊挾著我在城市的邊緣穿梭飛行，沿途的路燈則宛如一顆顆燃燒著的子彈，在窗外呼嘯掠過。旁邊的測速照相機張牙舞爪地打著閃光燈，我不禁露出了嘲弄的笑容——當交警大隊負責覆核的小姑娘發現，照片上的車牌號碼是屬於系統內部的時候，便會毫不猶豫地將其刪除。

時速表的讀數一旦超過了一百八十公里，距離的概念似乎也就隨之消失了，這或許便是相對論的一種表現吧。在我反應過來以前，竹語山莊的大門便已再次出現在眼前，理所當然地，我也再次被道閘拒之門外。

下午的時候，詩琴在電話裡確實說過「今天都不能離開這兒」。更重要的一點是，除此以外，我根本不知道她有可能會去哪裡。

保安帶著狐疑的眼神走上前來，大概是中途換過了一次班，和下午的時候不是同一個人。

我這次學了乖，乾脆也不說是來找人的，而是直接向其出示了警官證。或許是因為夜深了的緣故，保安也變得謹慎了許多，目光不斷地在我的臉與證件上的照片之間來回掃過，似乎一時間拿不定主意該怎麼辦。我拍打著方向盤，故意露出不耐煩的表情，於是這哥們兒也就誠惶誠恐地予以放行了。

這回輕車熟路，我不費吹灰之力便回到了湘竹閣前的停車場。沿途的柏樹在車燈的照射下拖曳出長長的影子，就像是一排排整齊躍動著的妖魔。

我走出車外，狠狠地吸進一口這帶著竹子清香的新鮮空氣，微涼的晚風飽含了雨後的濕度，將殘存的睡意徹底驅散。我關上車門，順勢便抬頭望了望我的目的地，不料這一望之下，卻差點兒讓我直接從山坡上滾了下去。

「怎、怎麼會這樣……」

我喃喃自語著，依舊不敢相信眼前的事實。

現在差不多是晚上十一點半，儘管已經算得上深夜，但對於許多都市人來說，還遠遠不到睡覺時間，尤其是在這週末的日子裡。不遠處，桂竹閣那燈火通明的幾座大樓，便是最好的證據。

然而，眼前矗立著的湘竹閣Ｂ座，卻是完完全全的漆黑一片！

要不是我事先便知道在那兒有一座樓，要在茫茫夜空中發現它那黑黝黝的影子，還真不是件容易的事情。仔細觀察一下的話，湘竹閣的另外三幢大樓雖然都有房間亮燈，但燈光明顯要比其它組團的單元樓稀落得多。

原來如此，難怪白天當我說要找湘竹閣Ｂ座的時候，保安會突然變成那樣的反應了。

因為，這根本就是一幢沒人居住的鬼樓啊！

詩琴自稱是法師——事實上，我也不知道她們這類職業準確的名字叫什麼，反正就是負責辟邪驅魔的人吧。假如說，她出現在這鬼樓裡，是為了對付正在裡面作崇的東西，我認為這種猜測完全合理。我雖然在靈異玄學方面是一竅不通，但要是說詩琴在樓裡設下了某種陣法導致她無法離開，這也並非難以理解的事情。

在網路留言板上，我並沒有看到與竹語山莊相關的求助信息。不過，也很可能還有其它接受委託的渠道存在。

這麼一來，剛才的那通電話便更有問題了——詩琴口中的那個「混蛋」，指的莫非並不是人類？

此外，這也證明了我的想法沒錯，詩琴應該仍然身處在這湘竹閣B座之內，只是很可能已經陷入了嚴重的危機之中。而且，清楚她現在所處困境的，或許就只有我一個人而已。

面對著前方那片不祥的黑暗，我不由自主地停住了腳步。毫無疑問，這裡鬧鬼的消息已經傳開，即使是同一組團的其它幾座單元樓，也有不少住戶因為忌諱而搬到了別處，所以亮燈的房間相對便少了許多。

「沒用的傢伙，你到底是為什麼來的?!」心裡有一個聲音在破口大罵。

我咬咬牙，幾乎是跳著走下了停車場旁邊的樓梯。無論如何，把女人丟在危險之中獨自逃走，是我堅決不能接受的行為。

下來以後我才發現，原來B座也並非徹底的黑暗。一束微黃的燈光，自蓮花池後的入口處透出，不過之前在位置較高的山坡之上，由於角度問題而無法看見罷了。只是在我看來，這燈光就好比深海鮟鱇頭頂上搖擺不定的發光器，正試圖把我吸引到後面隱藏著的那張佈滿獠牙的大嘴裡去。

即便如此，現在也已經別無退路了。我鼓起畢生的勇氣，腳步踏得噔噔作響，硬著頭皮闖進了這座凶多吉少的大樓。電梯間的燈同樣亮著，但是由於四周沒有窗戶，所以無法從外面看見。

一台以正常速度運行的電梯，由地下上升至十六樓，時間一般不應該超過三十秒——然而，當我恣意想像著一張張猙獰扭曲的臉孔，從金屬的牆壁和地板上慢慢浮現出來的時候，感覺便跟過了好幾個小時差不多。不可思議的是，電梯最終竟安然無恙地停了下來，門打開後，外面也沒有一個在那兒等候多時了的幽靈。

我幾個箭步衝到 1605 室的門前，也顧不得禮節上是否合適了，只管一個勁兒地按著門鈴。門內清晰地傳來清脆悅耳的音樂聲，然而正像我所擔心的那樣，裡面沒有任何應答。

我頓時傻眼了。從掛掉電話的那一刻起，我唯一的念頭只是詩琴有危險，因此必須儘快趕到她身邊。但卻絲毫沒有想過，如果在這裡找不到她的話，那又應該怎麼辦。

正當一籌莫展的時候，我忽然注意到了一件事情，不禁渾身又打了個寒顫。

是那扇被漆成了朱褐色的豪華實木大門——本應緊密重合在一起的房門和門框之間，此刻卻有了一個小小的夾角。

也就是說，1605 室的房門，現在只是虛掩著的。

我不假思索地輕輕一推，門無聲無息地打開了，房間內一片漆黑。我摸索著在門邊的牆上找到一個開關，按下去後，天花板上的日光燈立即照亮了整個客廳。

空空如也的陽台、通往臥室的狹窄走廊、廉價的沙發和顯像管電視機，室內的一切都與白天的時候一模一樣。甚至那個我用來吃過那噁心藥膏的小塑膠碗，現在也還好端端地擺在餐桌上，只是唯獨不見了詩琴的身影。

我瞇縫著眼睛四下環視，希望在這間屋子裡找到值得注意的地方——在案件現場的時候，一科的刑警們經常就是這樣一副表情。從人體科學的角度來看，這樣做能使眼睛的視角變窄，印在視網膜上的景物便會減少，大腦在同一時間需要處理的信息量也將相應減少，因此有助於在視覺信息中分離出重要的部分。

最終我的目光停在了角落處一扇有點兒像日式房間的推拉門上，如果我沒猜錯的話，門後應該就是廚房。

「那裡不能進。」我記得詩琴曾說過這樣的話。但如今我不得不違反她的指示了，因為在那裡說不定存在什麼能幫助我找到她的線索。

推拉門旁邊的牆上有個開關，按下去後，光線便從門縫中透了出來。我伸手就去拉門，然而門卻只是稍稍晃動了一下，似乎有什麼地方被卡住了。我沒那閒工夫慢慢查看到底是哪兒的問題，於是手上加足了勁又拉了一次，隨著有什麼東西被撕裂的感覺，門像脫韁的野馬般滑到了一邊。

我瞬間便明白了那時詩琴不讓我進來的原因，也深深後悔沒有聽她的話了。

廚房的天花板、櫃子、水池、地板……全部都結滿了一層厚厚的霉，牆上的抽油煙機就像是裹在了一團噁心的黑霧中，叫人幾乎無法辨認其本來面目。一大片墨綠色的霉甚至長到了推拉門的內側，像紫菜一樣從中間被撕成了兩半，估計就是剛才妨礙開門的東西。

這真是不折不扣一間鬼屋所應有的樣子。我跌跌撞撞地後退了幾步，不由得雙腿一軟，一屁股就坐到了地上。手機從牛仔褲的兜裡骨碌碌地滾了出來，被我下意識地一把攥到了手裡。

我忽然意識到，或許這才是這座大樓的本來面目。或許，那大堂與電梯、那因過分簡陋而顯得格格不入的客廳、還有那奇妙的女人……全都只不過是用來迷惑我的假象而已。一旦從這幻覺中清醒過來，展現在眼前的便是這宛如地獄般的真實景象。

又或許，這道推拉門就是一條界線，邪惡被封印在門的背後，一直等待著某個好奇心過盛的笨蛋把它們釋放出來。

我喘著粗氣，惶恐地抬頭張望，只是周圍卻並未產生任何變化，依然是那間平凡得不能再平凡的客廳。我顫巍巍地站起來，兩腳卻不聽使喚，徑自一個勁兒地挪動後退，似乎是要離那仍舊半開著的廚房門越遠越好。無論如何，我也不認為我還有勇氣再到裡面去仔細調查些什麼，就剛才那匆匆一瞥而言，至少有一點是可以肯定的，那就是廚房裡並沒有人。

不知不覺之間，我已經退到了玄關附近，心跳和呼吸都慢慢平復了一些，於是感官又重新變得靈敏了起來。

好像，在附近的什麼地方有人低聲地說著話。

說話的人當然不可能在屋內。我走出大門，在狹窄的樓道上來回張望，可是哪兒又有半個人影？

「……哎！幹嘛不吭聲!!」說話的人大概提高了音量，在一片死寂中，竟已經能夠分辨出內容來了。

這是一個低沉的女性聲音，聽上去十分耳熟，但相比之下，那種獨特的說話語氣更能表明她的身份。

我猛然醒悟過來，連忙低頭去看握在手中的手機。不出所料，電話是接通了的，螢幕上正顯示著安綺明的名字。

大概是剛才手機掉出來了以後，我捏在手裡，卻不小心撥打了電話簿裡儲存著的號碼。事實上，這種配備了觸控式螢幕的手機經常會發生類似的誤操作。

「喂，喂。」我把手機放到耳邊。

「你怎麼回事啊?!」小安沒好氣地說，「打電話過來自己又不說話！」
「啊呀……不好意思，我應該是不小心按到了。」
「什麼嘛？還以為你是想要關心一下我們的誘捕行動呢！」
「噢，對了，有什麼進展嗎？」
「要是有點兒什麼倒也罷了，可恨的就是沒有啊……這該死的高跟鞋，我快要被它折磨瘋了！」
「這個，習慣以——」
我原本想說的是「習慣以後就好了」，然而聲音卻在剎那間戛然而止，彷彿嗓子眼突然遭人敲了一記悶棍。
我呆若木雞地，死死地盯著狹長的樓道盡頭，由於眼眶的過分張大，周圍的肌肉傳來痠痛的感覺。那兒有一扇門，並不是每個套間入戶的那種實木大門，而是一扇其貌不揚的灰色防煙門。門框邊上帶有自動關閉的裝置，應當是通往大樓的消防樓梯。
防煙門的上半部鑲嵌了一塊興許是裝飾用途的毛玻璃，就在這塊玻璃之上，此刻正赫然映著一個黑色的人影！
「你說什麼？」小安問。
「對不起，我有點兒急事，回頭再跟妳說吧。」
我不顧小安在電話那頭的抗議，一邊粗暴地切斷了通話，一邊快步朝那防煙門走去，到最後則演變成了一溜小跑。
「詩琴？」我喊道，「是妳嗎？」

我不知道自己為什麼會問這樣的問題——答案應當是顯而易見的：除了我和她以外，在這座沒有住戶的大樓裡，根本就不可能還有第三者存在。

彷彿是對我的回應，就當我馬上要抵達樓道盡頭的時候，門上的黑影竟倏地消失不見了。

「詩……詩琴？」我楞在了門前。

沒有回答。靜謐的樓道裡響起極其微弱的回音，彷彿在譏笑我又產生了幻覺。

事實上，就我現在的精神狀態而言，這絕非不可能的事情。在經歷了今天一系列的驚嚇以後，我早已無法對自己的眼睛抱有信心。

我試著去拉動防煙門，門沒有上鎖，正如預料的那樣，門後是如同長蛇一般盤旋纏繞的消防樓梯。水泥澆注的台階直接裸露在外，並沒有鋪設地板磚，大概是由於平時鮮會用到，因此開發商便省下了這個成本。十六樓正好位於大樓的中部，從樓梯的縫隙間望去，既好像高山仰止，又似是臨淵萬丈，哪邊都看不到頭。但無論是樓上或是樓下，都察覺不到剛剛有人經過的痕跡。

我不知所措地呆立在門邊，須臾，四周突然陷入了一片黑暗之中。

是聲控電燈——我立刻便反應了過來，輕輕一跺腳，安裝在牆上的感應器接收到聲音信號，於是燈隨即又亮了起來。

與電梯間和樓道裡需要一直保持明亮的燈光不同，這消防樓梯由於並不經常被使用，因此出於節省電力的考慮而安裝聲控電燈，這是很合理的設計。

如此說來，剛才在我打開防煙門走進來的時候，消防樓梯的燈就應該是暗著的才對——

除非，之前就有什麼人在這裡，把聲控電燈的開關給啟動了。

那人影……並不是幻覺。

詩琴沒有理由不回答我的問話，更不可能像那樣突然逃走。也許，這裡的確還存在第三個人，出於某種目的而進入了這座無人居住的大樓。假如是這樣的話，這個傢伙一定和詩琴的失蹤有著莫大的關係，那我就有非找到他不可的理由。

據說鬼是沒有影子的，而這傢伙不但在玻璃上留下了影子，甚至還能弄出足以啟動聲控電燈開關的聲響來。我雖然只是法醫，但畢竟在刑警堆裡混了這麼些年，自忖也不是什麼好捏的軟柿子。只要對方不是鬼，那不管是多麼窮凶極惡的角色，總還有拼命與之決一死戰的機會。

我於是又一下子來了精神，決定沿著消防樓梯搜索，希望找到哪怕一丁點兒蛛絲馬跡。在方向的選擇問題上，我看著那彷彿無窮無盡的樓梯，決定還是先從樓下找起，心想要是找不到的話，大不了再坐電梯到頂層重來一遍罷了。

然而很快我便發現，並沒有那個必要。

僅僅往下走了一層半的樓梯，我注意到，在台階的顯眼處躺著一個閃閃發光的玩意兒。定睛一看，那竟是一個手機，大約是摔下來的，後蓋和裡面的電池都被彈到了外面。

一個正常處於待機狀態的手機，假如把它的電池取出來——當然，摔出來也一樣——的話，之後在一段時間內撥打這個號碼，便會聽到「電話暫時無法接通」的提示。

就像之前，我試圖給詩琴打電話時聽到的那樣。

我撿起手機散落的各個部分，裝上電池，把開機鍵按下去兩三秒後，隨著機身的一下抖動，螢幕便亮了起來。看樣子，並沒有因為摔到地上而造成嚴重損壞。

我下意識地掏出自己的手機，最近的一次通話記錄是安綺明，我按下倒數第二個號碼，手機隨即自動轉入了撥號介面。

短暫的沉默後，那另一台手機在我手裡不住地抖動起來，但卻沒有發出鈴聲，似乎是被調成了震動模式。螢幕上顯示著一長串數字，不是我的電話號碼又是什麼？

這麼一耽擱，已經超過了聲控電燈的延時設定，燈又滅了，只剩下兩台手機螢幕發出的微光，幽幽地照在我的臉上。我也懶得再去把它跺亮了，周圍的黑暗正好有助於我想像，不久前在這兒究竟發生了什麼事情。

當時詩琴的腳步聲十分急促，而且她還喊了「不要過來」。毫無疑問，她是在試圖逃離某人或某個東西，因此才會跑到這消防樓梯裡來。那麼，之前那砰的一聲巨響，恐怕就是她從樓道跑進消防樓梯後，為了阻止那人追來，而用力甩上防煙門的聲音。然後，就在我現在站著的地方，大概是由於她在奔跑著下樓梯的關係，一不小心將手機掉到了地上，電池也同時彈了出來。

這便是通話切斷前，我所聽到的那聲「嗞啦」。也因此，雖然我立即重撥她的電話，卻再也打不通了。

我認為，這個推測應該已經八九不離十了。問題是，之後她去了哪裡，或者——我不得不設想這種可能性——被帶去了哪裡呢？

我深深地吸了一口氣，前方又是一成不變的樓梯拐角，同樣的灰色防煙門在一側緊閉著，簡直讓人分不清現在是哪一層。正面的牆壁只是馬虎地刷了一層白色油漆，還留著好些膩子❸上的毛刺兒，但除此以外，並沒有其它異常之處。我不由得感到一陣焦躁，假如詩琴是被人強行帶走的話，她似乎連稍作掙扎的機會都沒有。

等等……牆?!

我站在樓梯的中段，距離前方的牆壁還有四五米。單憑手機螢幕的這點兒光線，我根本不應該能看得清楚這面牆，更不用說牆上的毛刺兒了。

不知道是什麼時候，天花板上的聲控電燈又被點亮了。只是，我卻沒有發出過任何一點兒聲音。

這時我才驚覺，四周已經不再是徹底的寂靜，某個沙啦沙啦的聲音，正似有還無地飄蕩在這樓梯間裡。不光如此，所有感官彷彿都在同一時間變得敏銳了起來。我又聞到了一股異乎尋常的清香，那氣味實在難以形容，明顯夾帶著一股腐敗的氣息，卻出奇地並不令人覺得噁心，反而有點兒莫名其妙的好感。

有什麼落到了頭頂上的感覺，很輕，也許是半拉❹蜘蛛網。我不假思索地一抬手，用手機把那東西從頭髮裡撥拉了出來，順勢便放到眼前看看到底是什麼。這一看之下，登時讓我不禁倒抽了一口涼氣。

纏繞在手機上的，竟是一綹泛著銀光的白色長髮!!

我心裡清楚得很，在這種時候，是無論如何不應該抬頭看的。但脖子卻彷彿著了魔一般，使不上半分力氣，於是腦袋不由自主地便朝後倒去。樓梯間內的燈光算不上多麼明亮，卻將這幅足以改變我有生以來所有世界觀的畫面，無比清晰地映入了我的眼簾。

一顆碩大無朋的頭顱，正從天花板上倒吊下來，滿頭亂七八糟的蒼蒼白髮，猶如獅子鬃毛的形狀，乍看上去竟與照片裡的愛因斯坦有幾分相像。一張淨是皺紋褶子的臉，由那茂密的頭髮叢中探下，幾乎已經碰上了我的鼻尖，枯槁的棕色皮膚之上，佈滿了一大片一大片顏色深淺不一的斑瘀。本來應該是眼睛的位置，現在只剩了兩個黑洞洞的深坑，卻還在直勾勾地盯著我那早已面無人色的臉，彷彿是看到了某種美味的東西。

那股腐敗的氣息現在變得極為濃烈，毫無疑問正是從這顆頭上散發出來的，然而卻偏偏又不可思議地夾雜著某種沁人心脾的香氣。由於被那極為霸道的頭髮遮住了視線，我無法看見它的腦袋後面是否還連著一個身體。

這張臉上沒有嘴唇，一道巨大的漆黑裂縫，斜斜地延伸到臉的兩側，看上去竟然是在笑。

我的頭皮還沒來得及發麻，只見那腦袋驀地一縮，便消失進了一片白花花的頭髮裡面。不，不是腦袋縮了進去，而是千絲萬縷的白髮一起朝我席捲而來，瞬間便把我的頭裹成了一個繭。

呼吸立即就變得困難了起來。在人類求生本能的作用下，我拼盡全力掙扎。奇怪的是，這些頭髮並沒有我想像的那樣堅韌。我使勁兒甩了幾下腦袋，竟然便被扯斷了不少，我的臉也得以從繭裡掙破了出來。我順勢抬起兩臂亂揮一通，把依然附在身上的頭髮拍掉，扭頭便沒命地朝樓下逃去。

那東西大概沒料到我還能反抗，不由得愣了一下，但馬上便緊緊追了上來。我從眼角的

❸膩子是平整牆面的一種裝飾材料，呈厚漿狀，是粉刷牆壁前必不可少的一種產品。
❹物品的一半。

餘光瞥見，它似乎是在牆上爬行，速度奇快無比。耳畔傳來連續不斷的沙啦聲，原來那竟是它移動時發出的聲音，這聲音雖不算大，但假如直接從牆上的聲音感應器上經過的話，估計還是能令聲控電燈反應的。

連蹦帶跳地拐了幾個彎，大概也就跑了兩三層樓而已，我卻已經有喘不過氣來的感覺，不由得暗叫糟糕。按理說，雖然是全速奔跑，但就下樓梯的運動強度而言，決不至於讓我這麼輕易到達體能極限。

然而，身體的狀況是絕對無法勉強的。隨著呼吸變得急促，無法提供足夠的氧氣，肌肉的活動便自然而然地慢了下來。那顆頭顱從我的視野裡消失了，那只有一個可能性，它已經就在我的背後了。

左手忽然一涼，一隻冷冰冰的手，像鉗子一樣緊緊扣住了我的手腕。

啊，終於結束了。我心道。

這時，我產生了一種強烈的既視感。那時候的夢裡，當我掉進最後那個地獄般的深淵之前，就是這一模一樣的感覺。

說不定這也只是個噩夢吧？說不定，過一會兒，又會在家裡的床上滿頭大汗地醒來。那樣的話，大概便要去向曾杋匯報了，那可真夠麻煩的。

總之，我已經失去了繼續逃跑的意志。闔上眼睛，是一片寧靜而舒適的黑暗，一直緊繃著的神經終於鬆弛了下來，連那頭顱發出的催命般的沙啦聲也聽不到了。所有恐懼的情緒，正一點一點地從體內消失。

「看在上帝份上，快把這該死的手機扔掉!!!」一個聲音叫喊著，打破了我這難得的片刻安寧。我只覺被扣住的手腕上傳來一股巨大的拉力，手上原本握著詩琴的手機，一下子便被奪了過去，然後又聽見「嗖」的一聲。

我不由得睜開眼睛，恰好看見那手機劃出最後的一小段拋物線，緊接著啪的一聲，重重地摔在上方的水泥台階上。剛剛才裝回去的電池，眼看著一下子又蹦了出來。

那顆頭還懸吊在天花板上，受到響聲的吸引，竟放棄了對我的追趕，卻向那手機掉落的地方滑過去了。然而還沒等我鬆一口氣，它卻突然在牆上停了下來，復又移向這邊，速度比之前更快了。

「扔啊!!!」方才的那個聲音又在耳邊響起。我這才意識到，這聲音竟相當熟悉，宛如一壺沸騰的威士忌。

當下也不容再作細想，我擺了個推鉛球的姿勢，將右手上我自己的手機用力朝樓上扔了過去。這半側身之下，卻看清了在旁邊拉著我的左手，急得直跺腳的這人，竟正是我千辛萬苦要尋找的詩琴。

手機飛起來後，那顆頭果然又一次停住不動了。然而我的手機卻沒有那麼好的運氣，樓梯上方傳來一陣玻璃破裂的聲音，恐怕螢幕已經摔成粉碎了。

在我來得及心痛之前，詩琴已經一把將我拉進了旁邊的防煙門。兩人在樓道裡東倒西歪地跑了幾步，然後一起跌坐到了地上。

這時候的我，無論身心，確實是都已經到了極限。再看看身邊的詩琴，臉色也是一片蒼白。她仍然穿著下午見面時的那身衣服，但鬢角的秀髮凌亂，顯得前所未有的狼狽。

她靠在牆上，稍稍歇息了一會兒，指了指我，又指了指樓道另一頭的電梯間，然後做了一個向下的手勢。
這意思十分明白，就是讓我獨自坐電梯到樓下，然後逃出這座見鬼的大樓。我自然不可能同意這樣的安排，頭搖得像撥浪鼓一樣。詩琴看出我沒有要離開的意思，但也無可奈何，只輕輕地歎了口氣。
「你為什麼回來了？」過了一會兒，她低聲道。
「呃……因為妳沒有接電話啊。」我一開口，便發現喉嚨竟痛得像火燒一般。
「那又怎麼樣？」
我是在擔心妳啊！我在心裡大聲吶喊，卻無法發出半點聲音。
詩琴盯著我，忽然道：「你這次來怎麼比下午快了那麼多？」
「呃，剛才比較著急，所以……」
「在路上超速了嗎？」
「只超了一點兒，沒什麼大不了，不會被罰的。」
「你以為，」詩琴卻恨恨地說，「這樣我就會感激你了嗎？」
就算我的脾氣再好，聽到這話也不由得火冒三丈。我騰地站了起來，只覺得急怒攻心，樓道裡頓時天旋地轉，我眼前一黑，然後就什麼也不知道了。
也不知道過了多少時候，一陣涼爽的微風颳在我的臉上，我不由得打了個寒噤，睜開眼睛，看見的卻是一望無際的夜空。
四周是一圈環形的低矮山坡，幾座高樓的陰影如同利刃直插天穹。一陣醉人的清新花香飄來，我很快便意識到，自己竟是躺在那小山谷裡，蓮花池畔的草地之上。天上厚重的雲層已經散去，銀盤似的月亮閃動著耀眼的光芒，昭示著明天該是個晴朗的好天氣。

之前的暈眩已經徹底消失了。腦袋下面好像墊著一個柔軟溫暖的枕頭，感覺十分舒適。

「你醒了啊。」

是詩琴的聲音。眼前的夜空隨即消失了，取而代之的是她那充滿著關切的面容。我突然醒悟過來，自己的頭，原來是擱在了她的大腿之上。

「嗯……」我艱難地答應道。想要掙扎著坐起來，但全身乏力，竟似完全動彈不得。

「不要說話，好好躺一會兒。」

「我……暈過去了嗎？」

詩琴靜靜地看著我，沒有回答，她的目光如水一般的溫柔。

「唉，真丟人吶。」我喃喃道。

「以後不要再這麼衝動了。」

我勉強擠出一個苦笑，沒有說話，氣氛陷入了沉默。又是一陣清涼的微風拂來，帶著點點蓮花的清香。我忽然生出一個幻想，只希望這星球可以就此停止轉動，永遠停留在這一刻。

然而時間畢竟一分一秒地過去，我的身體開始逐漸恢復活力，能夠用雙手撐地，自己慢慢地坐起來了。詩琴於是站起來，整理了一遍身上的衣服，讓裙襬遮住了膝蓋。

「能自己回去嗎？」她問。

「沒問題……」我頑強地說，但立即察覺了她話裡包含的另一層意思。「難道，妳還要……？」

「這可是我的工作啊。」她望向不遠處的B座入口。

此刻我的頭腦已經冷靜了許多，明白即使和她爭辯也是沒有意義的。事實上，被她救了好幾次的我，在這方面的確沒有提出意見的資格。

「消防樓梯裡的那個東西，」我問道，「到底是什麼？」

詩琴不置可否地努努嘴，並沒有直接回答我的問題。

「我已經知道該怎麼對付它了。」

「是嗎……」

「嗯，多虧了你的關係。」

不管這句話是真的，還是純粹為了安慰我才這麼說，總之在我聽起來十分受用。

「那麼，你自己保重了。」詩琴對我微微點頭，轉身走向那泛著微黃燈光的大門。

我目送著她的背影在門內消失。頓時只覺得渾身一陣輕鬆，就勢往後一倒，四肢張開成一個大字，躺在了那柔軟的草地上。漫天星斗對我俏皮地眨著眼，我甚至能感到自己臉上的笑意。

妳平安無事……真的是太好了……

# 第八章　陰火

「其實一開始的時候，B座也沒有什麼奇怪的地方，陸陸續續就搬進來了許多住戶。」

老洪拿著開水瓶，一邊往一個破破爛爛的搪瓷漱口杯裡倒水，一邊說道。

這人自稱姓洪，所以周圍的人都管他叫老洪，其實只是個二十八九歲的小伙子，不過長得有點兒老成而已。但對於保安這個職業來說，大概他的確可以算得上是老資格。從竹語山莊落成之日起，老洪就一直在這裡工作，對所有的傳言可以說是瞭若指掌。

今天輪到老洪值夜班，他似乎很歡迎有人來和他一起打發這無聊的漫漫長夜。當然，這跟我之前進來時出示過的警官證，恐怕也不無關係。我剛提起湘竹閣B座的事情，老洪的話匣子一下子就打開了，而且熱情地張羅著給我泡茶喝。

「楊警官，來來來，先喝口水。」他恭敬地把杯子遞給我。

我瞥了一眼那所謂的茶，半溫不燙的水中漂浮著幾片實在無法讓人稱之為茶葉的東西。但經過不久前的一番驚險，我早已是唇乾舌燥，喉嚨裡渴得眼看著快要冒出煙來，確實也沒有挑剔的資本。當下便接了過來，咕咚咕咚地喝了個底朝天。

「您……剛才進去過了吧？」老洪皮笑肉不笑地看著我，意味深長地說。

我瞪了他一眼：「這跟你有關係嗎？」

「沒沒，」老洪連忙賠笑，「俺這人就這毛病，好打聽個事兒，老改不掉……」

這麼說來，我暗忖，要想問清楚那鬼樓的事情，這傢伙倒還真是非常適合的人選。

「您這兒是在調查什麼案件？」或許是見我的臉色稍稍緩和了點兒，老洪又開始嘰歪起來。

「這是機密。」我冷冷道。

「啊！」這傢伙突然一副恍然大悟的樣子，神秘兮兮地說，「該不會是那個『女鬼殺手』的案子吧！」

「哦？」我揚了揚眉毛，「你也知道這事？」

「知道，知道。」老洪嘿嘿一笑，大概是自以為找到了我在這裡的原因。

「少廢話，湘竹閣B座的事兒，趕緊說。」

「是是。就說當時住戶都搬進來了，頭半年也還平安無事。所有怪事的開端，還得從住在七樓的一戶人家說起。」

「是七樓？」我確認道。

「對對。當時那兒住的是一家三口，夫妻倆應該都有四十多歲了，但娃估計是要得晚，才剛上小學不久，是個挺文靜的女孩兒。和他們住在一起的還有一位老太太，也不知道是孩子的奶奶還是姥姥。這老太太俺見過幾面，歲數估計也蠻大了，那頭髮全都是白的，但逢人老是黑著一張臉，就像欠她們家多少錢似的。反正每次瞧見她，俺就覺得陰陰的特不自在。」

聽到這裡，我的心不禁咯噔跳了一下。

「這一家子搬進來還不到兩個月，這事兒就出來了。頭天傍晚的時候，還有人瞧見老太太在外頭溜達，沒想到夜裡她一口氣沒上來，哐當地就倒了下去。那兩口子趕緊叫來了救護車，可送到醫院以後，大夫只瞅了一眼，就說已經不行了。後來有人說，是因為新裝修房子的毒還沒散乾淨，也有人說是本來就差不多該到歲數了，反正是誰也說不出個準兒來，老太太就這麼不明不白地過去了。」

我不記得有給這麼一位老太太驗過屍。也就是說，她的死亡，至少在當時的醫生看來，是沒有可疑之處的。

「老太太走了以後，家裡人也沒轍，只是一味忙著辦喪事。守靈那天，在他們那層樓道裡，還有B座大門口都點上了白蠟燭。別的住戶雖然覺著在新房子裡弄這個不太吉利，但人家家裡人沒了，總不好再刁難什麼，俺們保安也就睜一隻眼閉一隻眼算了。」

老洪給我的茶續上水，接著說道：

「可是怪事從此就多起來了。首先是那家裡的女孩兒，莫名其妙地就害起了病，一開始以為是普通的感冒發燒，但看了大夫吃了藥卻老不見好，過了些日子反而連地都下不來了。兩口子自然是著急啊，到處託人求各種偏方，但就是沒有一條管用的。後來還是孩子她舅認識的一朋友，懂點兒這方面的道道，說該不會是老太太因為想念孫女兒，陰魂不散，要把娃也一併帶走了吧？」

要是在以前，我興許會聽得心裡發毛，不過嘴上還是會罵一句荒唐。但如今，我卻實在沒有把握把這當成純粹的胡說八道了。

「兩口子當然立馬就慌了，連忙又到老太太的墳前去燒了許多香，磕著頭說了無數好話，求老太太不要把女兒給帶走。回來以後，心裡還是覺著不踏實，於是帶著女孩兒搬回了原來的房子去住。說來也怪，據說從此之後，女孩兒的病就真的一天一天好了起來。」

「那事情不就過去了嗎？」我說。

「當時俺們也是這麼想的，但這事兒偏偏沒有這麼簡單。那些搬進了B座的住戶，好像一個個都中了咒似的，短短一個星期之內，就有三個毫不相干的人出了車禍；另外一位大姐到菜市場買菜，在地上滑了一跤，結果就摔成了粉碎性骨折。後來有個四五歲的小男孩兒，也害了跟之前那女孩兒一樣的怪病。大伙兒一合計，莫不是那老太太找不著親孫女兒，也管不上是誰家的娃了，隨便看中一個便要帶走，嚇得那家人連夜就住到了旅館。於是過了個把月，凡是家裡有小孩兒的，多半都搬走了。」

老洪呷了口茶，臉上顯出得意的神色：「不過，要說最邪門的，還得數十六樓的那個出租屋。」

我感到臉上的血液一下子凝固了，恐怕，我已經知道那個出租屋在哪裡了。

「那原本是一套三居室的房子，房東把三個房間分別租了出去，客廳廚房公用。其中一個租客是個剛畢業的大學生，有天一覺醒來，另外的兩名租客發現他已經直接拿著行李跑了，連押金都沒去要回來。但房東還是不幹，輾轉找到了這個學生，問他為什麼突然就不住了。那孩子鐵青著一張臉，只不斷重複著一句話：『那屋裡有鬼。』

「房東再三追問之下，他才吞吞吐吐地把事兒說了。原來這孩子他女朋友在外地，兩人經常半夜不睡覺，整宿地互相發短信膩味。結果那天晚上他迷迷糊糊的，聽到個沙啦沙啦的響兒，好像外面在下雨。他爬起來一看，就在這十六樓的窗外，那滿頭白髮的老太太，正隔著玻璃盯著他哩！」

老洪把他認為最精彩的這段一口氣講完，看我只是毫不驚訝地點了點頭，眼裡不由得流露出失望之情。

「那房東不愧是個精明人，當下也不再計較，更主動把押金還給了那學生，只囑咐他這事兒不要聲張，以免傳開去不好找新的租戶。但漸漸地，其他的租客也感覺到不對勁兒，有聽見怪聲的，也有跟那學生一樣親眼瞧見了那老太太的，於是一個個都嚇跑掉了。後來租客換了一批又一批，租金是越來越低，還是不好租出去。加上那房子的廚房廁所裡開始長霉，怎麼去都去不掉，一瞅上去就是個凶宅的模樣，當然就更沒人敢住了。

「房東那個愁啊，不光他愁，樓裡的其他業主也愁。您說一百來萬的房子，這人還沒住暖和呢，說話就成鬼屋了。這又不屬於質量問題，錢也早就付給開發商了，當然是不退不換的了。再說，那會兒的房價，每平米已經比發售的時候漲了好幾千，要說按原價把房退掉，肯定是誰也不願意的。可這鬧鬼的消息已經傳了出去，這房子以後不管是賣是租，肯定都不好處理；自己住呢，還真怕招惹了什麼不乾淨的玩意兒，不死也得倒好幾年楣。於是就有人提議說：要不大伙兒湊點兒錢，請位高人過來作作法，要是這樓裡面真有什麼邪門兒的，能超渡的咱就儘量超渡，萬一碰上實在不通人性的，那就乾脆給它打個魂飛魄散。」

我心想，莫非詩琴就是他們請來的高人？

「業主裡有些有關係的，又託了幾重朋友，結果還真找來了一位高人。這位高人名頭可不小，現在的茅山七子中排行老么，是唯一一個下了山的，降魔辟邪風水解煞無一不精。他來的那天俺也去湊熱鬧了，瞧那仙風道骨的模樣，活脫脫就是一再世張三豐。」

哦，那就不是詩琴了。

「誰知道那高人到了地方，只瞧了一眼，二話不說掉頭就走。大伙兒一下都懵了，連忙團團圍住說您這是幹嘛。高人歎了口氣，掏出定金還給帶頭的業主，說這事兒在下力不能及，你們還是另請高明吧。

「這下子業主們全傻眼了。還是先前那房東會來事兒，說您老來一趟不易，這定金也就權當一點兒茶水路費，我們是無論如何不能收回來的。您老要是真不樂意給開這個壇，我們自然也不敢勉強，您就給大伙兒說說為什麼，至少也讓我們弄個明白不是。

「只見那高人指著大樓，單單問了一句：『這樓裡面，可曾有人點過白蠟？』

「業主們一聽就驚了，心想高人果然就是高人，什麼事兒都瞞不過人家的法眼，於是紛紛搶著點頭。那高人便接著講道：這樓建成這般模樣，原來乃是風水上一個極厲害的佈局，喚作祭燭樓。所謂祭燭，即是祭祀時點的香燭，這裡名為湘竹閣，恐怕正是暗合了『香燭』的諧音。在這個佈局中，充當蠟燭的就是這座大樓，周圍這個山谷是安放蠟燭的燭碗，而谷底的水池子則是熔化掉的蠟油。另外，大樓刷成通體白色也是有講究的，自古以來，紅蠟燭是用於祭神，白蠟燭則用於祭鬼。如此巨型的一根白蠟立在這兒，方圓十里的孤魂野鬼都會被吸引而來，兼且盤桓不去，陰氣極盛之後，確實便有可能反噬於人。

「當時在場的業主，聽到這兒，基本上臉是都已經綠了。唯有先前那房東強笑著問，難道就沒有解決的辦法？那麼這座樓裡到底還能不能住人？

「高人歎息答道：倘若不是已經點過了白蠟，興許倒還有些化解之道。可是這白蠟就是個引火之物，已經把這根大蠟燭也給點上了——簡單地說，就好像平常點蠟的時候，用一根蠟燭去點燃另一根蠟燭一樣。並且這火還不是一般的火，而是陰火，一旦燃起來後，不把蠟燭燒完是絕對不會滅掉的。這燒過了的蠟燭，不管是誰，也是不可能再讓它恢復原樣的了。至於人要是住在這蠟燭內部，日夜受陰火煎熬，後果自然不必多說。

「高人說完，又是三聲長歎，搖搖頭，這一回是真的走掉了。業主們無計可施，這作法的事兒就只好不了了之，也沒人提要再另請高明了。過得一陣子，B座裡的住戶已經搬了個一乾二淨，畢竟房子是身外之物，犯不著去跟鬼神拼命。」

我卻知道並不是這樣，這裡面肯定還有人沒死心，所以詩琴才會受到委託前來。

「對了，」老洪突然說道，「還有一件怪事。當天那位高人說的話，很快便傳遍了整個小區。後來，有好幾個在別單元的住戶都說，在夜裡無意中望見湘竹閣B座，竟有青白色的光從樓頂上冒出，果真便如同一根燃著陰火的白蠟燭。」

我在警衛室一直待到東方泛起了魚肚白，這才告別了老洪，通過GPS在附近找到一家還不錯的咖啡廳，就著新鮮咖啡的氤氳香氣，美美地吃了一頓令人滿足的早飯。頓時整個人感覺像重生了一般。

之後，我首先找了個中國移動營業廳，補辦了手機的SIM卡，然後又到電子市場去買了一台新的手機。回到家裡時已經過了中午，甘芸卻不在家。把新手機充上電後才收到她的短信，大意是有朋友約她逛街，給我打電話卻打不通，於是她便先回去了。

這天餘下的時間，幾乎都是在輾轉反側的睡眠中度過的，唯一值得慶幸的是並沒有做噩夢。

翌日回到局裡，我正在茶水間裡泡咖啡時，遠遠便望見小安一瘸一拐地走過來，似乎是被高跟鞋折磨得不輕。她今天穿了一件半透明的薄紗上衣，下身是一條皮質短褲，配以黑色絲襪和高筒皮靴。她正在嘗試各種不同風格的打扮，指望其中某種能激起兇手的作案欲，總的來說，都和她平時的形象大相徑庭。

不知道是因為穿不習慣這樣的衣服，還是因為案件一直缺乏進展，小安看起來心情並非太好。昨晚我那通不小心撥出去的電話則恰好給了她遷怒的理由。

「今天晚上還有行動嗎？」我逆來順受地等她把牢騷發完，然後才問道。

「當然了。」小安張開嘴，肆無忌憚地打了個大大的呵欠，與身上彰顯性感的裝束顯得格格不入。

「真不容易啊。」

這麼說來，一科大概是打算把誘捕的方針實施到底了。這當然是可以理解的，像這一類型的連續殺人案，因為不存在由利益關係而形成的動機，通常的調查手段並無用武之地，目擊者的證言將是最重要的線索。一旦兇手突然停止作案，很可能就會成為永遠無法偵破的懸案，一八八八年倫敦的開膛手傑克，就是其中最著名的例子。

因此，與其天天在局裡祈禱會有靠譜的目擊證人出現，還不如誘使兇手在自己眼皮底下行動，讓警察來充當這個目擊者的角色。

「不過現在這副樣子，」小安指著自己的黑眼圈，「估計兇手看見我也得被嚇跑了。」

「要不，睡覺前塗點兒眼霜試試？」我小心翼翼地提議。

「沒有！」她沒好氣地說，「你要送給我嗎？」

「呃，這倒沒什麼大不了的……」

「那可說定了！」她忽而轉怒為喜，「你不許反悔啊!!」

就這樣，我又回到了熟悉的工作生活當中，過去一個週末裡發生的許多事情，彷彿都只是一場古怪的夢。接下來的一個多星期，一方面是刑警們每天在外頭忙得不可開交，另一方面則是我呆坐在辦公室裡百無聊賴。還好，多年來的法醫生涯，早已讓我磨練得不會有絲毫罪惡感——對於這座城市的居民而言，我的清閒自然是求之不得的。

唯一明顯的改變，是我幾乎不再開車上下班了。具體有什麼理由我也說不上來，但既然無論是九點還是十一點到局裡都不會有任何區別，我發現乘坐高峰期以外的地鐵原來也是一件很愜意的事情。從中央大道的地鐵站出來，在路旁的便利商店買上一份早餐，甚至比駕駛PRADO還能節省一點兒時間。

我每隔幾天與甘芸約會一次，大概就是一起吃飯，席間聽她繪聲繪色地講述那些她認為有趣的話題，接著也許還會看場電影什麼的，之後便到我家裡過夜。我們終於光顧了她說的那家日本餐廳，壽司仍然是按菜單上的標價打五折，足見所謂的限時開業優惠只是噱頭而已。平心而論，生魚片的材料尚算新鮮，廚師的手藝也不賴，但我卻始終覺得欠缺了某種味道。

在沒有約會的日子裡，我大多是在「夜路」解決晚飯，除了煎雞肉三明治以外，更重要的原因當然是希望能在那裡碰上詩琴。那天晚上，不光我想問的東西沒能問成，反而又見證了許多更加不可思議的事情。我當然也想過再給她打電話，但把手機拿出來後才意識到，她的號碼只保存在我原來的手機裡，已經在消防樓梯上摔得粉碎了。

只是詩琴卻一直沒有出現。

我雖然難免有些沮喪，卻並不怎麼感到焦慮。不知道什麼原因，我篤信詩琴早晚會主動與我聯繫，她當然有我的手機號碼——即使手機壞了，也能從留言板上找到。

事實證明，我的預感是正確的。四月三十日，五一節假期前的最後一個工作日，局裡的食堂為此還特地加了菜。午飯後剛回到辦公室，我便接到了那個盼望了許久的電話。那有如威士忌般的聲音帶著一股莫名的親切感，就像長年在阿拉伯海航行的英國船員，重新回到倫敦酒館後的感覺。

「你……最近感覺怎麼樣？」這是她的開場白。

「呃，還好吧……」

對話一下子便陷入了始料不及的僵局。近兩個星期以來，儘管心裡有著無數疑問，但經歷了上次可謂死裡逃生的教訓以後，我一直告誡自己不要胡思亂想，無論如何，必須等到跟詩琴取得了聯繫再說。然而真的到了這個時候，卻忽然感到口乾舌燥，竟一個字也說不出來。

假如只有我是這樣的話也還罷了，不可思議的是，詩琴那邊似乎也是如此。透過空氣中看不見的電波，我們清晰地聽到彼此的呼吸聲，卻誰也沒有說話。

必須做點兒什麼來打破這該死的沉默吧，我想。

「今天晚上，有空一起吃飯嗎？」

「啊……」詩琴聽上去像倒吸了一口涼氣。

她猶豫了一陣，只說了四個字，已足以令我心花怒放。

「去哪裡呢？」

「這個由我安排好了，反正我們先在市中心碰面吧。」我這麼說。但事實上，我已經決定好了地方。位於觀月酒店頂層的 L'ÉCLIPSE 西餐廳，不僅可以飽覽花園大道及中央公園的景致，也同時供應這座城市裡最好的牛排、黑松露和紅酒，甚至還聘請了一位相當出色的小提琴師。我之所以沒有直接告訴她餐廳的名字，一來是擔心她會以消費太高為由拒絕，二來也是希望可以製造一些驚喜。

「那麼，七點鐘，在教堂門前見？」我說。無人不曉的聖月教堂，一直以來便是人們約會見面時絕佳的等候地點。

「呃……」

「怎麼，太晚了嗎？」

我知道，有些男人會故意把約會的時間定得很晚，這樣在吃完飯後已經是深夜，便有藉口把女伴帶去酒店開房。因此，最近女孩子們也都相應地提高了警惕。但L'ÉCLIPSE畢竟不是那種從五點起便排起長隊的學校食堂，太早到達的話，反而會顯得十分另類。更何況，我們都在夜裡一兩點的時候見過面了。

「不，不是……」詩琴有些吞吞吐吐，「中央公園的話，要不在雉湖那邊等好嗎？」

「可是，雉湖很大哎……」

「那，我們就約在租船碼頭那兒見吧。」

我答應了，但心裡不禁犯起了嘀咕。在中央公園裡，雉湖在靠近花園大道的一側，而聖月教堂則是位於中央大道的邊上。在租船碼頭見面的話，之後再前往同樣位於花園大道上的觀月酒店，無疑是要近許多的。而且，假如詩琴是經由花園大道前來的話，就不必來回穿過中央公園了。

——前提是，她知道我們要去的地方就是觀月酒店。

難道說，詩琴只是透過電話，便能讀出我內心的想法？即使是她，也不可能擁有這樣的神通吧。

無論如何，現在的首要任務還是預訂晚上的座位，因為從明天開始便是連續三天的假期，我有點兒擔心餐廳的預約會很火爆。幸運的是，據接電話的服務員說，恰好還剩下最後一張靠窗戶的雙人桌。

「那麼，已經為您預訂好了今天晚上兩位客人的座位，以及一瓶二〇〇七年產的REVANA紅酒❺。靠窗戶的桌子將為您保留到七點三十分，您看這樣可以嗎？」

「很好，謝謝。」

「請問，是否要為同行的女士準備一些鮮花呢？」

「嗯，花嗎……」我想，這或許是個不錯的主意。「也好，那就麻煩你了。」

「好的，主體要用什麼花呢？玫瑰、百合、康乃馨，還是大波斯菊？」

我感覺玫瑰似乎有點兒太直接了，但百合又未免過於嚴肅，康乃馨的話，還有半個月才是它上場的時候。至於菊花，那是掃墓祭拜用的好吧？

「鬱金香，」我說，「白色和粉紅色的鬱金香。」

帶著激動不安的心情，我渾渾噩噩地在局裡混過了這一天。由於是假期前夕，除了必須值班的新人警察，以及有規定不能離開城裡的專案組成員以外，不少人都提前下班，以便趕上開往各個旅遊勝地的航班或列車。到了六點四十分，我出門的時候，市局大樓裡幾乎已經空無一人。

天色還不算徹底暗下來，但中央大道上已經亮起了路燈。我過了馬路，通過聖月教堂前面的草坪步入中央公園。從這裡到租船碼頭，要先跨過一個小山坡，然後繞雉湖走四分之一圈，但十五分鐘也應該足夠了。

月亮已經出來了，在東方天際的雲層裡若隱若現。到了晚上九點多以後，月亮便會攀升到與教堂尖塔齊平的高度。在晴朗的滿月之夜，從某個適當的角度——比如說，L'ÉCLIPSE裡面靠窗戶的座位——看過來的話，一輪明月將恰好嵌於教堂的雙塔之間，月光飛瀉而下，令整座教堂都沐浴在一片銀輝之中。更加妙不可言的是，雉湖裡的倒影也遙相輝映，直教人覺得這是天父顯聖，令兩個月亮同時在大地上升起。

這便是這座城市裡最著名的景致——雙月聖光。據說聖月教堂的名字，最初也是由此而來。

遺憾的是，此刻天上的只是一彎殘月。如果我沒有算錯的話，今天應該是陰曆廿八。我好像突然想起了什麼，不由自主地停下了腳步。

正當我看著教堂的尖頂發呆之際，手機忽然響了起來。我想大概是詩琴已經到了，立即忙不迭地接聽，卻詫異地聽到了鄭宗南焦躁的聲音。

「大夫，你還在局裡嗎？」

「出來了，剛走到教堂門前。」我有一種極為不祥的預感。

「那正好，你就在那兒別動了，我現在馬上過來接你。」

「怎麼回事？該不會是……」

「是的。」刑警隊長氣急敗壞地說，「那傢伙又殺人了。」

❺產於美國加利福尼亞州 Napa 峽谷，St. Helena 的赤霞珠紅酒，在二〇一〇年被《Wine Spectator》雜誌評為當年最佳葡萄酒的第4位。

# 第九章　禮尚往來

面前的茶几上擺了一排華麗的首飾盒。

殷紅色的皮革盒子上裝飾有金線花紋，按下正面精巧的金屬開關後，內部襯托著一層雍容華貴的黑色天鵝絨，令人不禁萌動了買櫝還珠的想法。彷彿隨便往裡面扔一根生銹的鐵釘，也會頓時變成價值不菲的寶物。

盒子裡裝的是造型獨特的項鍊，在經過專業設計的射燈照耀下，閃爍出五彩斑斕的光芒。我來回看著，不一會兒便覺得眼花繚亂了。

「這兩款都是屬於 CARTIER 的經典設計。」氣質端莊的女性店員，像小學老師般耐心地介紹道。「這一款是 TRINITY 三色金系列，吊墜由三種不同顏色的18 K 金圓環組成，鏈條則是18 K 玫瑰金；而這一款雙環設計的吊墜則是著名的 LOVE 系列……」

我似懂非懂地點著頭。坦白說，儘管對這些奢侈品牌也有一些了解，但這家開設在新唐廣場的專賣店，我還是第一次光臨。偌大的店面內，店員的數量要比顧客的數量多得多，因此我走進來還不到五秒鐘，這位女性店員便一直殷勤地跟隨左右。她的態度自然是如若春風般和藹可親，只是不知道什麼原因，我總有點兒不太舒服的感覺。

「……我推薦您選擇不帶鑲嵌鑽石的款式，這樣的話即使是送給還不算十分熟悉的朋友，也不會顯得過於貴重，對方也會比較容易接受。」

真是體面的說法，我心道。其實背後的潛台詞恐怕是：沒有鑽石的話比較便宜，這樣你應該能勉強買得起吧。

無論如何，這麼說也是極有道理的。大概是由於明碼標價會破壞其藝術的品味，這家店無論在櫥窗或展示櫃都沒有擺放價格標籤，所以要想知道價格的話就必須主動詢問，而且絕對沒有討價還價的餘地。當然，每件商品都早已有了明確的定價，因此不用擔心店員會突然獅子大開口——事實上，也沒有那樣做的必要。

在進門以前，我自以為已經作好了充分的思想準備，但當店員小姐說出那些數字的時候，我的第一反應還是覺得自己的耳朵出了問題。

「其實除了項鍊以外，我們的手鐲和戒指都有非常經典的設計。您要不要考慮一下？」她之所以這麼說，我暗自揣測，大概是因為這兩樣東西的價格普遍要低一些的關係。

「不用了，」我回答道，「我還是想要項鍊。」

目標已經縮小到了其中的兩個款式之上——都是單純的金屬，沒有鑲嵌鑽石或其它稀有寶石。但在從二者之間選擇的過程中，我猶豫不決了。

店員小姐在一旁寬容地等待著，姿態溫和嫻靜，絲毫沒有要催促的意思。然而我卻無端地感覺到一種壓力，就像是個做錯了事的孩子，忍不住又偷偷地瞥了她一眼。她的西裝外套之內穿著一件灰色低領上衣，裸露的脖子和鎖骨散發出女性的韻味，卻不會給人留下賣弄風情的印象。

「不好意思，」我靈機一閃，「能請妳分別試戴一下讓我看看效果嗎？」

「當然可以。」她立即笑著回答。毫無疑問，像我這樣單身前來的男性顧客，會提出類似請求的並不在少數。她本身沒有佩戴其它的飾物，或許正是出於這個原因。

在女人肌膚的襯托下，項鍊果然展現出不一樣的風采。我作出了最終決定，店員小姐專業而迅速地為我辦妥了接下來的各項手續，鄭重其事地把一個殷紅色的小紙袋交到我手裡，又交代了許多維修保養方面的注意事項。我們一起朝店門口走去，她帶著迷人的微笑，親切地和我告別。

雖然明知道此刻信用卡的對帳單上已經多了一筆巨額的欠債，我卻不由得長舒一口氣，渾身上下感到一陣輕鬆，彷彿竟像掙脫了某種桎梏。

這無影無形，卻切切實實存在著的束縛，我暗忖，大概就是所謂的自卑感吧。

在這座城市裡，新唐廣場無疑是一個特別的地方，由於匯聚了眾多奢侈品牌的店鋪，久而久之便形成了一套獨特的價值觀。在這裡，諸如正直、忠誠、善良之類的品質統統不值一提，衡量一個人價值的唯一標準，僅僅取決於是否擁有一擲千金的能力。不論是無惡不作的罪犯、貪贓枉法的官員或是人盡可夫的妓女，只要消費了足夠的金額，便是地位尊崇的貴客，也儼然成為上流社會的一員了。

也就是說，在這裡受到關注的，只有人們身上金錢的數量，而並非其來源。能夠在極短的時間內，準確地判斷出客人的富有程度，是任何一名奢侈品專賣店員工所必備的基本素質。

我大概不能算是窮人，但那是就通常的標準而言。在新唐廣場，一位成功的店員給我的定位應該是「比那些只看不買的無聊傢伙稍好，但不值得花太多力氣的低級顧客」。因此，與其讓店員小姐繼續為難地把輕蔑隱藏在那微笑的面具之下，不如及早知趣地離開，也算得上是皆大歡喜。

事實上，這位高貴的店員小姐，假如脫下了統一發放的西裝外套，穿在裡面的灰色低領上衣，說不定只是從燕花街採購而來。到了晚上十點，專賣店的營業結束以後，她便將回到位於老城區破舊的宿舍，與觀月酒店的服務員或「夜路」的夥計們為鄰。這座城市需要大量這樣的人們，以他們的青春，轉化為照亮繁榮所必不可少的燃料。

對於他們來說，城市這個東西本身，或許就是一件巨大的奢侈品。

我信步走在花園大道上，手裡拎著那個與我的體型極不相襯的小紙袋，幾乎感覺不到半點重量。迎面而來情侶模樣的一男一女，女人似乎注意到了我手裡的東西，她的目光一下子變得焦灼；在搞清楚了情況以後，男人誇張地露出了不屑一顧的神情，不自然的肢體動作卻分明表達著不安。

擦肩而過的瞬間，隱約傳來了二人交談的聲音，雖然內容聽得並不清楚，但女人語調中帶著的羨慕清晰可聞。

我頓時又覺得自己神氣起來了。

這時候，是在連續殺人案第五起案件——在市公安局，現在已經習慣了將其稱之為「木乃伊案」——發生後的第十天。在保證隨時待命的前提下，我獲得了案發後首次的一天假期。

就法醫的角度而言，本次的案件與先前的幾起具有高度的一致性，完全可以認為是同一名兇手所為：首先，被害人為女性，生前曾經遭到性侵犯；其次，被害人先是遭到電擊槍襲擊，在失去意識後才被兇手勒死。

兇器被留在了死者的身上，是常見的八釐米醫用紗布繃帶。除了緊緊纏繞在死者脖子上的一截以外，其餘的大量繃帶將赤裸的屍體渾身包裹得嚴嚴實實，只露出一雙徹底翻白的眼睛。屍體的雙手被交叉疊放於胸前，很顯然，這是在模仿古埃及的木乃伊——說明是同一名兇手的最有力的證據。

當然，我可沒有因此便降低屍檢的細緻程度。事實上，當天在屍體發現現場，我便曾向鄭宗南指出，這些繃帶的包紮方式非常業餘，大概並非專業的醫護人員所為。尤其在頭頂和四肢末端的部分顯得相當鬆散，這是任何一個學習過反回包紮法的人都不可能犯的錯誤。

另一方面，對於專案組來說，木乃伊案卻是一個重大的轉折。

關鍵在於兇手作案的時間和地點。屍體被發現是在四月三十日的下午六點左右，經過解剖驗屍，綜合各方面的因素考慮，我判斷死亡時間是在當天中午十一點至一點之間。也就是說，在這一系列案件中，這是兇手首次在白天行兇。

棄屍現場是在城南的高新工業園區，從市區出發即使走高速公路都要一個小時以上的車程，算得上是這個城市裡最荒蕪的部分。除了受稅收優惠政策吸引而設立在此的一些工廠以外，尚有大片土地由於沒能找到投資者，仍然由當地的村民耕種或經營養殖場，甚至是乾脆處於半廢棄的狀態。

全身纏滿了繃帶的屍體，當天便是被放置在這樣的一塊空地之上。之後的那兩天，陸續有失蹤者的家屬前來認屍，但結果全都是帶著一種鬆了一口氣的表情離開。鄭宗南有點兒坐不住了，於是派了一隊刑警回到工業園區，挨家工廠去詢問有沒有突然沒來上班的女性職員。半天之後傳來了好消息，死者被證實是一家照明燈具廠的女工，名字是林莉娜，今年二十三歲，但從外地來打工已經有六年多了。

燈具廠的記錄顯示，四月三十日是林莉娜的輪休的日子——根據規定，工人們並沒有享受勞動節假期的權利——上午十點左右，她在廠區宿舍的小賣部購買了一盒牛奶，這也是最後一次有人看見她。令人震驚的是，即使幾天來她一直沒有出現，工廠裡的其他人也絲毫沒有察覺到任何異常。

「我以為她是不想幹了啊。」面對刑警的質問，車間主任一臉無辜地說，「不說一聲直接走人的，這也是常有的事情。」

「我想她是辭職回家結婚去了。」和林莉娜住在同一宿舍的女工們也說。

刑警們沒有繼續糾結於這些毫無意義的證詞，因為已經出現了重要得多的情報。從林莉娜離開工廠到遇害，期間最多不會超過三個小時，假如她是在獨自前往市區後才遭遇兇手的話，從時間上來說非常緊張。而兇手不僅在白天人潮洶湧的市區行兇，事後還特意把屍體運回到工業園區拋棄，則未免過於匪夷所思了。無論如何，認為林莉娜是在離開工廠後立即被兇手盯上，隨後於附近被殺害，才是更合理的結論。

這樣一來，先前關於兇手是在晚上的市中心活動的假設，就被證明了是徹底錯誤的。同時也就意味著，已經進行了兩個星期的誘捕行動，完全只是在浪費精力。

不必多說，這對刑偵一科——尤其是小安——的士氣是個巨大的打擊，然而卻沒有多少時間去讓他們感到沮喪。或許是小何之前的「祈禱」起了作用，或許是媒體的報導導致了過於廣泛的關注，總而言之，這個案子已經引起了公安部的重視。五月一日，一個督導小組從北京空降而來。局長大人，以及省公安廳的領導們頓時如臨大敵，立即便宣佈取消全市公安系統的一切休假，所有人員不得離開本市。

之後便是沒完沒了的作戰會議。我雖然不屬於專案組的成員，但由於督導們懶得去讀那厚厚的一摞屍檢報告，因此也被老頭子逼著參加。基本上，案情可謂陷入了徹頭徹尾的僵局，不光關於兇手的線索半點沒有，甚至連下一步的調查方向都無法明確。

比較現實的方案，是重新回到以被害人為主的思路上來。但是調查表明，林莉娜既不是基督徒，也從來沒有去過聖月教堂，與其他幾名死者更是沒有絲毫交集。一位督導指出，可以從兇手製作木乃伊的繃帶入手——林莉娜的身上總共纏上了八捲長度均為六米的繃帶，考慮到她的屍體是在死亡後不久即被發現，這些繃帶毫無疑問是兇手提前預備好的。督導進一步提出了設想，根據兇手在最初幾起案件中的手法推斷，迄今仍然身份不明的女巫，有可能是一位醫院的護士，又或者是藥店的職員。

遺憾的是，失蹤者名單中並沒有符合條件的人。而經過對全市的所有藥店進行調查以後，也沒有發現一次性購買大量繃帶的可疑對象。當然，兇手在行兇前，很可能花了一段時間精心準備，假如是分開數天在不同的藥店購買的話，根本也不可能給人留下印象。從之前的案件中兇手表現出的反偵察能力來看，這麼做實在不足為奇。

在調查的過程中，我一直是作壁上觀，除了被諮詢到關於法醫方面的問題外，基本上不作額外的發言。不過，這並不是說我就沒有自己的觀點。在我看來，兇手固然曾經有過一些遊戲般的舉動，但僅僅因為這樣便認為，兇手必然會在各個被害人之間刻意製造關聯，卻未免過於武斷了——畢竟，人家並沒有幫助警方破案的義務。

當然，案件偵查是刑警們的責任。作為法醫，我只要留在幕後，專注於自己的本職工作就可以了。這也是我一貫以來所恪守的原則。

「我說，你對案子有什麼看法麼？」昨天，安綺明悄悄地跟我說。

「嗯？」我故意打著哈哈，「所有的屍檢報告都交給你們了，這妳應該最清楚了啊。」

「少來了，」她柳眉一挑，「我看得出，你還有別的事情沒說出來。」

「別的事情？那是什麼？」

「所以我是在問你啊！」

「拜託，連你們專案組都搞不定的案子，我區區一個法醫又能有什麼看法？妳還是饒了我吧……」

女刑警的臉色頓時陰沉了下去。

「啊，我不是那意思……」我意識到自己的失言，連忙解釋道。

小安抿起嘴唇，聲音變得如蚊蚋般細小。

「你說的沒錯。我現在只希望，那混蛋以後還會繼續犯案……下一次，下一次一定會抓住他的。」

「讓他再殺一個人……是嗎？」的確，兇手的每次作案，換個角度都可以看成是一次破案的機會。尤其是，在目前已經無法繼續實施誘捕行動的情況下。

「為了逮捕罪犯而犧牲無辜的人，這不是警察應該有的想法吧？」小安自嘲地說，「可是，對不起，我真的就是這麼想的。」

我十分明白她此刻的心情。事實上，目前在一科懷有這種想法的，我相信絕對不止小安一個。不過，督導小組的態度則有了一些轉變，一開始那種必須將兇手繩之以法的決心已經有所動搖。只要犧牲者不再增加，即使就此讓兇手逍遙法外，似乎也並非完全不可接受的結果。

在這一點上，我與他們的立場相同。一方面是因為，即使出現了新的案件，除了把希望寄託在這次兇手的運氣會變得糟糕以外，我實在看不出來能有什麼別的突破口。另一方面則是出於自私的想法——那傢伙不去殺人的話，我的生活自然也會輕鬆得多。好不容易，局長大人才批下來一天假期，這種十幾天連續工作到深夜的日子，我可不想更進一步體驗了。

「比起這個來，還是多想一些愉快的事情吧。」我試圖緩和氣氛，「老頭子也批了妳明天放假，不是麼？」

刑警們也是人，既然北京那邊逼得已經沒那麼緊了，局長大人同意讓一科的成員開始輪休。鄭宗南本著女士優先的原則，把第一天分配給了小安。

「嗯，」她點點頭，「不過我應該還是會過來吧。」

「為什麼？難得一天可以好好休息啊！」

「可是，大家都還在拼命調查……雖然過來了我也不知道可以做些什麼，但總覺得不能就這麼安心待在家裡。」

「還是不要太勉強自己了吧。要是每個人都像妳這樣想，那你們就都別指望能休息了，這對破案也沒什麼好處吧？」

「倒也是……到時候再說吧。」小安似乎接受了我的建議。「那你呢？明天放假有什麼安排？」

「大概就是窩在家裡睡一天吧，最近實在太累了。」

「哦？沒有約女朋友嗎……」

我一邊回憶著昨天說這話時小安的表情，一邊穿過右關百貨大樓的旋轉門。不知道，她是否相信了我的謊言。

乘坐電梯到地下停車場，我的 PRADO 就停在不遠的地方。我進入車內，將剛買來的項鍊小心翼翼地藏在變速箱後面的收納格，生怕把紙袋給弄皺了。

忽然有種十分不舒服的感覺，好像背後有一雙眼睛，正從某個黑暗的旮旯盯著我看。從駕駛座上費勁地回頭，透過車尾的窗戶看出去，除了稀稀拉拉停著的幾輛車外，並沒有什麼奇怪的地方。

是我的錯覺嗎？很有可能，反正，這種疑神疑鬼的事情也不是第一次發生了。

我重新換回舒服的姿勢坐好。不一會兒，便看見詩琴從電梯中走出來，正四處張望的樣子。我連忙輕輕按下喇叭，受到聲音的吸引，她抬頭望向這邊。

由於種種意外，算起來，上次和詩琴見面還是在三個星期以前。今天她換上了一身運動裝束：瑜伽背心外配一件修身的連帽運動外套，將她的迷人身段表現得恰到好處。此外還背了一個小雙肩包，頭髮在腦後紮成一束馬尾，露出了白皙的脖子。我不禁浮想聯翩，假如，有機會親手為她戴上那串項鍊時的情形。或許，那並非完全不可能的事情。

「等很久了嗎？」詩琴上車後問。

「不，我也剛到。」如果是由我從新唐廣場回來後才開始算的話，那的確是這樣的。

「真不好意思，還讓你特地陪我出來。」

「別這麼說，上次我約了妳自己又去不成，這頂多只能算是一丁點的補償罷了。」

當確認了放假的安排以後，我便忐忑不安地聯絡了詩琴。那天由於殺人案的關係，我們的約會被迫取消。當時她在電話裡的聲音雖是一如既往的平靜，但經驗表明，女人的心情往往是不可捉摸的——無論她是多麼特別的女人。

要彌補當日的遺憾只得今天一個機會，錯過了的話，又不知道什麼時候局長大人才會再大發慈悲。幸運的是，詩琴同意了，但堅持這次的地點得由她來決定。而且，就像故意報復一般，她也不肯提前透露最終目的地，因此便約定在初次見面的停車場碰頭。

「那麼，」我說，「我們是要去哪裡呢？」

「晴霧山。」

我想起來了，ＢＢＳ上確實是有關於晴霧山的留言，有人在這裡看到了江美琳的鬼魂。大概詩琴正準備調查此事，也就難怪她會是這麼一副打扮了。問題是，我卻精心挑選了一套修身設計的休閒西裝，配上款式漂亮卻有些夾腳的一雙新皮鞋——對於爬山的男人來說，大概可以算得上最自虐的裝備了。

「妳早點兒告訴我就好了，」我忍不住抱怨，「我也可以穿爬山的衣服啊。」

「這樣不是挺好的嗎？」她掩嘴笑道，「看上去很帥氣嘛！」

這麼說來，這還是我第一次看見詩琴露出笑容。如果說，她的聲音如同口腔中的威士忌一般柔和醇厚的話，那麼她的微笑，就彷彿是進入食道以後的美酒，散發著融入四肢百骸的濃濃暖意。我一下子看得癡了。

「走嗎？」她笑著提醒道。

我這才反應過來，連忙發動了汽車。

「咦？」

「怎麼了？」

儀錶盤上的電瓶指示燈被點亮了，今天早上從家裡出來的時候，明明還是正常的。

「沒什麼。大概是電瓶的電壓有點兒低，也許是因為太久沒開車的關係❻。」

「你不是每天開車上下班的嗎？」

「本來是的，不過，那天妳那樣說過以後……」

「因為我？」

「嗯，我覺得妳好像對超速酒駕之類很反感的樣子。」

「因為這樣，你乾脆連車都不開了?!」詩琴顯出難以置信的神情。「難道就不能遵守一下交通規則嗎？」

「習慣這東西有時候沒那麼容易改變的。我……我不想讓妳討厭。」

詩琴瞪大眼睛看著我，接著把頭撇向了車窗那邊。我好像隱約聽見她說了兩個字：

「傻瓜。」

在我看來，那顯然不是討厭的意思。

在不少人的概念中，晴霧山是位於這座城市的郊區，但那已經是許多年前的定義了。在如今發達的道路網路上，即使嚴格按照限速行駛，也用不了三十分鐘便能到達。我將PRADO駛出右百，沿著寬闊的花園大道一路東行，收音機裡播放著愉快的輕音樂，與初夏那生機勃勃地跳躍著的陽光相映成趣。

詩琴像個孩子一般聚精會神地看著車窗外的風景，陽光灑落在她漂亮的馬尾辮上，為她的脖子周圍勾勒出一圈寂寞的光環。我只偷偷地瞥向她一眼，竟不由得心神蕩漾。

「對了，我有個東西送給妳。」我故作輕鬆地說。詩琴聞言回過頭來，我示意讓她打開裝有項鍊的收納格。

然而，在弄清楚紙袋裡面裝的是什麼以後，詩琴堅決予以了拒絕。

「這東西太貴重，」她斬釘截鐵地說，「我不能收。」

「其實並不算太貴的……」

「哦？假的嗎？」

「那，那倒不是。」

「我想也不可能……對了，你不會是剛剛從新唐廣場買來的吧？」

我不吱聲了。詩琴見狀，又低聲嘟囔了一句傻瓜。

「就當是妳救了我兩次的謝禮不行嗎？」我有些惱羞成怒地說，「反正我是覺得自己的命還挺值錢的。」

「那是兩碼事。懂得珍惜生命的話，以後好好遵守交通規則就是了。」

「如果我保證遵守交通規則，妳是不是就願意收下了？」

「這個……你先堅持二十年再說……」

我們斷斷續續地爭論了一路，總體來說是我處於下風。不久，晴霧山風景區的標誌牌便

❻正常的情況下，當汽車發動機運轉的時候，同時會通過發電機對車載電瓶進行充電。假如車輛長時間放置不用，電瓶得不到補充，但仍然會有自動放電現象。時間過長的話，電量將會耗盡，汽車便無法啟動。

出現在眼前。我問詩琴是否開車上山，她搖搖頭，示意讓我駛進景區大門旁邊的停車場。

我把PRADO停在一個有樹蔭的位置，卻沒有立即打開車門。我望向詩琴，展示出一副不達目的誓不甘休的表情。

「這樣吧，」她突然詭譎一笑，「如果你也接受我的『禮物』的話，那我就收下好了。」

在那一瞬間，我幾乎不敢相信世上還會有這麼優厚的條件。然而，當她從背包中拿出來一個保溫飯盒的時候，我意識到，也許先前的想法是過於樂觀了。

「你剛才只顧著買東西，還沒來得及吃早飯吧？不吃飽的話，待會兒就沒有力氣爬山了。」

話是沒錯，只是考慮到她上次給我提供的「食物」，我不由得心生怯意。

「放心，這不是藥啦！」她似乎看穿了我的想法。

我只好掀起飯盒的蓋子，裡面裝的是一塊塊切得整整齊齊的肉。從外觀看，白白的像是去了皮的雞胸肉，但看上去沒有放任何調味料，似乎就是整個兒用開水煮了一遍。

我求饒般地望向詩琴，她點點頭，又給了我一個鼓勵的微笑。

只好豁出去了。我用兩個手指拈起一塊肉，在鼻子下湊了湊，聞著倒是挺不錯的，有一股熟悉的氣味。於是我把整塊肉都放到了嘴裡，大嚼特嚼起來。

肉汁在口腔中瞬間迸發、流淌，一股無比鮮美的感覺在每個味蕾上跳動，那幾近完美的口感足以讓「夜路」的煎雞肉三明治自慚形穢。

「太好吃了!!」我得意忘形地大喊。

幸虧我們是還坐在車裡，否則的話，一定會引來行人圍觀的吧。

「真香！」我馬上又丟了一塊到嘴裡。「這是雞肉嗎？」

詩琴看著我，臉上浮現出神秘莫測的笑容。

「已經忘記了呀……」她陰惻惻地說道。

「那天晚上在竹語山莊，你不是才見過它嗎？」

# 第十章 鬼魂的研究

一股熱呼呼酸溜溜的壓力驀地從胃裡升起，我條件反射地捂住了嘴巴。那塊嚼到一半的「肉」在喉嚨前打轉，不知道該是吐出來還是該嚥下去。

在這樣的狀態下，根本不可能說出話來，我只能向詩琴投以一個幽怨驚恐的眼神。

「哎呀，」她抿著嘴道，「你剛才不是還說好吃的嗎？」

看上去，好像是在努力忍著笑的樣子。

我拼命壓下那種噁心的感覺，一咬牙，硬生生地把那坨東西囫圇吞下。由於沒有充分的咀嚼，結果在氣管口被嗆到，立即引起了劇烈的咳嗽，眼淚鼻涕都一起冒了出來。

詩琴連忙伸手來拍我的後背，好不容易，咳嗽才慢慢減弱了下來。

「沒事吧？」她遞過來一張紙巾，「都是我不好。」

我狼狽不堪地擦掉了臉上的液體，使勁呼吸著救命的氧氣，大概是用力過猛，又是一陣連續的咳嗽。

「對不起，我沒想到你的反應會那麼大的。」詩琴滿帶歉意地說。

「這，這是……」我指著那一盒子「肉」，艱難地說道。

「我知道，你肯定有很多問題想要問我。」詩琴把飯盒蓋好，放回背包裡。「現在感覺好些了嗎？咱們邊走邊說吧。」

我點點頭，於是兩人一起從車上下來。我的呼吸也平復得差不多了，無論如何，身為男士的風度是不能丟的，於是便打算前往售票處的視窗去買門票。但詩琴卻攔住了我，說她有晴霧山的年票，因此只買一張票就好了。

所謂年票就是一年內有效，但僅限本人使用，價格方面相當於十張普通的次票。購買的時候還必須要在票面貼上照片。

穿過晴霧山風景區的正門，之後是一段平緩的大路，地面上鋪設有彩色的石磚，兩旁則是整齊挺拔的大樹和綠草如茵的草地。嚴格來說，這裡還不屬於真正的晴霧山，只是因為旅遊開發而被納入到風景區的範圍內，景物明顯帶有人工修鑿的痕跡。

今天是個很好的天氣，但遊人卻不多，我和詩琴並肩走在路上，倒也感到十分愜意。我忽然想起，林業局那位愛樹如命的退休工程師，還有他的老伴兒來了。

「對不起，我不應該開那種玩笑的。」詩琴還在為剛才的事道歉。

「哦。」我心不在焉地答應道，自顧自地享受著與她一起散步的美好時光，不適的感覺早已飄到九霄雲外去了。

「你生氣啦？」

「當然了。」我故意說道。

「這個……有什麼事我能做來彌補的嗎？」

「嗯，有一件事也許妳可以做的。」

「你說說看。」

我從兜裡掏出一樣東西，送到了她的眼前。「戴起來試試合不合適好嗎？」手裡拿著的是裝有項鍊的盒子，是我在下車的時候一併帶下來的。

「啊……」

詩琴微微吃了一驚，顯得有些不知所措的樣子，但最終還是順從地把項鍊圍到了脖子上。不管怎麼說，這也算不上是什麼過分的要求，尤其是考慮到我剛才所吃的苦頭，她並沒有別的選擇。

「怎麼樣？」她說。

直到這時我才真正明白，為什麼這些首飾會被標上如此高昂的價格。在詩琴的身上，項鍊宛若具有靈性一般，發出瑰麗奇妙的光彩，彷彿終於找到了它命中註定的主人。相比之下，在店員小姐試戴的時候，給人的感覺卻像是一個偷了公主首飾的侍女。我癡癡地凝望著詩琴的樣子，竟一句話也說不出來了。

被我這麼目不轉睛地盯著，詩琴的臉上泛起了紅暈。她把項鍊摘下，重新收回到盒子裡。

「哎，妳不喜歡嗎？」我不由得急了，「很好看啊！」

「我又沒說不喜歡。」

「那，就這麼戴著不好嗎？」

「你呀……」詩琴嫣然一笑，反問道，「對女人的首飾了解多少？」

我被問得啞口無言，只好傻乎乎地搖了搖頭。

「首飾可不是護身符，不能一直戴在身上，而是只有在重要的場合才會戴出來的。不然的話，無論是多好的東西，都會很快就壞掉了。」

「這樣嗎……」

「嗯。不過如果你想要回去的話，現在倒還來得及。」

「不不，」我連忙擺手道，「隨便妳吧，妳能收下我就很高興了。」

「那我可就收下啦！」詩琴眨眨眼，把盒子收進了背包裡。「作為感謝，你要不要再來一點兒這個？」

她竟又從包裡拿出了那個叫人毛骨悚然的飯盒。好不容易才壓住的噁心感覺，立刻又如漲潮般冒了起來，我下意識地把頭扭到了一邊，不去直視那些白花花的肉塊。

「唉！」只聽詩琴歎氣道，「你不是想知道，那天晚上到底發生了什麼事情嗎？這樣子讓我怎麼跟你說？」

我聞言回過頭來，指著她手裡的飯盒，皺眉道：

「這個……真的就是那天……在樓梯間裡的那個東西？」

「是啊！」她卻滿不在乎地點點頭。

於是我不禁又後退了半步。

「哎！拜託你至少過來認真看看嘛，還覺得這是個鬼嗎？」

「難道不是麼？」我在心裡反問，一下子忍不住便衝口而出。當天的情景，至今依舊歷歷在目，那顆滿頭白髮沒有眼珠在天花板上爬行的頭顱，除了鬼，我實在無法想像它還能是什麼別的東西。

「是，但也不是。說它就是鬼呢，是因為對於類似的現象，人們通常便一概稱之為『鬼』；說不是呢，是因為它並不符合一般概念上，人們對『鬼』的定義。」

這段繞口令般的解釋絲毫沒能解答問題，只是把我弄得更加迷糊了。

「直接說吧，」我使勁地晃了晃已經一片混亂的腦袋，「那到底是個什麼東西？」

「準確地說，這是子囊菌門、盤菌綱的一種真菌。儘管具體屬於哪一目哪一科還有待研究，但很有可能是一個全新的目。」

明明在一秒鐘前還在談論著鬼魂的話題，驀然卻聽到一大堆非常專業的科學名詞，極度強烈的反差讓大腦一瞬間無法反應過來。但在逐漸想明白了以後，我不禁一把抓住她的肩膀，氣勢洶洶地吼了起來：

「妳是說，這個在半夜裡追了我十幾層樓的東西，只是一朵香菇?!」

「呃……」詩琴有點兒被我嚇到，怯怯地說，「不對，香菇屬於擔子菌門、層菌綱、傘菌目，而這個是子囊菌門……」

「我不管這些！」我粗暴地打斷了她，但卻不知道該如何反駁。

「難道你不覺得，」詩琴平靜地揭開飯盒的蓋子，「之前有聞到過這種香味嗎？」

我不由得一下怔住了。的確，剛才吃那塊「肉」的時候，確實曾有過一絲熟悉的感覺。現在回想起來，儘管沒有那麼濃烈，但似乎就是那天夜裡，在消防樓梯上與那顆鬼頭四目相對的時候，飄進鼻子裡的那種氣味。

那是一種夾雜著腐敗氣息的清香，就像……就像雨後樹林裡的松蘑。

詩琴注意到了我表情的變化，柔聲道：「你想起來了嗎？」

「可、可是，那顆頭……」

「那是它的子實體❼，也就是說，跟平常所吃的香菇差不多是一樣的東西。但不同的是，

❼高等真菌的產孢構造，由已組織化了的菌絲體組成。在擔子菌中又叫擔子果，在子囊菌中又叫子囊果。

香菇是傘狀的子實體，而這種真菌的子實體呈頭狀，天然的皺褶和顏色分佈與人的五官十分相似。加上比較特別的是，子實體上面還附著了大量游離的菌絲❽，看起來就像是白色的頭髮一樣。所以乍看上去，很容易就會產生那是一顆人頭的錯覺。」

「但如果這是一朵香菇，為什麼妳剛才又要說它是鬼呢？」

「事實上，所謂的『鬼』，以及其它許多真實存在的靈異現象，與真菌——也就是你說的香菇——的確是有很大的關係。比如說在竹語山莊，正是因為有人目擊了這種頭狀子實體的真菌，然後才有了鬧鬼的傳言，最終導致住戶搬走，整幢房子也就變成了一座鬼樓。」

「那可不對！」我反駁道，「早在有人看見這玩意兒之前，鬧鬼的傳言就已經存在了。就算不說有一位老人在樓裡的離奇死亡吧。但不止一個孩子得了怪病，搬家以後卻好了，這要怎麼解釋？而且，連續有住戶發生車禍之類的意外，難道也能跟這香菇扯上關係？」

詩琴露出驚奇的表情，但隨即便釋然了下來。

「噢……原來你已經知道那麼多了啊。」

「我後來和小區的保安聊了一晚上，他總沒有理由要騙我吧？」

「沒錯，你說的這些都是事實。」詩琴承認道。「那麼你現在不妨回想一下，那天晚上，有沒有感覺身體哪兒不太對勁？」

經她這麼一說，我倒真是想起來了。當時被那大香菇追著下樓，就覺得氣喘得厲害，絕對不是平常的體力水平。

「你還記得，」詩琴接著說道，「我不讓你進那個屋子的廚房嗎？」

「嗯，但我後來還是進去過了，裡面長霉長得厲害。」

「啊！原來是這樣！難怪……」

「難怪什麼？」

「難怪你會突然就暈過去了呀！黴菌的孢子會飄散到空氣裡，從而對人體的呼吸道產生影響。像你這樣一下子暴露在高濃度的黴菌環境中，就有可能會產生暫時性的呼吸困難，甚至導致腦部缺氧。」

「所以……」我喃喃道，「妳才把我帶到了室外……」

「對，流動的新鮮空氣是最有效的治療。之前樓裡住戶所得的怪病，其實就是來源於黴菌孢子的慢性感染，而且在黴菌變得肉眼可見之前，孢子就已經存在於空氣中了。這種初期感染，對免疫力弱的人影響比較明顯，所以只在老人和孩子身上出現嚴重的症狀。但即使是身體健康的成年人，也會因此而產生頭痛或容易疲勞等問題，那些車禍意外，大概就是由於精神不夠集中而引起的吧。」

這番話聽得我目瞪口呆。本來，對於好歹算是大半個醫生的我來說，這些應該都是再簡單不過的道理。或許是由於一開始受到的驚嚇造成了先入為主的理解，我卻沒能想到它們之間的聯繫。

「這些黴菌，」只聽詩琴繼續道，「絕大多數屬於半知菌亞門，和你說的這個『香菇』一樣，在本質上都是真菌。」

❽單條管狀細絲，為大多數真菌的結構單位。

「那麼說來，」我無力地說，「所謂『祭燭樓』什麼的，完全都是騙人的把戲了。」

詩琴莞爾一笑，說了一句讓我差點兒暈厥過去的話：

「是，但也不是。」

我們順著遊道緩步而行，前方的路逐漸變得傾斜曲折起來了，這意味著我們已經處於上山途中。沿路的風景也愈發秀麗，芙蓉澗的潺潺水聲已經隱約可聞，宛囀清脆的各種鳥鳴不絕於耳。

「你應該聽說了那個白蠟燭的故事，毫無疑問，這只是那個所謂茅山道士故弄玄虛的騙術罷了。他在到達竹語山莊之前，肯定已經知道了那裡有位老人去世的消息，按照中國的傳統習俗，幾乎是一定會在喪事上點白蠟燭的。因此他故意去問其他人樓裡是否點過白蠟燭，就是為了顯得自己的高明，這也是他們常用的伎倆。」

我心道妳和人家其實不就是同行嗎，這種事誰也別說誰。當然，這話我並沒有說出來。

「但另一方面，說湘竹閣B座的風水有問題，這可不是騙人的。這人能一眼就看出來，也可以說是相當不簡單，光從這一點來說，他應當算得上一位優秀的風水先生。」

「妳還懂風水？」我驚訝地看著詩琴。

「不懂，所以我也不知道，風水學上是不是真的有個叫做『祭燭樓』的佈局。但是湘竹閣B座的設計有缺陷，這是顯而易見的，也是造成接連發生怪事的罪魁禍首。甚至可以認為，凡是符合『祭燭樓』這個佈局的建築，鬧鬼的可能性都不小。」

「為什麼？」

「所謂『祭燭樓』，其實一共包含了三個要素：蠟燭、燭碗和蠟油。蠟油指的是建築物旁邊的水體，也就意味著水汽和潮濕；燭碗是把建築物包圍起來的閉合山谷，也就是說空氣並不流通。而最關鍵的蠟燭，即大樓本身，那是一座八邊形的建築，可以近似看作是一個圓形。中學生都知道，邊長相同的圖案中，圓形的面積最大，那反過來也可以這樣說，面積相同的圖案中，圓形的邊長最短。也就是說，在面積不變的前提下，這樣的建築將擁有最少的外牆和窗戶，這一來會令房子更溫暖，二來會使房子缺乏日照，三來還會進一步影響通風的效果。那麼，在這種陰暗、潮濕、溫暖而且通風不暢的環境下，會發生什麼樣的情況呢？」

「啊!!」我忍不住驚呼了一聲。

「沒錯，這正是最適宜真菌生長的環境。」詩琴說著拍了拍肩上的背包，「大概，也只有在這個非常特殊的優異環境中，才有可能長出這種極其罕見的頭狀子實體來。」

在接下來的一段路上，我們不約而同地沉默不語，詩琴大概也看了出來，我需要一點時間來消化這些信息。

誠然，自竹語山莊的那一夜以來，我也不是沒有動腦筋思考過。十天前，一勾彎月不偏不倚地掛在了聖月教堂的尖頂，那天正好是多雲的陰天，朦朧的月牙兒看起來就像是一小束散發著寒光的火苗。

我立刻便想起，老洪所說的，有人看見湘竹閣B座樓頂冒出的「陰火」，恐怕只是恰巧經過那個位置的月亮。那位茅山道士的話令人們有了先入為主的印象，因此會產生錯覺也就不足為奇了。

在此基礎上，如果再加上詩琴這不知道從哪兒冒出來的真菌理論，那竹語山莊的咄咄怪事，似乎都能從科學角度作出合理的解釋。

除了一個非常重要的問題以外。

「不管這是多麼罕見的香菇，」我說，「它總不可能在牆上跑吧？」

「感謝上帝，我還以為你不打算問了呢！」詩琴長舒了一口氣，「不過，這個說起來就比較玄乎了。」

我不以為然，心想到目前為止，有什麼東西說起來是不玄乎的？然而當她輕描淡寫地說出下面一句話的時候，我才意識到自己是有多麼的天真。

「你聽說過湘西趕屍嗎？」

傳說中的湘西趕屍盛行於清朝，顧名思義，是發生在湖南西部一帶的事情。在中國人的觀念裡，人在死後必須被安葬在自己的家鄉，否則便得不到安寧。但人們總是不得不因為各種理由而背井離鄉，客死異鄉的情況時有發生，這時候除非家人實在無能為力，否則一般都會將遺體運回故鄉安葬。然而在湘西一帶的崇山峻嶺，道路崎嶇難行，一般馬車之類的屍體運送工具根本無法通過。於是便有人發明了一種匪夷所思的運送方法——讓屍體自身行走，趕屍匠在前後護送，猶如趕鴨子一般，因此才被稱為「趕屍」。

我完全無法想像，這和我們所討論的東西能有什麼聯繫，但詩琴既然會提起，想必是有她的用意。於是便點點頭道：「嗯，去年曾經看過CCTV的一個紀錄片。」

詩琴奇異地掃了我一眼，那意思十分明顯，像我這樣平時就十分怕鬼的人，按理說是不應該會收看這種節目的。

當然，對於一般的恐怖片，我至今還是敬而遠之。不過所謂的趕屍，儘管看起來顯得詭異，但從本質上來說，卻也只是我日常工作中的一部分而已，因此也就沒有什麼可怕的了。

那部紀錄片是在中央電視台的科教頻道播出的，因此導演自然把拍攝重點集中在「如何讓屍體直立行走」的問題上。片中最後給出的解釋是：行走的屍體其實是由活人假扮的，以草帽黑布蒙面，真正的屍體則早已被肢解，只保留脖子以上的部分及四肢，藏在假扮者背上的竹簍裡；當到達死者家中以後，趕屍匠親自負責入殮工作，以防止詐屍為由絕對不允許他人旁觀，趁機在棺木裡以稻草紮成屍體的軀幹，配以頭部四肢，讓人以為屍體真的自己走了回來。

還有另一種理論，是兩名趕屍匠一前一後，中間可以夾著數具屍體，呈直立姿態，以兩根竹子穿過屍體的衣袖，然後一路抬著前行。從遠處看不真切，便覺得屍體是在行走。

「不排除有些人就是這麼做的，」詩琴點點頭，「不過他們只是冒牌的趕屍匠，並不懂得真正的趕屍技術。我曾經在吉首住過差不多一年，據當地的老人說，在以前處刑的季節，趕屍匠有時候要一次趕十幾具屍體，這樣的花招顯然是行不通的。」

確實如此。要找十幾個活人來假裝屍體，不僅容易走漏風聲，而且入殮後無端多出來的一群人也不好解釋。假如是用抬的，那前後的兩人縱有天大的力氣也不夠。

「真正的趕屍匠，手藝是代代相傳的，大多數趕屍匠一輩子只會收一個徒弟。這個徒弟必須學會趕屍的三十六功，才能算是出師。一般來說，能在五年內出師的，就已經算是資質相當不錯的了……」

我感到這話題越扯越遠了，不得不打斷了她：「妳說的這些，跟香菇有什麼關係呢？」

「哎，你別著急呀。」詩琴搖搖頭，道：「那就長話短說吧。趕屍真正的秘密，同樣是利用了一種腐生真菌，屍體就是真菌的培養基，由於真菌攝取了屍體的營養，抑制了細菌的生長，因此還能起到延遲屍體腐爛的作用。菌絲會使屍體肌肉變得像木頭一樣僵硬，於是便可以直立不倒，所以趕屍的第一項『直立功』，其實就是在屍體裡種下真菌的技術。」

詩琴看我好像又想插嘴，擺擺手制止了我。

「這種真菌屬於壺菌門，能製造非常強有力的游動孢子。菌絲從屍體的腿部長出，趕屍匠往地上或石頭上放置事先準備好的特殊肥料，誘使菌絲上的游動孢子朝某個方向移動，從而帶動屍體一併滑動前行。但肥料放置的方位和數量都有很嚴格的講究，要是掌握得不好，屍體不但無法前進，甚至會後退或摔倒，所以趕屍匠的經驗很重要，這就是『行走功』、『轉彎功』、『下坡功』等等。趕屍只能在晚上行進，白天則在湘西特有的趕屍客店休息，這是因為這種真菌極度喜陰，一旦遇到太陽直射，便會迅速乾涸死亡。而遇到大雨的天氣也不能趕路，因為雨水會把游動孢子從菌絲上沖掉，屍體也就不能動了。」

聽到這裡，我恍然大悟。

「妳的意思是，我們遇到的那朵香菇也會產生游動孢子？」

「不錯，」詩琴讚許道，「它的子實體要比人體輕得多，所以移動的速度也快，而且還能憑菌絲依附在牆上或天花板上。」

「可為什麼它會追著我不放呢？」我不解地問，「並沒有趕屍匠來給它指引方向的啊！」

「有。你就是這個趕屍匠，控制游動孢子移動方向的誘餌，當時就握在你的手上。」

我又一次回想起消防樓梯裡的情形，頓時不禁大驚失色。

「難道是……手機？」

「準確地說，應該是通話中的手機，它的游動孢子似乎對這種電磁波信號很敏感。」

所有的線索都連起來了。最初目擊這個人頭香菇的，是住在出租屋的那個大學生，他當時正是在不停地用手機收發短信。後來我在 1605 室的門前與小安講電話，事實上已經把它引到了防煙門的背後，但由於及時掛斷了，它才沒有進入樓道。而在消防樓梯裡，因為我在測試詩琴的手機，兩台手機都處於接通的狀態，也就難怪它會加倍瘋狂了。

「所以，」我沮喪地說，「那天晚上，就是因為我給妳打電話，才會把它招來的。都是我的錯。」

那天的上午，我也曾與詩琴通過電話，但白天的時候不是下雨就是出太陽，如果這朵香菇與趕屍用到的那種有著相似特性的話，大概便不會作出反應。

「也不能這麼說。當時我為了尋找它的蹤跡，已經在那樓裡待了差不多兩天兩夜，但還是完全沒有頭緒。如果不是你的話，我還想不到這種游動孢子的特性，那就不可能發現這個新的物種了。」詩琴安慰我說。「雖然，那天它從陽台爬進來的時候，還真是把我嚇了一跳。」

我陷入了沉思。往前走了不久，一道紅白相間的限高門橫跨在盤山公路上。三個月前，運送屍體的冷藏車由於高度超過限制，不得不就停在了這裡的路邊。

「前面就要到了。」我說。

「到哪兒了？」詩琴奇道。

「就是那棵樹啊。」

「哪棵樹？」她露出疑惑的神情。

對話沒來由的變得困難了起來。我無可奈何，只好把之前在留言板上讀到的，在江美琳尾七那天，她那位同學的夜半奇遇給複述了一遍。

「所以你覺得，咱們來晴霧山就是為了調查這件事情。」詩琴似乎總算明白了我在說什麼。「難道，你現在還把我當成是那茅山道士一路的人嗎？」

「呃……不是嗎？」我囁嚅道，心想那分明是妳自己說的啊。

「從某種意義上，也可以說是那樣的。這也怪我，那天在停車場的時候，我擔心你把我的話不當回事，即使出現了症狀也不在乎，搞不好就會有一定的危險。所以，才故意小小地嚇唬了你一把。」

「那，妳究竟是……」

「咱們一路上說了那麼多，你也應該能猜出來了吧？」詩琴反問道。「我是中國真菌科學研究院的研究員，目前的研究主題是，未知真菌與靈異現象之間的關聯。」

「中國……科學……什麼？」

「中國真菌科學研究院。原本是中國科學院植物研究所下面的一個部門，但在五界分類系統❾得到廣泛接受以後，便和真菌界一道成為了一個獨立的機構。」

「等等……按妳這麼說來，我遇到的怪事也跟真菌有關?!妳可不要告訴我，那天晚上在我床上的東西是一顆大香菇！」

我家房子的通風好得很，從來沒有過發霉之類的事情。再說，即使床上真有什麼奇怪的東西，也一定會被甘芸發現了的。

「哎呀，你怎麼就跟香菇較上勁了呢。」詩琴差點兒被我逗樂了。「真菌可是生物中多樣性最豐富的一個族群。記得我說的嗎？問題的根源出在你的身上，跟房間沒有關係。」

「妳的意思是說，這也是一種錯覺？」

「不是錯覺，而是幻覺。你應該聽說過吧？經常有人會因為誤食了野生蘑菇而導致中毒，原因是某些種類的蘑菇中含有毒素。比如說，毒蠅蕈裡所含的毒蠅堿，或古巴光蓋傘裡所含的光蓋傘素，都是著名的神經毒素，服用後會使人產生幻覺和精神錯亂。但這些毒素不僅存在於蘑菇中，同樣存在於一些外形小得多的真菌裡，假如人體感染了這些真菌，儘管由於毒素含量很小而不會致命，但也會引起幻覺。而且真菌還有可能在人體內進一步繁殖，那樣的話就會導致更嚴重的後果。」

「所以妳給我的藥，目的是要消滅我體內的真菌？」說完這話，我好像突然意識到了什麼。

「沒錯。不過因為那時候我正在監測這個頭狀子實體的動向，沒有辦法離開大樓，只能讓你吃我事先準備的應急藥。又怕你吃不下去，所以提前從管子裡擠出來了。」

「這個應急藥……該不會是……」

「嗯，就是普通的腳氣膏。」詩琴若無其事地說，「不光可以殺滅引起腳氣的真菌，對這種侵入神經系統的真菌也很有效，而且攜帶起來非常方便。唯一美中不足的是，吃完後少不免要拉一次肚子……」

這時候我們已經來到了發現江美琳的那棵古樹之下，三個月前，我便是蹲在這裡檢查她

❾由美國生物學家魏泰克（R. H. Whittaker）在一九六九年提出的生物分類系統。將生物分為原核生物界、原生生物界、真菌界、植物界及動物界。在此之前，真菌通常被認為是植物中的一類。

的屍體。冬去春來，古樹的枝葉已經繁盛了許多。我四下張望，試圖尋找能印證那段留言的任何蛛絲馬跡，自然是一無所獲。

「這麼說，」我喃喃道，「咱們今天就是單純來爬山的嗎？」

「如果是為了調查一條留言的話，」詩琴反問道，「我幹嘛非要買年票呢？」

我不由得一怔，心道確實如此。

「不過，妳說那孩子看到的是什麼呢？」

「這我怎麼知道？」詩琴少有地顯得有些不耐煩，似乎並不太願意討論這個話題。

「我是在想，」我不依不饒，「那會不會也是幻覺呢？或許，他受到了和我一樣的真菌感染也說不定？」

「如果真是那樣的話，就只有兩種情況：一是人體的免疫力戰勝了真菌，頂多發個燒就沒事；二是真菌已經在體內大量繁殖，即使現在要採取措施也來不及了。」詩琴略帶敷衍地說。「而且，除去誤食毒蘑菇的病例，神經性的真菌感染並不常見，要達到致幻的程度就更罕有了。」

「但我的情況不就是這樣嗎？要是那麼罕見的話，那我是怎麼被感染的呢？」

「這個可就得問問你自己了——在那段時間，你都幹了什麼？去過哪裡？接觸過什麼東西？尤其是那些一般人很少會碰到的東西？」

我沉吟片刻，隨即雙掌用力一拍。

「就是那天！那天我在解剖屍體的時候，手被劃傷了！」

「劃傷了……解剖屍體?!」詩琴不禁退開了一步，顯出無比驚愕的神情。

「啊！不好意思，還沒自我介紹呢。事實上……」

然而當我說明了自己的身份以後，她的表情變得更加複雜，除了驚訝以外，似乎更多是滑稽的成分。

「法醫？你?!」

彷彿這是她聽過的最可笑的笑話，這讓我感受到了真切的傷害。

「不相信的話，」我沉著臉道，「我可以給妳看看證件。」

「不，不用……」詩琴連忙搖頭。與此同時，一種迷惘的感覺卻又爬上了她的俏臉。

「怎麼了？」

「怕鬼的法醫……」她使勁朝一邊歪著腦袋，似乎是在竭力回想著什麼，「你，難道是……」

緊接著，她說出了我就讀的醫學院的名字。

這句話猶如靈驗的咒語，記憶深處一把長滿銅銹的鎖應聲而落，從緩緩打開的抽屜中，一幕栩栩如生的畫面逐漸浮現於眼前，彷彿只是發生在昨天的事情。

「不能收現金，都跟你們說過多少次了？」玻璃窗口後面的大媽沒好氣地嚷嚷，「卡裡沒錢就先去充好了再來吧。」說著便抬勺把已經盛到了餐盤上的飯菜又扒拉回鍋裡。

我回頭看一眼身後那蜿蜒的隊伍，已經排到了食堂的大門外，然後在那裡華麗地拐了個彎，根本看不見盡頭。

「您就通融一下吧，」我低聲下氣地賠著不是，「保證這是最後一次了。」

「不行不行，上面新下來了規定，現在要嚴格執行刷卡制度。」大媽像趕蒼蠅一樣連連擺手，還不忘幸災樂禍地擠兌一句，「誰讓你們自己不長記性的。」

我不禁大為光火。這所號稱全國頂尖的醫學院擁有近萬名學生，偌大的校園內共有四處食堂，但能給飯卡充值的一共就只有一台機器。這台機器放在總務處的辦公室裡，距離任何一處食堂、宿舍、教學樓或實驗室都有十五分鐘以上路程，更不用說負責充值的那位出納員經常不知所蹤。

那個年代的大學生多半會有這樣的經驗，食堂的實際經營時間，大約就只有從上午十一點和下午五點開始的各三十分鐘，哪怕稍晚一點兒，也只會剩下倒人胃口的殘羹冷炙和杯盤狼藉的骯髒桌椅。當時我已經在念研究生一年級，對這些情況自然是了然於胸，而在食堂裡付現金向來也不是什麼稀罕事情。但不知道是學校確實修改了規定，還是大媽今天吃錯藥了心情不好，總之就是死活不肯讓步。

但憤怒歸憤怒，和食堂大媽爭論這制度的不合理性也是純粹的對牛彈琴，更何況後面還有一大群同樣飢腸轆轆的人，正在翹首盼望著隊伍的前進。就在我開始琢磨用煎餅果子還是方便麵對付過這一頓的時候，身後忽然響起了一個脆生生的聲音：

「我替你刷好了。」

我急忙回頭去感謝我的救命恩人，只見一位紮著馬尾的女孩亭亭玉立，正恬靜地向我微笑著。在那一瞬間，四周的一切彷彿都停止住了，唯有時間的花瓣從我們的身上不斷掠過，女孩的身影逐漸模糊又逐漸清晰，幻化成我眼前詩琴的模樣。

當然，那時候我還不知道她的名字，只覺得假如這世上真有天使的話，大概應該就是這樣子的吧。

也不知道我是打哪兒來的勇氣，竟站在旁邊等她打好飯，然後指著不遠處一張桌子說那裡有空座。

詩琴沒有拒絕。從外表看，她大概只是本科一二年級的學生。要是那樣的話，我心存僥倖地想，在那件讓我聲名遠播的裸奔事件發生之時，她應該還沒有入學。

這是一張典型的四人座快餐桌，我們面對面坐了下來，然後又是傻傻的相視一笑。她好像有點兒臉紅了，羞赧地移開了目光，低頭默默看著面前的飯菜，但看起來並沒有要動筷子的意思。

正當我為該說什麼開場白而思想鬥爭的時候，突然聽見「啪」的一聲，一個餐盤幾乎是被扔到了桌上，頓時灑翻了不少菜汁。我吃驚地抬起頭，發現一個長著雀斑的女生不知道從什麼地方冒了出來，大咧咧地坐到了詩琴旁邊的座位上。詩琴和她小聲打了個招呼，兩人顯然是認識的，大概是同班同學。

雀斑女滿不在乎地瞟了我一眼，但一秒鐘後，她的瞳孔裡卻放出了異樣的光芒，彷彿是初次在馬戲團帳篷裡遇見小丑的孩子。

完蛋了，我的心登時沉了下去。

不出所料，雀斑女馬上湊了過去，在詩琴的耳邊嘀咕著些什麼。我連忙假裝吃飯，從眼角的餘光裡，發現她們也在偷偷地望向這邊。兩個女孩交頭接耳了好一陣子，然後一起吃吃地笑了起來。

之後的回憶變得模糊不清，我已經無法想起，後來是怎麼吃完那頓飯的了。大概，那是由於我曾經拼命想要忘掉它的關係。

總算是找到了答案，在「夜路」遇上詩琴時，為什麼會有那種似曾相識的感覺。醫學生在本科畢業後轉入生物研究領域的例子並不少見，當年與我同寢室的老五便是如此。
「你那時候可真出名啊。」她感慨道。
我淡然一笑，自忖現在終於可以對這件事泰然處之了。
「為什麼想要當法醫呢？」
每個真正了解我過去的人都問過這個問題——或者，只有曾杋除外。我則通常只是聳聳肩，敷衍說其實沒有什麼特別的理由。
「也許，」我望著遠方天際的雲彩，第一次說出了一個不一樣的答案，「是為了證明我也可以做到的吧。」
詩琴向我微微一笑，一如少女時代的她。
「要從過去的陰影中走出來，」她說，「一定很不容易呢。」
這話一下子提醒了我，我還有一個問題要問詩琴，關於留言板上所寫的，新鳳大街十九號——隔壁那幢五層高的樓房——鬧鬼的事情。
然而詩琴也並不了解具體情況，因為是在外地，而且有好幾個小時的車程，她也沒有實地調查過。
「會不會也跟真菌有關呢？」我試探著問道。
「可能性很高，但不經過具體調查是不能確定的……」詩琴沉吟道，目光卻忽然一亮，「對了，我想到一個好主意！」
「什麼？」
「你親自去把這鬼消滅了，怎麼樣？」

# 第十一章 故地重遊

詩琴的建議，是讓我和她一起前往調查新鳳大街十九號鬧鬼的事情——竹語山莊那邊已經基本告一段落，她也正準備展開新的研究。這樣的話，或許會找到我這鬼魂恐懼症的源頭，說不定還能因此得到根治。

這一想法與之前曾杋提到過的不謀而合，我毫不猶豫，馬上一口答應了下來。雖然，我並不怎麼在乎是否能治好這怕鬼的體質，畢竟那麼多年也都已經熬過來了。然而和詩琴一起行動的機會是絕對不容錯過的。

儘管計劃是制訂好了，但要立即付諸行動卻不太容易。首先，由局長大人直接下達的，禁止離開本市的命令仍然生效，我還沒愚蠢到去公然挑戰老頭子的權威。其次，從這座城市到我的家鄉，走高速公路的話單程大約需要三個小時，加上在當地逗留的時間，意味著基本不可能在一天之內來回，我也沒有那麼長的假期。

而且，根據詩琴的估計，這些與靈異事件扯上關係的真菌一般極為喜陰，在白天不一定能找到，所以必須做好午夜調查的準備。不過她也安慰我說，應該不會出現在竹語山莊那種得在裡面待好幾天的情況，因為關鍵是要找到真菌的蹤跡，大不了就挨家挨戶都翻一遍，畢竟只是五層樓的範圍，和那二三十層的大樓有著根本區別。

在這段日子裡，我和詩琴陸續見了幾次面，對她的研究也有了更深入的了解。按照詩琴的設想，由於人們對真菌不熟悉，許多與真菌有關的自然現象被錯誤地解讀成鬼魂作祟，那麼，如果以靈異事件為線索進行調查，便很可能有機會發現新品種的真菌。

「生物學界一般認為，」詩琴道，「現存世界上的植物共有五十萬種，已知的就接近四十萬種，幾乎已經發現得差不多了；動物方面，已知的超過一百五十萬種，未知的估計還有二百萬種，絕大多數是昆蟲；但在預測的一百五十萬種真菌裡面，已知的只有十二萬，連百分之十都不到。事實上，從林奈⑩開始的這幾百年來，在其中相當長的一段時間裡，我們都以為真菌是植物的一類。可以說，對於真菌，人類幾乎還是一無所知。

「人類傾向於以神秘主義的觀點來解釋真菌現象，這並不是偶然的。一方面，真菌和植物不同，它沒有葉綠素，也不會進行光合作用，因此大多數的真菌都喜陰，並且在晚上活動頻繁，這就恰好符合了人類對黑暗的恐懼。另一方面，人類及其它動物的屍體，對許多腐生真菌來說都是理想的培養基，這又符合了人類對死亡的恐懼。正是由於這兩種與生俱來的情感，導致了人類對真菌的誤解。

「這從語言文字的演變就可見一斑。比方說在漢語裡，出於對超自然力量的敬畏，人們一般並不會直接說『鬼』這個字，而是隱晦地說成『不乾淨的東西』。像是『這屋裡有鬼』就會說成『這屋裡有不乾淨的東西』。這並非單純的巧合，因為從觀察者的角度來看，生長著大量真菌，尤其是黴菌的房間自然是骯髒的。

「有一種普遍流傳的民間說法，人被惡鬼上身的後果，是『不死也得交三年霉運』。這個『霉』字的原意是指黴菌，後來則引申出來表示壞運氣的意思，所以才有『霉運』、『倒楣』等詞。對於『鬼上身』的現象，經驗豐富的法師會通過嗅覺來判斷，如果一個人經過徹底清潔後，身上仍然發出死老鼠一般的氣味，那多半就是被鬼上身了。實際上，那個是黴菌的氣味——順便一提，我在酒吧裡碰到你的那天晚上，你身上就有一股這樣的氣味。

「也有許多更加實際的例子，比如說殭屍。在以前流行土葬的年代，幾乎全國各地都有過殭屍的傳聞，但由於多數規模都不大，人們也擔心不吉利，所以有留下詳細資料的不多。有關殭屍記載的第一手資料，主要是來源於過去盜墓活動猖獗的時候，曾經親眼見過殭屍的盜墓賊的轉述。在盜墓這一行的黑話裡，殭屍被稱為『粽子』，其中最常見的『綠毛粽子』不太可怕，可『黑毛粽子』就厲害得多了，至於『白毛粽子』則是兇險萬分。

「但只要仔細想想就能明白，這些『綠毛』、『黑毛』和『白毛』，其實只是在屍體上生長的腐生真菌的菌絲，因為種類不同而呈現不同的顏色。真正令盜墓賊聞風喪膽的，是這些真菌同樣具有強力的游動孢子，能讓屍體移動甚至直立行走。不過除了模樣恐怖以外，這些殭屍卻是沒有攻擊性的，它們對人的危害，主要來自於屍體上可能長有有毒的菌種，也就是盜墓賊口中所謂的『屍毒』。

「民間的另外一種說法，是鬼怕污穢之物，也就是說屎尿一類的東西。這其實是有一定道理的，因為尿液中的尿素有殺滅真菌的作用，即使是『白毛殭屍』，如果把一桶尿倒在它的身上，大概也就不會動了……」

詩琴如數家珍地說著這些簡直是聞所未聞的事情，讓我聽得目瞪口呆。之後她又給我展示了幾個小巧的機器——包括那天她放在我肚臍上的小盒子，都是用來進行各種檢測的，像

⑩卡爾・馮・林奈（Carl von Linné），瑞典博物學家，現代生物學分類的奠基人。一七三五年發表了著作《自然系統》，將生物分為植物界和動物界，即二界分類系統。其中真菌屬於植物。

是空氣中的孢子濃度，或是菌絲是否帶有毒性等等。類似的機器在司法鑑定中常有應用，因此我有著豐富的操作經驗，一下子就學會了。毫無疑問，它們將在新鳳大街的冒險中派上大用途。

在中國真菌科學研究院裡，詩琴的研究可以說是絕對的另類。研究院需要經費以維持運營，也不能單單依靠國家有限的撥款，因此大部分的資源都投入到了對農業害菌的防治，或是食用菌的培養這種具有經濟價值的課題上。但一個無可爭議的事實是，詩琴在過去幾年間所發現的新種真菌數量，比其他研究員加起來還要多得多。

「研究院已經在吉林延邊建立了松菌培育基地，」詩琴告訴我，「松菌的子實體就是松茸，在日本有『蘑菇之王』之稱，現在已經由基地大量出口，一公斤的價格在五百元以上。而在歐洲，松露則被稱為『餐桌上的鑽石』，一株八百克的白松露曾經在澳門拍賣出了超過兩百萬的高價，目前正在雲南香格里拉和麗江一帶物色適宜的地點試驗人工培育。

「但松茸和松露雖然珍貴，可就價值而言，仍然遠遠比不上中國最神奇的一種真菌。子囊菌門、糞殼菌綱、肉座菌目、麥角菌科，這種真菌叫做冬蟲夏草。

「冬蟲夏草是藥材而非食物，歷來就被認為有多方面的藥用價值，到了現代，最受青睞的莫過於其抗癌的作用。臨床上使用從冬蟲夏草中提煉的蟲草素輔助治療惡性腫瘤，症狀得到改善的比例相當高。但冬蟲夏草必須寄生在一種叫蝙蝠蛾的昆蟲的幼蟲中，而且優質的品種只野生於青藏高原，因此目前並不具備人工培育的條件。

「然而巧合的是，松茸在日本，黑松露在歐洲也被認為具有抗腫瘤的作用。這三種真菌無論是結構上還是形態上都大相徑庭，卻不可思議地共有一個相同的特徵，就像竹語山莊的擔子菌和湘西的壺菌都帶有游動孢子一樣。這樣的生物共性在真菌界中十分常見。那麼，在迄今未知的一百多萬種真菌中，是否還存在其它具有抗癌作用，而易於培育的品種？答案幾乎是肯定的。甚至，不僅作為輔助治療手段，而是可以根治癌症的特效藥，這樣的真菌也很有可能存在。剩下的問題就是，如何去發現它們罷了。」

我對冬蟲夏草並不怎麼感興趣，但說起松露，卻不禁想起 L'ÉCLIPSE 菜單上的奶油松露湯來了。上次，餐廳經理得知了我不得不取消預約的原因以後，堅決不肯收取紅酒和鬱金香的費用，這讓我感到有些過意不去。本來我也一直有意再去光顧一次，然而詩琴卻不同意，每次吃飯不是麥當勞就是肯德基，一人手裡拿著一個圓筒冰淇淋的可笑模樣，讓我感覺彷彿回到了學生時代的約會一般。

對此我倒並不在乎，反而有種浪漫的想法，或許這是對我們當初沒有好好把握的青春的一種補償。然而真正令我在意的是，每次見面後，詩琴都婉拒了我開車送她回家的建議。即使是在前往晴霧山的那天，回到市區後，她也是堅持在地鐵口便下了車。這讓我不得不產生了一些不怎麼愉快，但卻合情合理的聯想——也許，她並不是一個人住。

從年級的差距判斷，詩琴比我小不了幾歲，對於女性來說，其實早已達到甚至超過了談婚論嫁的年齡。勉強能讓我鬆一口氣的是，她的無名指上並沒有戴著結婚戒指，但相應的，她也從來不會戴上我送她的項鍊。平心而論，詩琴肯定不會缺乏追求者，即使有一個同居男友什麼的，實在是再正常不過了。

這種討厭的想法讓我備受煎熬。更加糟糕的是，我意識到自己並沒有任何質問她的資格，我們目前這些所謂的約會，其實只不過是我一廂情願的定義罷了。更不必說，她還明確了解甘芸的存在。

日子就在這種微妙的關係中一天天過去。隨著時間的推移，儘管兇手還在逍遙法外，木乃伊案的影響仍是逐漸淡了下來。局長大人和督導小組似乎終於認清了一個事實，那就是即使繼續剝削警員們的休息時間，對破案也不會有一分一毫的幫助。

於是一聲令下，局裡又恢復了正常的雙休日制度。五月二十八日，星期六，我和詩琴踏上了可以說是回家的旅途。前方是那無比熟悉的城市，但卻完全無法預知將要發生什麼，這令我的心情極度亢奮，頭天晚上幾乎通宵未眠。

然而征途的第一部分就非常不順利，進入高速公路後走了還不到五公里，前方便出現了一行行刺眼的剎車燈。不見首尾的車龍中以轎車居多，據我估計，大部分應該是週末自駕遊的人們。之後很長的一段路程都只能龜速前進，我不斷交替地踩著油門和剎車，右腳很快便麻木了。

不過因為有了詩琴在身邊，心情倒是非常不錯。尤其是想著坐在四周這些車裡的，多半不是熱戀中的情侶便是溫馨的一家三口，更是不由得莫名其妙地得意起來了。

「你的父母現在還住在老家那邊嗎？」詩琴問我。

「全跑去加拿大了！」我搖搖頭，「現在我在國內算得上是舉目無親。」

我的姐姐多年前便嫁給了一位比她大十歲的加籍華人，老爸老媽當時雖然也有些反對，但之後不久便隨之移民，並在溫哥華定居。當他們發現大洋彼岸也有麻將館和炸醬麵以後，便徹底樂不思蜀了。

「那麼，你會經常去加拿大了？」

「沒有經常，每次出國還得向公安部申請備案，那些破手續太麻煩。」
「是嗎……總比我去不了的好。」
「啊？為什麼？」
「研究院屬於國家高級科研機構，資料都是國家機密級別的，所以我們基本上都不允許出國，就是為了防止關鍵資料洩漏到國外吧。」
「那妳還告訴了我那麼多，這不是存心坑我嗎？」
「傻瓜，」詩琴啞然失笑，「這些東西告訴你多少都沒關係，真正重要的資料都在檔案室裡鎖著呢，沒有大量的實驗資料，難道你還能憑空把菌絲孢子變出來不成？」
我本來也只是在開玩笑，但此刻卻突然靈機一動，想到了一個主意。
「妳呢？」我繼續之前的話題，試探著問道，「父母是留在老家，還是在市裡和妳一起住？」
我的目的當然不在於詩琴的父母，而是她現在和誰一起住的問題。但話一出口我便有些後悔，生怕她會說出「不，就我和老公兩個」之類的回答。
但讓我始料不及的是，詩琴的臉竟一下子陰沉了下來。
而且這種陰沉明顯有別於普通的不快，車廂內的溫度彷彿一瞬間降到了冰點。我立刻條件反射般地收斂了笑容，一句話也不敢再說了。
在這簡直令人透不過氣的沉默中，能聽見的只有 PRADO 發動機斷斷續續的喘息。我忐忑不安地駕著車，以蝸牛般的速度艱難地騰挪前進，也不知道過了多久，才聽見詩琴開口說道：

「差不多二十年前，在我老家那邊，曾經發生過一次嚴重的車禍。」

她的語調平靜得讓人感覺不到一絲漣漪。我偷偷地瞥向副駕駛座，但她正面向著窗外一望無際的車流，無法看見她臉上的神情。

「一個貨車司機在酒後超速駕駛，結果貨車衝過了馬路中央的護欄，與一輛轎車正面相撞。在轎車裡的，是一對中年夫婦和他們的獨生女，那個女孩當時只有十歲。」

我的心頓時一沉，稍一猶豫沒有及時踩下油門，與前車的距離便拉大了些。原本行駛在右邊車道的一輛本田 CIVIC 發覺有機可乘，立即以一個大幅度的擺頭，堪堪插到我們的前面去了。跟在後面的車對此顯然大為不滿，於是狠狠地衝我按著喇叭。

「不難想像，那輛轎車幾乎被碾成了一堆廢鐵。」詩琴繼續道，「一家三口之中，也只有一個人活了下來。」

故事的結局，看起來並不難猜。

「就是……」我自作聰明地接道，「那個小女孩嗎？」

「不，她死了。」

她的聲音是如此冰冷，彷彿空氣都要因此而凝結了。

「作為司機的父親是當場死亡，重傷的女孩被送到醫院後，因為器官衰竭，很快也宣佈搶救無效。活下來的是她的母親，不過她醒來以後就已經精神失常了，或許，死了的話還更乾脆一些吧……」

我不由得打了一個寒顫，手心裡已經冒出了汗珠。如果那個女孩已經死了，那麼，妳又是什麼？

「肇事的貨車司機被判處七年有期徒刑，可惜沒能執行完就死了。監獄的說法是得了急病，但也有人說，是被其他犯人打了一頓，後來傷勢惡化，又導致了其它併發症。不過不管真相是什麼，反正都不會有人在乎，屍體直接就拉去火化了。」

詩琴頓了頓，然後清晰地說道：

「最後交到我手上的，就只剩下了一小袋骨灰。那，就是我的爸爸。」

我下意識地握緊了方向盤，死死地盯著前方的路面。

「媽媽承擔了所有的賠償責任。保險公司的賠款，加上我們家的積蓄和借來的錢，剛好夠支付兩個人的死亡賠償金，但還有一個精神失常的女人，以及每個月沒完沒了的治療費用。媽媽沒有再結婚，因為沒有人會願意連著這些債務一起娶進門。我則一直背負著『殺人犯的女兒』的標籤長大，幾乎每年都要轉一次學，但過不了多久還是會被人發現。在我二十歲那年，媽媽被確診為淋巴癌晚期，三個月後便去世了。」

我只覺背上的冷汗涔涔而下，濕了的 POLO 衫貼著真皮的座椅，感覺就好像是靠在了一大塊冰上。必須承認，自從在「夜路」遇見她以後，我便不自覺地被詩琴身上那種超然世上的氣質所深深吸引。我一直以為，那是由於她那些神秘詭異的研究有關，沒想到她竟然還背負著這麼一段過去。我想起許多年前與她的初次相遇，在那時候，她還是很正常的一個女孩，開朗、活潑、在學校食堂和閨蜜交頭接耳著男生的八卦。毫無疑問，母親的去世是令她性格巨變的根本原因。

所以她對超速和酒後駕駛等行為深惡痛絕，所以她採取極端的方法去尋找新品種的真菌，只因為其中可能蘊藏著治療癌症的方法。

我沒有試圖去安慰她，在這樣的情況下，任何語言都是於事無補的，更何況我本來便對這種事情很不擅長。但我對自己默默下了決心，從現在開始，我將會保護她不再受到傷害。

剩餘的路程在一片沉默中度過。接下來的幾個出口都是通向一片溫泉旅遊區，陸續有許多車分流了出去，當我們接近目的地的時候，高速公路已經完全恢復了順暢。

我出生的這座城市不大，從高速公路下來後，幾乎馬上便進入了主城區。這時候剛好是中午一點，也就是說路上走了足足四個小時。即使如此，這也算不上是多遠的距離，然而仔細一想，我已經差不多有十年沒有回過故鄉了。事實上，我對自己說，也根本沒有回來的理由。

時間幾乎沒在這座小城留下太多的印記，一切似乎都還是我離開時的那個樣子。兩橫三縱的主幹道看起來完全沒有經過修整，柏油路面上的一些標線已經顯得斑駁。在主幹道的交匯處矗立著全市最高的建築物，這是一幢二十多層的四星級酒店，從我還在上小學的時候便存在於此。雖然現在外牆已經舊得不像話了，但它依然是方圓五十公里內最好的酒店，如果今天晚上要找地方住宿的話，這裡是唯一體面的選擇。

如果一定要說有什麼變化的話，那就是酒店的對面現在開了一家麥當勞——快餐店這種東西，在我小時候是沒有的。我們在這裡吃了點兒東西，又休息了一會兒，我這才感到右腳慢慢回復了知覺。期間我沒話找話地向詩琴介紹了家鄉的一些特色菜，但看上去她並不怎麼感興趣的樣子。

午飯之後再度出發。我原本以為，單憑記憶找到新鳳大街根本不在話下，畢竟市區就這麼點兒大，而且那還是住了十幾年的地方。然而開車繞了好幾圈後才發現並非那麼回事——

我明明記得應該從某個街角右轉的，但拐過來以後才發現完全不對。迫不得已，只好停車求助於GPS，這系統倒是十分可靠，連不起眼的小街道都有詳細的資料。但認真觀察了一番螢幕上顯示的地圖以後，我意識到了不對勁的地方：此時此刻，我們已經置身於新鳳大街。

只不過，在我記憶中本應是街道的地方，現在卻被一堵兩米多高的圍牆包圍著，隱約可見圍牆裡面冒起煙塵，顯然有某項工程正在進行中。

我茫然地從車上下來，圍牆上並沒有注明是什麼工程。我兩邊張望，發現不遠的地方便是一扇大鐵門，門旁站著一個頭戴黃色安全帽的男人，正在玩命地抽煙。從男人相對乾淨的上衣來看，估計是包工頭一類的角色。

儘管我自己從不抽煙，但為了應付不時之需，在PRADO的門上一直存放有幾包329號軟中華。於是拆了一包拿在手上，慢悠悠地朝那人走去。

「師傅，」我看準了他把一隻煙頭扔到地下的瞬間果斷上前，「請問一下，這裡是在做什麼施工？」

不出所料，這人立即掛上了一副警惕的神情，那樣子分明是在說：「跟你有什麼關係？」但當看清楚我手裡拿的東西以後，他的眼神瞬間改變了。

「換個口味試試？」我在臉上堆起世故的笑容，把煙遞了過去。

包工頭的嘴幾乎是不受控制地咧開，立即便伸手取出一根，放到鼻子下面貪婪地聞了一通。在確認這是真貨了以後，他把煙夾到耳朵上，掏出一根自己的雜牌煙叼在嘴裡，卻並不急著點燃，一雙老鼠般的小眼睛賊溜溜地打量著我。

我控制住自己要把厚臉皮的傢伙狠揍一頓的想法，從煙盒裡又甩出來一根給他。這廝嘿嘿一笑接過，換掉了嘴上的劣質煙，這才滿意地拿出打火機點燃。

「市政道路改造。」包工頭不情願地從牙縫裡漏出幾個字來。那張醜陋的臉籠罩在一片白茫茫的煙霧中，顯得十分享受的樣子，大概是從來沒有抽過這一等級的煙。

「那現在去新鳳大街該怎麼走？」我問。

這人只是嘴唇翹了翹，沒有回答，卻一個勁兒地瞄著我手裡的煙。

我不怒反笑，乾脆把一整包中華直接塞到了他上衣的口袋裡。當然，把警官證亮出來應該是簡單得多的方法，但一來這畢竟是在外地，萬一出點兒什麼岔子，無法一個電話便讓鄭宗南呼嘯著警車前來幫忙；二來詩琴還在車上，天知道她對濫用職權是不是又有什麼看法，我可不想破壞自己在她心中的形象。反正這白癡被人打死也是遲早的事，既然這裡不屬於我的管轄範圍，那就讓其他人給他驗屍好了。

「還去幹什麼……」這廝懶洋洋地說，「那兒全拆啦！」

「拆了?!」我大吃一驚，「連十七號和十九號也拆了？」

「不管你是多少號，總之全拆了，以後就連這條新鳳大街都沒有了。」

我不禁轉頭望向圍牆之內。的確，要是那幢九層的老房子還在的話，從這兒應該便能看見我家原來的陽台。

「是什麼時候拆的？」

「這個……至少有一個多星期了吧。」

「拆那兩幢樓的時候，有沒有發現什麼特別的東西？」

「沒有。」對方狐疑地盯著我說，「你到底為什麼要找這個地方？」

「因為，那兒有鬼。」我指了指圍牆內的廢墟，幽幽扔下這句話後便揚長而去，讓滿臉驚愕的包工頭愣在了那兒。

我不想繼續在這是非之地逗留，於是先把車子發動了起來，一邊在路上漫無目的地行駛著，一邊把情況轉述了一遍。

「現在怎麼辦？」我轉向詩琴，「回去嗎？還是……」

說到一半的話硬生生地卡在了喉嚨裡。只見詩琴在座椅裡縮成了一團，緊閉的兩眼透出痛苦的神情，身體宛如秋風中的黃葉般瑟瑟發抖，臉色也蒼白得嚇人。

「妳怎麼了？」我急忙道，「哪裡不舒服嗎？」

詩琴微微搖頭，大概是示意沒事，但在我看起來顯然並非如此。

「要不要去醫院看下？」

詩琴又是搖頭，幅度稍稍大了一些。

突然間恍然大悟。如果我沒猜錯的話，這恐怕是痛經的症狀。

「那個，要不要去洗手間？」我隱晦地提示道，「前面有個小超市，需要什麼的話我可以替妳去買。」

詩琴第三次搖頭，然後睜開眼睛，乜斜著瞪了我一眼。

「我覺得有點冷……」她說，「能把溫度調高一些嗎？」

她穿著去晴霧山時穿的那件運動外套，這時候乾脆把帽子戴了起來。我連忙把車裡的空調往上調了好幾度，從出風口立即冒出來溫熱的氣流，大概可以算是暖氣了。

「沒關係，我休息一下就好了。」她說完便又閉上了眼睛。

我思考了一下目前的情況。既然兩幢樓房都已經被拆掉了，繼續留在這裡就似乎失去了意義，當然，詩琴或許會有更高明的見解，但必須要等她感覺好一些了才能徵求她的意見。另一方面，以她現在的身體狀況，顯然並不適宜長途跋涉，直接開車回去的話，萬一路上再遇上一輪堵車什麼的就很不妙。因此最穩妥的做法還是先找個地方讓詩琴好好休息，等她的身體恢復以後再作打算。

此外，難得和詩琴在一起，我也不願意讓這次旅行就這麼突兀的結束。

於是我將車重新開回麥當勞對面的酒店。我在車裡長期放著一件夾克備用，便讓詩琴披在身上，把她扶到大堂的沙發上坐著，然後去辦理入住登記。登記的時候需要出示身份證件，詩琴的樣子顯得相當不舒服，我不想再去打擾她，便決定暫時先只開一個房間。

「對不起先生，」酒店前台的服務員客氣地說，「現在所有雙床房都住滿了，請問給您安排大床房可以嗎？」

我拒絕承認這話其實正中我的下懷，在心裡嚴肅地跟自己說：沒什麼大不了的，等詩琴的情況有所好轉以後，拿她的身份證再去開一個房間就是了。

從前台拿了鑰匙卡，我一路攙扶著詩琴進入房間，讓她乖乖躺到了床上。房間裡有電熱水壺，我燒了一壺開水，端了一杯到床頭，發現她早已昏昏睡去。

我擔心她可能有些發燒，伸手探了探她的前額，卻是冷冰冰的。

一通折騰下來，手錶的指標已經指向了下午五點。我確認她的被子已經蓋好，把中央空調設置到最舒適的溫度，拉上可以遮擋夕陽的窗簾，便任由她好好去睡上一覺。

這房間其實是一個小套間，床和外面的沙發之間由一道屏風隔開，兩邊各有一台電視機。我坐在沙發上，百無聊賴地看著靜音的電視劇，每過一段時間去觀察詩琴的情況，一直沒有任何變化。

七點的時候我覺得餓了，但顯然不能把病人扔在房間裡自己去吃飯，送餐服務也很有可能會把她吵醒。幸運的是，房間裡的小酒吧準備了收費的方便麵，味道雖然糟糕，但我還是三下五除二便消滅了一碗，然後又意猶未盡地啃了一排巧克力。

九點剛過，我聽見玻璃杯碰撞的聲音，回頭一看，發現詩琴已經坐了起來。我急忙把杯子裡的水換成熱的，鼓勵她多喝一點兒，但她還是只喝了兩口便喝不下去了。我打開床頭燈，只見她的臉上依然沒有一點兒血色，以我的醫學知識而言，這絕對不是什麼好現象。

「不行，」我皺眉道，「我得去給妳買點兒藥。」

我剛轉身準備出門，背後響起了一個威士忌般的聲音。

「……別去。」

衣襬的一角被扯住了，我不由自主地停下腳步。

「不要……離開我……」她輕聲嚶嚀。

我閉上眼睛，輕輕地吐出一口氣。如果說，在我的心裡還曾有過任何猶豫的話，現在都已經蕩然無存。

我在床邊坐下來，伸手環抱著詩琴的肩，不由分說地把她擁到了懷裡。

「好冷。」她似乎還想再縮進來一些，我能感到她的身體在顫抖。

「嗯。」

我把她摟得更緊，一邊安慰地撫弄著她的秀髮，一邊朝著她的額頭吻了下去。

然而唇上卻傳來意料之外的質感。不知道是我瞄準的失誤，還是她突然抬起了頭，這一吻竟不偏不倚地印在了她的唇上。

在旖旎的燈光下，詩琴緩緩睜開了眼睛。我們注視著映照在對方瞳孔中的自己，而兩人的唇也始終沒有分開。

之後，我們一起倒在了那張寬大的雙人床上。

# 第十二章 生離死別

坦白地說，這些日子以來，我已經無數次幻想過，和詩琴一同跨越這條最後底線時的情景。楚夢雲雨之間，我們曾在各種奇怪的時間和地點，以各種不可思議的方式合而為一。但有一點是永恆不變的，那一定會是一場昏天黑地，直教風雲變色的瘋狂。

就好像，我下意識地讓甘芸充當她的替代品的那個晚上一樣。

然而此刻，當我真正抱著如假包換的詩琴的時候，一切卻進行得出奇地平靜。宛如在平安夜悄悄降下的雪，純白、潔淨，在地上積聚到了齊膝蓋的深度，表面上卻不帶一絲痕跡。

這當然並不是說，我們在這天晚上留下了任何遺憾，恰恰相反，這是一種我從來沒有體驗過的感受。彷彿是相愛了多年的情人久別重逢，每次迎送都是那麼水到渠成，就連到達頂峰的時機也有著天然的默契。

即使在激情趨於沉寂以後，意亂情迷也並未隨之流逝，我們緊緊地相擁在一起，那是一種水乳交融的奇妙感覺。詩琴在我懷裡幾乎是瞬間便睡著了，我雖然想儘量清醒著享受這一刻的美好時光，但一陣莫名的疲勞感襲來，還是馬上便進入了甘甜的夢鄉。

不知道過了多長時間，一束明晃晃的陽光映入了我的眼睛，窗簾不知道在什麼時候已經被拉開了。我立即便徹底清醒了過來，頭腦裡一片清明，感覺睡了似乎不是很久，但卻休息得非常充分。我的身上仍是一絲不掛，兩臂橫著張開，呈一個大字形霸道地躺在被窩裡，詩琴顯然已經不在床上了。

下一秒，她那美麗的臉龐便出現在枕頭的上方，似乎是一直在床邊坐著。看見我睡醒了，她發自內心地露出了極高興的笑容。我注意到她已經穿戴整齊，連我的那件夾克也一併披上了，這衣服在她身上大了不止一號，但反而更能顯出一種嫵媚。詩琴的精神狀態看起來很不錯，大概是已經恢復得差不多了。

我衝她微笑，但隨即發覺嘴角的肌肉十分僵硬，結果變成了一個相當詭異的樣子。笑容頓時從詩琴的臉上消失，取而代之的是擔憂的神色。她略微俯身，纖纖玉手輕撫著我的臉頰，為我把扭曲的表情拭去。

我心中一動，忍不住便想一把將她擁入懷中。然而我剛準備坐起來，卻發覺渾身沒有半點兒力氣，儘管已經使出了最大勁兒，卻竟然沒能動彈分毫。

詩琴無疑也注意了這一幕。她把手臂伸到了我的肩後，半扶半抱地幫助我坐了起來，又在床頭板前墊了個枕頭，讓我靠在上面。

「你醒了啊。」她笑道。

我試著動了動嘴唇和舌頭，確認它們都運轉正常，這才緩緩說道：

「妳好點兒了嗎？」

「嗯，沒事了。謝謝你。」

「傻瓜。」

簡單的兩個字，在今天卻有了截然不同的意味，衝口而出的時候，那感覺愉快極了。我再次試圖去抱她，但還是沒有成功，詩琴見狀，溫柔地握住了我的手。

「你很累啊，要不要再睡一會兒？」

「不用了，」我又試著轉動了一下脖子，「我要到樓下去好好吃頓早飯。」

昨天我特地和前台的服務員確認過，這個房價裡是包含了雙人自助早餐的。早餐從七點到十點在二樓的咖啡廳供應，不管怎麼說這兒都是四星級的酒店，食物的品質應該有一定保證。想起泛著油星的牛油炒蛋和香氣四溢的酥脆培根，口水便忍不住要流出來，昨晚的方便麵實在是太寒磣了。

「呃……」

「怎麼了？」

詩琴沒有回答，而是轉身把我的手錶拿了過來。只見時針和分針幾乎成了一條直線，赫然將錶盤從中間劃分為左右兩半。

我的第一個反應就是這錶壞了，但那根一直孜孜不倦運行著的秒針，則無疑是在反駁這種想法。事實上，這錶僅僅戴了不到一年，而且還是我咬牙在新唐廣場買下的，為此也沒少忍受店員無聲的嘲諷。儘管款式在那家店裡只是屬於最低端的一類，但仍然價格不菲，假如這麼輕易就壞掉的話，那是無論如何也不能接受的。

「已經……十二點半了？」我難以置信地問。她默默點了點頭。

我感到無法理解，一定是生物鐘在哪兒出了問題。這樣的話，就不僅是已經錯過了自助早餐的問題，假如不馬上去辦理退房手續的話，便要支付額外半天的房費。此外，即使現在立刻出發並且沒有任何耽擱，到家的時候恐怕也得是傍晚了。

「天哪，我得起來了。」我掙扎著下床。

「還是不要太勉強自己吧。」詩琴認真地說，一邊為我披上酒店提供的浴袍。

我扶著屋裡的傢俱，舉步維艱地挪動到洗手間，身體好像根本不屬於自己似的。這樣的感覺大學時代曾經有過一次，在代表系裡踢了一場足球比賽以後，立即又被我們班的女生邀去了打羽毛球，結果第二天早上也是動彈不得，於是只好請了一整天的假。當時裸奔事件還沒有發生，現在想起來，那也是我最後一次踢足球了。

唯一值得安慰的是，當時那種彷彿在身體裡頭不斷被一把鑷子掐的痠痛，至少現在還沒有感覺到。

我擰開水龍頭，胡亂潑了些在臉上，然後拿一個玻璃杯在下面接著清水，一邊把馬桶的坐墊掀了起來。詩琴嫺靜地站在洗手間的門邊，微笑著注視我的一舉一動，並沒有要避開的意思。

不到二十四小時以前，即使她只是在床上沉沉睡著，我上洗手間的時候還是會注意把門鎖上，以免引起誤會。這生命裡的各種不可思議，我不由得心生感慨，實在是妙不可言。

洗漱完畢，我迎向詩琴，輕輕地環抱起她的纖腰，然後低頭吻向她的雙唇。我驚訝於自己的動作如此流暢自然，彷彿是每天早晨的例行公事，已經執行了許多年。她的舌尖比世界上的任何糖果都更加甜美。

「那個……」她抬頭望向我，似是欲言又止。

「親愛的，怎麼了？」

初次以這樣的方式相稱，我沒有感到任何突兀之處。

「我在想……」詩琴吞吞吐吐地說，「我們能不能……明天再回去？」

「哎？為什麼？」

「沒什麼……我只是想看看你小時候生活的地方。」

一股濃濃的暖意自心底裡湧出，在我的體內四處奔流。這個提議的誘惑力是巨大的，毫無疑問，我渴望把生命中的一點一滴都盡可能與詩琴分享。當然，明天早上也必須前往局裡報到，但我已經在認真考慮兩全其美的可能性。

「我最晚要在十點左右回到局裡，」我沉吟道，「如果明天早些出發的話應該來得及。」

「太好了！」

「不過明天必須一大早就出發，」我正色道，「妳起得來嗎？」

「不要為明天憂慮，因為明天自有明天的憂慮。」詩琴俏皮地眨眨眼，「今天到底是誰在睡懶覺呢？」

於是也就不必分秒必爭地去追趕退房的截止時間了。我舒展了一下筋骨，依舊是全身乏力，但總算可以勉強行動了。饒是如此，穿衣服還是讓我吃了不少苦頭，尤其是幾乎無法把褲子給拉起來。詩琴這次沒有過來幫忙，我注意到她正在穿衣鏡前歡快地轉著圈。

我正準備走過去，她卻倏地轉過身來，在空中劃出一道絢麗迷人的光彩。

「好看嗎？」

我這才注意到她手上拿著一個殷紅色的盒子，上面裝飾有華麗的金線花紋。詩琴隨手把盒子塞進兜裡，緩緩撩起滿頭捲曲的長髮，露出脖子上一串金光閃閃的東西，正是我送給她的那條項鍊。

「項鍊好看，可妳比它更好看。」我誠懇地說。這串項鍊是幸運的，我想，能夠被用來映襯出詩琴的美麗，才徹底體現了它的價值。

「哼……」

「妳一直把它帶在身邊？」

「不告訴你。」詩琴衝我吐了吐舌頭。

「妳不是說，要留在重要的場合才戴出來的嗎？」

「傻瓜，」她挽住我的手臂，輕聲說道，「現在就是的啊……」

白天剩餘的時間已經不多，好在這也是一個很小的城市。詩琴說，我這個樣子並不適合開車，於是我們便採取步行，累了的話就坐幾站公車，車上的空座位很多，與大城市擁擠不堪的景象形成了鮮明對比。

首先要解決的是午飯問題。令人驚喜的是，我在酒店附近發現了一個烤豆腐的攤子，立刻便拉著詩琴過去。烤豆腐是這個地方特有的小吃，與別不同的是，豆腐要首先經過一道發酵工序，然後弄成雞蛋大小的一團，放在炭爐子上烤至表面金黃脆裂，再蘸著一種特製的辣醬食用。一般來說是作為一種零食吃著玩兒，但真正想要用來填飽肚子也不成問題。小時候，因為爸媽時常不在家，負責照顧我的老姐要是實在不想做飯的話，便溜到外面買上半斤烤豆腐回來，就我而言，這和過節並沒有兩樣。

今天的烤豆腐吃起來只能說是差強人意。時過境遷，許多老一輩的手藝在現代化的進程中無法保留下來，這豆腐的味道似乎也隨之失傳了。當然，或許是我的口味已經被大城市給同化了也不一定。但詩琴一嘗之下，仍然立即大呼好吃，之後也不忘向我指出這其中的奧妙所在——某種厭氧真菌中把豆腐裡的蛋白質分解成氨基酸，因而味道殊為鮮美。

一條名為木河的河流從城市的中央穿過——儘管，與其稱之為河，還不如說是發育不良的小溪更合適。我們一邊吃著不夠正宗的烤豆腐，一邊牽著手在河堤上散步。現在是豐水期，水位漲到了河堤邊上，但最寬處的河面也不過二三十米。在秋冬的旱季，我告訴詩琴，木河會變得只有幾米寬，可以走到滿是雜草和鵝卵石的河床上去。木河的兩岸由數座橋樑連接，這些橋底的陰影處，則是我們小時候相約打群架的好地方。

詩琴詫異地看著我，我則驕傲地向她展示了肩膀上的一個傷疤。

「那孩子使的是一根鐵管子，」我繪聲繪色地說，「本來是直衝著我的腦袋來的，只躲開了一半。不過我馬上就朝他的鼻子上還了一拳，血好像流得挺厲害的，那孩子居然哭了。」

「一開始是為什麼打架的呢？」詩琴問。

我認真地想了想，然後無奈地聳聳肩，想不起來了。

大概也就是些雞毛蒜皮的小事吧，我猜。事實上，那時候大部分的群架都是如此。我記得是被表弟給拉過來的，所以大部分人我都不認識。我們這邊有十個人左右，對方人似乎多些，但好像還有女孩子混在裡面。那傢伙的鼻血流了一臉，於是兩邊的人都慌了，各自散去以後也就不了了之。

我們經過我的中學，除了教學樓顯得又老舊了一些以外，這裡也沒有任何變化，連校門旁邊的那個小賣部都還在那兒。我買了一瓶綠茶，緩解因為烤豆腐而引起的口渴。

這座城市共有三所中學，這裡算得上是最好的一所，而假如要評選有史以來最優秀的學生，則毫無爭議地非我的姐姐莫屬。我剛上初中的時候，「熱烈祝賀我校楊恪靜同學光榮考入清華大學」的橫幅仍然高懸在校門上方。許多年以來，這個奇跡一直沒能再被複製。

「結果我的整個中學時代，就是在老姐的陰影下度過的。」

「那樣也很不錯啊，」詩琴道，「我小時候也一直盼望能有個兄弟姐妹呢。」

相比起來，在我的印象中，姐夫一直就是個其貌不揚的中年大叔。在他們宣佈訂婚以後不久，我曾悄悄問過老姐，她是否真正感到幸福。

「嗯，我很幸福的呀。」她這樣回答。

「妳真的愛他嗎？」

那時老姐溫柔地笑了，說了一句我直到現在還無法完全理解的話。

「愛情既不是幸福的充分條件，也不是必要條件。」

如今老姐已經是三個孩子的母親。十二歲的 Annie 一直對我的工作非常感興趣，不止一次地立志說她長大以後也要當一名法醫；九歲的 Jimmy 超級頑皮，在我的印象中，他身上無論何時都至少有兩處掛彩的地方；至於前年才出生的 Mark 我只在照片上見過，據老媽說，和小時候的我長得很像。

詩琴靜靜地聆聽著我講述這幾個外甥的故事，臉上流露出嚮往的神情。我不禁浮想聯翩，倘若在十年前，食堂裡的我們不僅僅是擦肩而過的話，說不定也已經有了一個比 Mark 更年長的孩子吧。

在這茫茫宇宙之中，竟然存在著繼承了自己基因密碼的生命，這真是一件不可思議的事情。當那一刻來臨的時候，我的反應又將會是什麼樣的呢——大概，是興奮至連兩手都顫抖不已吧。我默默看著身邊的女人，平生裡第一次產生了這樣的想法。

天上的太陽似乎和我們達成了某種默契，我領著詩琴在市內走馬觀花地轉了一圈，剛剛回到酒店所在的大路上，它便匆匆地躲到了西邊的群山背後。瑰藍色的天空中飄著一團團火焰般的彩雲，不久也燃燒殆盡。溫暖的空氣中夾雜著既熟悉又陌生的味道，微風輕輕吹拂，令夏天的傍晚變得舒爽。

木河北岸一帶的小飯館也在這時候開始點燈。一個個燈泡串在污漬斑斑的電線上，被高個兒的夥計拿晾衣竹撐上門外大樹的枝椏，把人行道上的一塊地方照得通明。相鄰的店家互相之間早有默契，被電燈照亮的範圍便是這家店的地盤，於是桌子板凳一股腦兒地也搬出來了。所有的這些館子面積都非常小，亂七八糟的店內除了廚房，頂多只能塞下一張桌子，而且擠著極不舒服，因此客人基本上都只願意坐在外頭。到了寒冷的冬天，許多店乾脆就不開門營業了。

時下正好是吃黃鱔和小河蝦的季節，料想顧客會比平時多，所以點燈營業的時間也有所提前。我和詩琴走了一個來回，發現有一家的桌上居然鋪了尚算乾淨的桌布，而且還整齊擺放著一次性消毒的餐具。於是便選了一個視野開闊的位子坐了下來。

我點了鱔絲蒸飯和韭菜炒河蝦，以及本地一道小有名氣的特色菜——紅燜豬肝，並囑咐夥計千萬不要放辣椒。

「要不要來點兒啤酒？」夥計問。

我向詩琴投以一個詢問的眼神，她點點頭。

「那就來一瓶吧，要常溫的。」

啤酒立刻便送了上來。我拆開兩套一次性餐具，撕掉包裹在外面的塑膠膜，拿出杯子，滿滿地倒上兩杯啤酒。雖然曾有不少說法指出，這些餐具使用後根本不會經過嚴格的消毒程式便重新包裝，但跟別家還帶著鏽跡的玻璃杯相比已經要好得多了。

「乾杯！」

作為對邀請的回應，詩琴微笑著舉起酒杯，稍稍抿了一口。

「今天真的很開心，謝謝你能陪我。」

「只要妳喜歡，咱們隨時都可以再過來的。」

「嗯……要是有機會就好了。」

「專門來一趟也沒啥大不了，就是這兒沒什麼可玩的，還是去別的地方更有意思吧。」

詩琴淡淡一笑，沒有回答。這時夥計把炒河蝦端了上來，我夾起一隻嘗了嘗，稍嫌鹽放得重了些，但還是十分鮮嫩可口。

隨著夜色降臨，附近的飯館也逐漸變得熱鬧起來，我們所在的這家店，已經有四五張桌子迎來了客人。這座城市不是遊客會青睞的地方，所以來吃飯的都是以本地人為主。一個邋裡邋遢的男人在我們隔壁的桌子旁坐下，粗魯地吆喝著要了一個便宜的菜和兩瓶啤酒，然後開始抽煙。

這個傢伙引起了我的興趣。仔細觀察的話，他大約也就三十多歲，但滿臉的滄桑疲憊，乍看上去竟足足比我老了十年。我注意到，他的鼻樑中央有一處明顯的塌陷。

說不定，他就是那時候，在橋底下把水管敲在我肩膀上的那個孩子。假如我當初沒有斷然離開這座城市的話，我暗忖，現在多半也會是這副模樣吧。

剩餘的飯菜也一併端了上來。鱔絲蒸飯盛在一個很有鄉土氣息的粗陶鍋裡，甫一揭開蓋子，香氣頓時撲鼻而來。詩琴拿起碗來替我舀飯，然後仔細地撒上香菜和蔥花。我凝望著她那賢淑的姿態，不由得感到一陣暈眩，幸福這東西來得如此突然，即使到了現在還讓我覺得難以置信。
中午的烤豆腐畢竟只是小食，今天的早飯和午飯都沒吃成，而且後來還走了不算短的一截路，此刻的我早已是飢腸轆轆。當下便大快朵頤，三下五除二地將滿滿兩大碗飯掃得一粒不剩，這才從胃裡傳來一種愉悅的充實感。正準備勸詩琴多吃兩塊豬肝的時候，卻驀地發現她不知何時已停下了筷子。
她的臉上是一種無法形容的表情，簡直就像一個沒有靈魂的芭比娃娃，豔麗不可方物的眼睛裡，透出的卻是空洞的眼神，直勾勾地盯著木河的方向。我順著她的目光看去，除了對岸稀稀落落的燈火以外，便是不遠處的一座橋樑以及橋上偶爾往來的車輛，並沒有任何值得留意的東西。
「詩琴，妳怎麼了？」
「啊……」
她彷彿一下子回過神來，顯得不知所措的樣子。
「對不起，我剛想起來要打一個電話。」
詩琴說著，從背包裡拿出手機。讓我非常鬱悶的是，她竟站了起來，走到離桌子七八步遠的地方，然後才把手機舉到耳邊。
一天以來的繾綣纏綿，原本已經令我將之前詩琴那些不自然的舉動忘記得一乾二淨，此刻卻又變本加厲地刺痛著我的神經。顯而易見，她之所以刻意避開，是因為不想讓我聽到她打電話的內容。那麼最合理的推論無疑是，通話的對方是某個男人，而她不希望我知道此人的存在。

電話大約打了十分鐘，從我所在的位置，完全無法聽見詩琴在說些什麼。但從她的表情來看，這應該並不是一次愉快的交談。或許是我的錯覺也不一定，她的身體似乎一直在微微顫抖。

詩琴回來時候的樣子印證了這一點。她的臉色蒼白得厲害，隨手把手機放回包裡，含混不清地說了一聲要去洗手間，便又匆匆朝另一個方向走去。

所謂的洗手間是指在附近巷子裡的一個公共廁所，我剛剛坐下的時候便去過一趟，來回起碼需要五分鐘的時間。

毫無徵兆地，一個邪惡的念頭突然攫取了我的思緒。眼前，詩琴的包就躺在我觸手可及的地方，那裡面放著她剛才使用過的手機。也就是說，只要調出手機的撥號記錄，便能知道和她打電話的這個男人到底是誰。

而且，我有足夠的時間去做這件事，而完全不必擔心被她發現。

尚未泯滅的那點兒道德觀念，也僅僅讓我產生了一剎那的猶豫，隨即便在這巨大的誘惑面前被擊得粉碎。我壓根兒沒有想過，即使知道了對方的身份，對我和詩琴的關係又能有什麼幫助。此刻我需要的只是一個名字，甚至只有電話號碼也足夠——通過局裡的網路，我應當可以輕易地查出此人的背景。

目的是什麼呢？為了證明這小子混得不如我，因此我比他更配得上詩琴？那麼，萬一對方是個非常優秀的傢伙的話，又該怎麼辦呢？

在來得及考慮那樣的可能性之前，我意識到，自己的手已經處於了伸向背包的途中。一切都非常順利，我拿出詩琴的手機，按下重撥鍵後，最近撥打的電話便顯示在螢幕上——並不是連絡人的名字，而是一長串的手機號碼。

那是一串我非常熟悉的數字。當我意識到這串數字的意義的時候，不由得立刻打了個寒噤——這竟然是我自己的手機號碼。

簡直太荒謬了，手機一直在我的褲兜裡，它當然沒有響過。

但我隨即反應了過來，再度細看之下，果然和我猜想的一樣，在號碼後面顯示的日期是在四天前。我記得，那天下午詩琴確實曾經打來電話，跟我確認這兩天的行程安排。

然而問題並未就此結束。根據通話記錄，四天前的這一通電話，已經是這台手機最後一次進行語音通訊。可是，僅僅不到十分鐘前，就在我的眼皮底下，詩琴分明還用它撥打了一次電話。

只有一個可能：她在掛掉電話以後，立即便把通話記錄刪除了。

我不由得目瞪口呆，感覺渾身起了一層雞皮疙瘩。為什麼詩琴要這麼做？難道說，她正是擔心會被我看到那人的名字，因此保險起見才刪掉的嗎？假如是這樣的話，為什麼不乾脆把手機帶在身上呢？

作賊本來就心虛，再加上這意料之外的變故，使我打消了進一步查看手機內容的念頭。我把背包一絲不苟地按原樣整理好，詩琴回來的時候，心裡難免還是有點兒忐忑，幸好看上去她並沒有起疑心。

晚飯最終只能不歡而散。重新坐下來沒多久，詩琴便推搪說已經吃飽了，而我也丟失了之前饕餮的心情。喚來夥計匆匆結了帳後，我們直接攔下了一輛計程車返回酒店。在車上，我執意依然牽著詩琴的手，但彼此各懷心事，於是一路無話。

由於第二天必須早起出發，洗過澡後，我便早早躺到了床上。電視裡正播放著時下流行的歌唱選秀節目，但參賽者的表演極為拙劣，即使稱為聒噪也並不過分。

詩琴上床的時候，不知道有意還是無意，與我之間隔開了一人多寬的距離。我伸手攬向她的纖腰，她這才順從地貼近，將頭枕在了我的肩膀上。

我輕輕地解開她身上的浴袍，她的身子明顯感到一瞬間的僵硬，但並沒有抗拒，任由我的雙手在那比瓷器更精緻的肌膚上肆意遊走。然而當我試圖侵入更隱密的領域的時候，詩琴拉住了我的手腕。

「早點兒睡吧，」她說，「明天你要開很久的車呢。」

我苦笑著歎了口氣，也不去爭辯什麼，拿起遙控器把電視關上，轉身便鑽進了被窩。只是輾轉反側，卻無論如何也睡不著，身上燥熱得極其難受。

驀然背上傳來一陣柔軟冰涼的感覺，起伏的曼妙曲線緊緊地貼上了我的脊樑，脖子裡同時拂過一絲宛若蘭花的氣息。詩琴從身後抱著我，兩手如蛇一般繞過我的腰際，十指緊扣，纏住了那兒另外一條正昂首而立的蛇。

她一邊溫柔地親吻著我的耳畔，一邊有節奏地交替活動雙手。須臾，我體內的那股不安分的能量，竟統統在她手裡洶湧而出。

可惜的是，這並沒能讓我的情緒高漲起來。她的手法如此熟練，我恨恨地想，說明我並不是唯一一個得到過這項服務的男人。

這一夜我睡得無比糟糕，只是短短幾個小時，卻迷迷糊糊地醒來了許多次。在半睡半醒之間，則反覆不斷地做著一個非常可怕的夢。

凌晨五點半，我從床上爬起來，完全沒有已經睡了一覺的感覺。窗外，如濃墨一般的黑暗正在慢慢褪去。詩琴也坐了起來，她似乎同樣沒怎麼睡過。

簡單地收拾了一下以後準備出發。我推開厚重的房門，在空無一人的走廊上打了個面目猙獰的呵欠。詩琴原本應該就在我的後面，然而過了好一會兒，還是沒看見她從房間裡出來。我往回折了兩步，發現她正倚在門邊，默默望著這個兩天以來的溫馨小窩，眼中充滿了依依不捨的神色。

「走吧。」我輕輕搭上她的肩膀。

詩琴突然轉身，一下子撲在了我的身上，我措手不及，只能勉強將她抱住。她把臉深深埋進了我的胸口，兩臂用盡所有力氣箍著我的身體，竟把我的肋骨勒得隱隱生疼。

這與昨天濃情蜜意的擁抱截然不同，我明白，她是在單方面作分手前的告別。於是我抓住她的肩膀，緩慢卻堅定地把她推開。

「我要和妳在一起。」我大聲地說，「我不知道妳有什麼瞞著我的，但我們是一定會在一起的。所以如果妳以為這麼容易就能把我甩掉的話，那就大錯特錯了。」

被我的氣勢所懾，詩琴垂下了頭，手指神經質地轉動著項鍊上的墜子。我關上房門，大踏步往前走去，回頭一看，她正像一隻小貓般乖乖地跟在我的身後。

在空無一人的大堂辦理了退房手續，我們一言不發地回到車上。清晨的小城，路面上看不到半輛車的影子，我努力抑制著大腳踩下油門的本能。PRADO 行駛在那可笑的最高限速之上，感覺就像是個老弱病殘的蝸牛在爬行。

「我從十年前的第一眼就喜歡上妳了。」駛上高速公路的時候，我單刀直入地說。「妳還記得嗎？在學校的食堂，妳曾經替我刷過一次飯卡。」

「記得。」詩琴低聲道，「你吃的是魚香肉絲，連米飯一共是四塊六，後來你給了我五塊，我還沒有可以找的零錢。」

我不由得暗暗吃驚，這個細節要不是她提起來，我已經忘記得一乾二淨了。其實當時我兜裡是有一毛零錢的，故意沒拿出來，是為了以後還有和她見面的藉口。

「要不是後來阿慧把你嚇跑了的話，」詩琴無奈地一笑，「說不定我們就會有不一樣的結局吧。」

我明白她指的是當年的雀斑女。然而此刻我捫心自問，這真的是阿慧的錯嗎？又或者，策劃那場惡作劇的老三才是罪魁禍首？

儘管這樣的想法讓人心安理得，但我已經不希望再自欺欺人了。上天曾經給了我一場完美的邂逅，只是當時的我還缺乏足夠的勇氣，所以才會被那虛無飄渺的恐懼擊倒，在通往幸福的考驗中敗下陣來。

每個人的生命中，都難免會經歷錯過的遺憾，但只有極少數的幸運兒才能得到重來一次的機會。我絕對不會讓這第二次機會再次從手中溜走，無論未來的路上有著多麼恐怖的障礙，我都不會再臨陣脫逃。

「離結局還早著呢，」我堅定地說，「我們現在才開始。」

「恪平……」詩琴幽幽地說，「對不起，那是不可能的。」

「為什麼？」

「你別問了，總之……一切都已經太晚了。」

「是因為有別的男人嗎？」說這話的時候，我感到有種如膽汁般的苦澀自舌底升起。

「如果我說是的話，你是不是就會放棄了呢？」

「不會，」我斬釘截鐵地說，「我不會放棄的。」

詩琴沉默了。PRADO在高速公路上飛馳，車廂內只有輪胎和瀝青摩擦發出的聲音。

「你……不是有女朋友嗎？」良久，她才開口道。

「我會和她分手的，這點妳不用擔心。」

眼前浮現出甘芸的樣子，我自信應該不會很難和她開口。畢竟我們只交往了不到一年，甚至還沒有同居，她只有二十三歲，還不是一個會認真對待感情的年齡。

「請不要那樣……為了我，那是不值得的……」

「是否值得，應該是我說了算的。」

「如果你那樣做的話，我今後都不會再和你見面了。」

「妳到底有什麼難言之隱，告訴我好嗎？」我不知不覺地提高了音量，「不管發生了什麼事情，我都會一直在妳身邊。」

一瞬間，我覺得詩琴的心防就要被擊破了。然而接下來她只是默默搖了搖頭。

「她漂亮嗎？」

「什麼？」

「你的女朋友，她長得漂亮嗎？」

我知道這個問題。「嗯，但我更喜歡妳」是標準的錯誤答案，而正確的做法則應該是一臉鄙夷地回答「什麼呀，比妳差遠了」。但我不覺得現在說這個有什麼意義。

「一定很漂亮吧，」詩琴自言自語地說，「真想見一見呢……」

不堵車的時候，兩地之間的距離顯得短了許多。還不到九點，我已經把車駛入了市區，和平時一樣，詩琴讓我在中央大道地鐵站把她放下來。我不可能帶著她回局裡上班，因此不得不同意了這個要求。

「下班以後我再找妳。」我說，「無論有什麼困難，我們都可以一起解決的，明白嗎？」

「你先好好工作吧。」詩琴推開車門，不置可否地說。

我一把拉住了她的手，就像是個任性的孩子，拉住了即將出門上班的父母。

詩琴回過頭來，嫣然一笑，金色的項鍊在她的脖子上熠熠生輝。

「親愛的，再見。」

如春風般的融融暖意，彷彿把我整個人都化掉了。手不由得鬆了些，詩琴趁機掙脫了出去。

我想探身過去吻她，希望可以藉此傳遞我心中的信念。然而安全帶阻礙了這個動作，稍一遲疑，詩琴已經從外面關上了車門。

九點一刻，我走進位於地下二層的法醫辦公室。一切都和上週五下班的時候一樣，看起來，今天也將會是一個平靜的日子。

這無疑正是我所需要的。現在，我滿腦子裡裝的都是詩琴的事情，根本容不下別的東西。只盼著快點兒熬到下班，然後立即飛奔去和她見面。

我拿起桌上的保溫杯，準備去泡上一杯咖啡。不料剛剛把門打開，走廊裡倏地閃過了一道黑影，我定睛一看，竟然是鄭宗南。

我不由得一下緊張起來。最近這段時間，老鄭找我總是沒有什麼好事。

然而刑警隊長卻只是沒頭沒腦地問了一句：「小安呢？」

「小安？」我奇道，「她沒在我這兒啊。」

「我知道她不在這兒，問題是她今天就沒到局裡來。」

我心想她是你一科的人，來不來又跟我有什麼關係。鄭宗南卻忽然壓低了聲音，神秘兮兮地說：

「老實說，你們倆是不是鬧彆扭了？」

「我能跟她鬧什麼彆扭？」我更糊塗了。

「老弟，你這就不夠意思了！」鄭宗南冷不丁地朝我肩上來了一拳，把我推了個趔趄。

「真以為你哥哥是蒙在鼓裡的啊？」

「什麼意思？」

只見鄭宗南換上一副意味深長的表情，伸出一個手指，指向玻璃牆後面的解剖區，笑罵道：「你們倆幹的那檔子事兒，是不是想讓我都給抖了出去？」

我頓時大驚失色，連話也說不利索了：「你，你怎麼……」

「我怎麼知道的，對嗎？」鄭宗南嘿嘿一笑，「欲要人不知，除非己莫為嘛！實話告訴你吧，你們這點兒破事不光我知道，連老頭子都知道。」

「局長……」

「你可千萬別小看了老頭子。他現在雖然擺出一副和藹可親的模樣，但二十年前，那會兒你老哥我剛進的刑偵隊，當時老頭子就是我們的隊長，那手段厲害著吶！你們嘛還嫩了點兒，這種小把戲哪兒能瞞得過我們這些老傢伙啊，哈哈！」

我臉上青一陣白一陣的，拼命忍住不去質問，兩位老資格的刑警怎麼就沒有發現，我還有一個交往了大半年的女朋友。

「不用擔心，我知道老頭子一直很看好你，這種事他睜一隻眼閉一隻眼也就過去了。說起來小安是咱局裡難得的一朵花，要是被外面的野男人給拐跑了，我這當領導的也不怎麼樂意。總之你們倆處在一塊兒，要說還有比我更高興的，那就是你嫂子了。不過，你們平時怎麼瘋我管不著，但是不能影響工作啊！」

「呃……」

「明白了的話就快去把她給叫回來，別的我也不追究了。就算有什麼彆扭，咱大老爺們兒也不能跟姑娘家較真，隨便認個錯就沒事了。現在那些督導們還在，萬一老頭子面子上掛不住了，對誰都沒有好處。」

我感覺懶得再去解釋，乾脆便答應了下來，鄭宗南於是滿意地回去了。我給小安打了個電話，卻得到對方已關機的提示，大概是沒電了。隨即又醒悟過來，老鄭無疑就是因為電話打不通，所以才會想到直接跑來找我。

也就是說，必須要去小安家一趟把她接回來了。發動汽車的時候，我安慰自己說在忙碌的公安局，由相對清閒的我去幹這跑腿的差事，也算不上太過分。

安綺明住的公寓離市局大樓不遠，我也隔三差五便開車送她回家，因此可以說是駕輕就熟。不久 PRADO 便開到了她家樓下，正當我準備下車的時候，眼角的餘光卻在副駕駛座上發現了某樣東西。

那是一根烏黑的長髮，在米黃色的座椅上顯得相當醒目，大概是從某位女性頭上自然脫落的。在最近坐過這輛車的女孩中，甘芸和小安都是短髮，因此其主人只可能是詩琴。

我隨手把頭髮撥弄到地上。否則待會兒讓小安看到的話，少不免又要被她擠兌一番。

公寓樓下裝有帶對講功能的防盜門，然而我並不知道小安的房間號碼。恰好這時候有人從裡面出來，我便趁機溜了進去。我記得，小安確實曾因為頂樓在夏天的過熱問題而向我埋怨過。

我乘坐電梯到達頂層。門一打開，一股極為熟悉的氣味便飄進了我的鼻孔。

這是血的氣味!!

我登時心膽俱裂，拔腿便往側面的一排房間衝過去。越往裡走血腥味便越濃，彷彿來到了農貿市場的豬肉攤前。我在一個房間的門前停下腳步，有一種強烈的預感，這就是我要找的那個房間。

因為，這個房間的門裂開了一條縫。

我幾乎是下意識地把門推開，房間裡一片昏暗。當我的眼睛適應了裡面的光線以後，我發現，這是由於在唯一的窗戶上拉起了厚重的遮光窗簾的關係。

房間的主人以一種奇怪的姿勢直立在那扇窗戶前，雙臂斜向上舉，與身體構成了一個「Y」字形。仔細觀察以後才發現，這是因為她的手腕被綁在了窗簾導軌上的關係。她的身上穿著一件碎花圖案的連衣裙，血跡斑斑，幾乎已經被撕成了碎片。

小安的腦袋耷拉在一邊，看不見她的臉。

一根巨型木釘深深插入她的左胸，大量的血液灑在周圍的地板上，已經凝結成了黑色。

# 第十三章　私怨

小安一動不動地躺在解剖台上。

在無影燈的照射下，不銹鋼的解剖台閃動出熟悉的寒芒，竟與她上一次躺在上面的時候一模一樣。

一團團光怪陸離的幻影從我眼前飄過。小安似乎正要舒展玉臂，輕輕勾住我的脖子，將我的臉埋到了她的胸前。我晃動著腦袋，朦朧中好像聽見從遠方傳來了熾熱的呻吟。於是小安順勢一下翻身，巧妙地騎到了我的腰上……

幻影突然就如鏡子般破碎，她終究是不能再坐起來了。

由於大量的失血，小安的皮膚上沒有出現屍斑，而是呈現一種近乎透明的青白色，看上去就像是一個哥特風格的洋娃娃。那根可怕的木釘已經被拔了出來，血肉模糊的左胸上只剩下一個觸目驚心的傷口，直徑足有啤酒瓶大小，甚至能隱約窺見被刺穿的心臟。原本挺拔高聳的乳房徹底坍塌了下去，從裡面流出米白色的脂肪，和血液一起凝固在傷口周圍。

我戴上口罩，感覺雙手在微微顫抖。從事法醫工作八年以來，這還是我第一次為自己熟悉的人驗屍，我希望也是最後的一次。

局長大人在不久前曾大駕光臨，建議讓另外一位法醫來執行這項任務，然而我謝絕了這份好意。鑒於目前國內與我資格相當的法醫都在外地，單是路上都會耗費不少寶貴的時間，他並未多作堅持，只是囑咐鄭宗南注意照顧我的情緒。短短數天沒見，局長大人彷彿衰老了十歲，老頭子現在是名副其實的了。

於是刑警隊長便遵照指示，在驗屍過程中陪我一起待在這裡，只是看上去，他並不像能照顧人的樣子。原本整齊的頭髮被撓得亂七八糟，兩道眉毛彷彿相互打了死結，臉色也比躺著的小安好不了多少。他直挺挺地站在玻璃牆的外面，如同一尊生鐵鑄成的雕像，只是偶爾換掉嘴上叼著的煙頭。在日常辦公區域吸煙，這是嚴重違反了局裡的紀律的，不過現在誰也沒有心思去計較這些。

遠在小安的遺體被運送回來之前，她遇害的消息已經傳遍了整個市公安局，為此而感受到強烈衝擊的，遠不止鄭宗南和老頭子兩個人。走在市局大樓裡，從接待大廳的警衛到一科的刑警，遇上的每一個人都是滿臉肅穆的神情。這並不是因為他們和小安的關係不錯，也不是僅僅受到了其他人的感染，而是一夜之間，這座本應該是這個城市裡最牢不可破的建築物，似乎一下子就變得千瘡百孔。

小安當然並非第一位殉職的警員。只是通常，他們應該倒在追捕匪徒的過程中，經過英勇搏鬥後才壯烈犧牲。被兇手輕易闖進家中，恣意蹂躪後再加以殺戮，然後把屍體耀武揚威般地懸在房間裡，似乎並不是刑警迎接死亡的恰當方式。

從某種意義上來說，兇手對小安的謀殺，不啻於向市公安局發動了一次恐怖襲擊。很多習慣了以警察身份橫行霸道的人突然意識到，在死神面前，警察也與普通人無異，不擁有絲毫特權。

按照警方的規矩，凡是遭人殺害的警員，追悼會必須等到將兇手捕獲後再來舉行，以示讓犧牲的同僚沉冤昭雪。

手術刀劃開小安身體的時候，我忽然有了種麻木的感覺。屍檢並不困難，幾乎一切都是預想之中的結果。她的身上有三處明顯的傷痕，除了左胸被木釘刺穿以外，在右側小腿以及鎖骨上方都有電擊槍造成的灼傷——大概，第一次的電擊還不足以讓訓練有素的女刑警完全喪失活動能力，於是兇手又殘酷地補上了一擊。

不過，致死的原因仍然是刺穿心臟的這根木釘。木釘的前端被削得極為尖銳，恰好卡在了第三和第四根肋骨之間。從創口周圍的肌肉損傷，以及兩根肋骨變形的情況來看，木釘恐怕是通過錘子或某種硬物，一下一下地敲進了小安的胸口。

就像在西方傳說中，為了消滅吸血鬼所進行的儀式一樣。

死亡時間是星期天的下午，大概就是我和詩琴在木河邊上吃著烤豆腐的時候。

我以鴨嘴鉗進行陰道擴張，不出所料，那裡殘留著兇手惡行的證據。仍然沒有精斑，但不知道是否心理作用，在小安的陰道內壁上遺留的刮痕，看起來似乎要比其他受害者更為明顯——或許，這是由於兇手在她身上發洩得更加瘋狂的緣故，這種想法讓我感到胃裡一陣抽搐。

解剖進行到一半的時候，小何冷不丁地跑了進來，大概是向老鄭匯報一些東西。不幸的是，他不小心地朝解剖台這邊瞟了一眼，竟當場驚恐地抽泣了起來。鄭宗南於是毫不客氣地一個耳光扇了過去，然後一腳把他踹到了門外。

我想，老鄭之所以勃然大怒，和小何帶來的消息實在糟糕也不無關係。在我回到局裡的這段時間，留在現場的刑警對小安的公寓進行了徹底的調查。本來，公寓的防盜門旁，以及電梯廂裡都裝設有防盜攝像頭，刑警們認為有可能拍下了兇手的樣子。但當他們把錄像提取出來以後才發現，連接這兩處攝像頭的線路，均在一個星期以前便已遭到了破壞。鑒於其它攝像頭依然運作正常，認為這是兇手為了實施後來的犯罪而提前進行的準備，應該是最合理的假設。

公寓裡的其他住戶全部接受了詢問，所有人均表示，並沒有見過什麼可疑人物出現。毫無疑問，我們的對手是一個冷靜睿智，同時又大膽瘋狂的傢伙。也就是說，幾乎是最難對付的那一類罪犯。

屍檢的結論到此為止，似乎並不能提供什麼新鮮的線索——至少從法醫的角度看起來是這樣。

「我只希望那混蛋能繼續犯案，下一次，一定會抓住他的。」

將小安放進屍體袋的時候，耳邊突然響起了她的聲音。

「妳如願以償了。」我在心裡默念，關上了屍體袋的拉鍊。

在其他人看來，我大概和平時沒什麼兩樣，鄭宗南對此甚至有些困惑。當然他們都不知道的是，對於這張不帶任何感情的法醫面具，我已經戴了太久，早就習以為常。

但當我偶爾望向鏡子的時候，卻清楚地看到了一個瘋子。只是，如果一個人確切知道自己瘋了的話，那還能算是瘋子嗎？

小安遇害後的第三天，曾杋屈尊光臨了埋在地底下的法醫辦公室。

「我有話要跟你說。」他看上去有點兒嚴肅。

我迅速切換了電腦螢幕上的畫面，令人眼花繚亂的條紋圖案瞬間消失，取而代之的是一份簡潔的文檔。

「什麼時候？」

「現在，如果你有空的話。」

我看了看錶，差不多是上午十一點。

「馬上該吃午飯了，陪我出去吃吧，咱們邊吃邊說。」

「嗯，這樣也許更好。你想去哪裡？」

「『夜路』。」

「哦，那走吧。」

「我還有一些事情要處理，十二點直接在那兒碰面怎麼樣？」

「好。」

送走曾杋以後，我再次切換了畫面。

十二點零三秒，我走進「夜路」，曾杋已經到了，在最裡面的座位向我招手。店內空空如也，沒有其他顧客。

我在經過吧台的時候停了下來，吳瞎子不在那兒——他通常要在下午兩三點以後才回到店裡。在此之前，一般來說並不會有什麼生意，一兩個夥計便能應付得過來。

我探身到吧台後面，在花花綠綠的酒瓶中找到了CHIVAS，幾乎還是滿滿的一瓶。用來喝威士忌的杯子放在我搆不到的地方，於是乾脆從頭頂的架子上拿了一個倒懸著的紅酒杯。吳瞎子和「夜路」的熟客們早有默契，當他不在店裡的時候，要喝酒的話也可以自行取用，過後再一併結算。當然，這僅限於毋需調配的種類，動過的酒瓶子也必須放回原處。

「你要喝什麼？」我朝曾杋喊道。

心理醫生以搖頭作為回答。我聳聳肩，自行倒了一杯，隨手把 CHIVAS 的瓶子擱在了吧台上。旁邊的冰桶裡除了一把冰錐以外，半塊冰也沒有，我也懶得再找，便去坐到了曾杋的對面。

強子走過來想要點單，我揮揮手，把他打發走了。

「你不是要來吃飯的嗎？」曾杋奇道。

「這個更好，」我朝他舉起杯子，「乾杯。」說罷仰脖子一飲而盡。

曾杋大概試圖阻止我，但沒能來得及。一股暖流從食道進入胃袋，然後逐漸擴散，說不出的受用。我感覺體內有種力量正在迸發，於是重新站起來，打算再去倒上一杯。這次曾杋成功地把我攔住了。

「先別喝了，有重要的事要說。」

「哦，」我不情願地坐下，「那就說吧。」

「在此之前，我要先聲明一點：我現在是以心理醫生的身份和你談話，接下來的內容屬於醫生和患者之間的對話，所以在任何時候都是絕對保密的。明白了嗎？」

我無所謂地點點頭，心想這傢伙還是那麼喜歡裝模作樣。

「是關於安綺明的事。」

「哦。」

「我得到的消息是，這次作案是有預謀針對她的，是嗎？」

「好像是這樣的。」

「但是，之前的幾個案子卻是沒有特定對象的。」

「對。」

「可不可以這樣理解，兇手之所以專門襲擊安綺明，是對前段時間那次誘捕行動的回應，目的是要給警方一個下馬威。」

「一科那邊確實有這樣的推測。」

「那你又是怎麼看的呢？」

「我同意這種看法。」我誠實地回答。

「可是，這樣就有一個問題，兇手是怎麼看出來安綺明是一名警察的呢？據我所知，誘捕行動安排得相當周密，不應該會被輕易看穿。除非兇手在公安局裡有內應，或者——」曾杋忽然直直地盯著我的眼睛，「兇手就是我們局裡的人。」

「百密一疏，」我不以為然地說，「總是有洩露的可能的。」

「我並不這麼認為。」曾杋搖頭道，「誘捕行動早就已經結束了，但兇手現在才來向安綺明下手，是因為有著更重要的，非殺她不可的理由。」

「有什麼理由呢？」

「事實上，在誘捕行動期間，安綺明必須每週到我那兒接受心理輔導——對於執行特殊任務的人員，為了確保他們處於健康的精神狀態，這是強制性的規定。在其中一次會面中，她跟我提到了一件讓她很困擾的事情。」

「呃。」

「安綺明本來並不太情願開口，我再三向她保證，對話內容會被絕對保密，她才勉強說了出來。」

「但你現在告訴我的話，不就違背保密協定了嗎？即使小安不在了，你還是應該尊重她的意願。」

「不要緊，因為我相信，這件事是你本來就知道的。」

「什麼？」

「安綺明跟我說的是，有一次她去法醫辦公室找你，發現你在停屍房面對著一具女屍發呆。她拍了你一下，結果你反應很大地跳起來了。」

「如果是你，」我反問道，「在空無一人的停屍房裡，突然有隻手拍了你一下，你會有什麼反應？」

「這並不重要。關鍵在於，安綺明看見，你當時正在摸那具女屍的胸部。」

真是天大的冤枉，不過我懶得去辯解。

「安綺明對這件事很在意，於是為此諮詢了我的意見。我告訴她，這可能是戀屍癖的表現，你們法醫由於經常跟屍體接觸，這並不是罕見的疾病。

「安綺明聽了以後顯得相當緊張，我想，她應該很關心你才對。我對這件事也很吃驚，當時就想要立即和你談一談，但安綺明不讓我這麼做，大概是害怕你會因此而責怪她。她說，她會先想辦法確認事實，並叮囑我一定不能把這件事說出去。

「因為她非常堅持，我只好答應了下來。我不知道她要怎麼去確認事實，大概，她是打算在私下對你進行調查吧。但從那以後，安綺明就沒有再提起過這件事。」

我不由得一怔，想起了那天在右百停車場的時候，忽然有種被人監視的感覺——莫非那竟是小安？的確，她和我同樣是在那天休的假。可是，我坐在車裡以後還能察覺到異常，作為受到過專業跟蹤訓練的刑警，也未免過於大意了吧。

「那麼，」曾杋用手指輕輕地敲著桌面，「她到底查到了什麼呢？也許，在調查過程中，她發現了某些更加黑暗的東西……」

「我明白你的意思了。」我打斷了他，「如果我是個戀屍癖的話，為了在停屍房裡裝滿屍體，所以犯下了前面的那些案子。後來這個秘密被小安發現了，於是我又不得不殺了她。」

曾杋的手指停在了桌面上，並沒有否認。

「我是你的心理醫生。」他說，「如果你得了心理方面的疾病，我的責任就是把你治好。至於其它的事情，我並不關心。」

「哎……可是你忘了一件很重要的事。」

「什麼？」

「不在場證明。小安的死亡時間是在週日下午，而我整個週末都在老家那邊，有酒店的記錄可以證明。也就是說，小安被殺的時候我根本不在市裡。」

「死亡時間……我聽說，局長曾經提議過讓其他法醫來為安綺明驗屍，但你沒有同意，有這麼一回事嗎？」

這話是如此滑稽，我簡直想放聲大笑，然而臉上卻擠不出來一絲笑容。我猜，這應該是挺恐怖的一副表情，但曾杋絲毫不為所動，只是冷冷地盯著我。

「曾杋！」我忽然大聲道，「你吃過這兒的煎雞肉三明治嗎？」

「嗯？吃過。」

「好吃嗎？」

「還挺不錯的。」

「你知道，為什麼會那麼好吃嗎？因為這是用新鮮的雞肉，而不是冷藏的那種做成的，所以特別嫩，而且還會有許多肉汁。」

「哦……是嗎？」

「嗯，要得到新鮮的雞肉，就必須每天從家禽養殖場直接進貨。比如說，在城南高新工業園區，發現林莉娜『木乃伊』——也就是『木乃伊』——的附近，就有好幾個這樣的養殖場。」

曾杋的表情起了些微妙的變化。

「黎小娟的屍體被藏在雉湖的船裡，只要不出意外，第一發現者必然會是患有心臟病的管理員老吳。而老吳，則是這裡的老闆——吳瞎子的哥哥。還有江美琳，她在遇害之前做的最後一件事，就是在這兒樓上的卡拉ＯＫ廳唱歌。」

「這，這是什麼意思？」

「你剛才不是問，兇手是怎麼看出來小安的警察身份嗎？答案很簡單，這根本是兇手從一開始就已經了解的事情——要知道，一科的人在這兒可是常客。所以，也就難怪誘捕行動沒有成功了。」

心理醫生已經驚訝地瞪大了眼睛。

「小安死的時候，身上穿著一條連衣裙，我可以拿性命跟你打賭，她在平時絕對不可能會穿那樣的衣服。也就是說，那是兇手替她穿上的，大概就是專門以此示威。那段時間小安穿過不少種類的衣服，但那條裙子，則是誘捕行動開始的第一天晚上穿的。那天，一科還請你和我吃了頓飯，地點正是在這裡。」

「難道，」曾枘倒抽了一口涼氣，「兇手是在……」

「那天晚上，在這店裡面只有三個人，他們都熟知小安的身份。不過，吳瞎子當然是不可能看見小安穿了什麼衣服的；至於強子，還不滿十八歲，也就不會有駕駛執照——要到城南的養殖場採購，是必須開車去的……」

「結果，」一個悶沉的聲音突然響起，「就只能是我了嗎？」

我和曾枘一起猛地轉頭，只見阿森那高大的身軀擋住了通往吧台的走道，在面前的地上灑下一大片陰影。他手上還拿著一個晃眼的東西，是一把約三十釐米長的尖刀，似乎是從廚房拿出來的。

我迅速環顧店內，發現不見了強子的身影。

「你把強子怎麼樣了?!」我喝問道。

「別擔心，」阿森拿刀指了指身後的廚房，「他只是在裡面和廚師一起睡個午覺而已。」

「混蛋，果然是你幹的。」全身的體液彷彿一下子沸騰了起來，一股灼熱的氣流自心窩直沖腦門，我只能極力控制著自己的理智。

「楊大夫，你也太厲害了，這是要把老子趕盡殺絕啊！」

「要不是你殺了小安，」我強忍憤怒，「我還想不到是你幹的。」

「安警官嗎？」阿森猙獰地嘿嘿一笑，「老子本來是不敢去惹你們這些警察大爺們的，但她卻非要來勾引我……那就沒辦法了，像那樣的女人，老子怎麼可能拒絕得了啊！楊大夫，你說是不是？」

他咧開大嘴，伸出舌頭圍著嘴唇舔了一圈，那模樣像極了一隻野獸。

「你趁著去養殖場進貨的時候殺害那個女孩，只是為了轉移我們的注意力，好讓你慢慢準備對付小安。」

「沒錯！其實那女人老子根本就沒興趣，不過為了可愛的安警官，只好便宜她了！」

「為什麼你要把她們打扮成那種樣子？」曾杋插嘴道。

「打扮?!」阿森兩眼圓睜，猶如遭受了某種侮辱，「曾大夫，你錯了！那才是她們的本來面目！那些女人……她們……她們全都是惡鬼!!」

「哦？」曾杋平靜地說，「她們對你幹什麼了？」

「像你們這種人是不可能明白的！」這個變態的殺人狂激動地吼叫著，「那些都是惡鬼！就算你一直全心全意地去對她，就算你為她付出了所有的東西……但有一天你的錢花完了，她馬上就翻臉不認人，就算你跪下來求她，她也不會再回來了！」

「你說的這個『她』，指的是誰？」

「每一個！她們每一個都是這樣的！」

「所以你就殺了她們？」

「我只是讓她們顯露原形罷了！這樣她們才不能再害人了啊！」阿森歇斯底里地叫道，「你們！你們都應該要感謝我的啊!!」

我和曾杋迅速對視了一眼。正如他曾經預言的，隱藏在這個案件背後的情感，不是「愛」，也不是「恨」，而是那種被稱為「恐懼」的東西。

「我還有一件事情不明白。」我又轉向阿森，「在雉湖的時候，你為什麼要把屍體藏在船下？租船管理員就是你們老闆的哥哥，你應該是知道他有心臟病的吧？他跟你又有什麼過節？」

「那都是老闆不好，店裡的車一直就是由我來開的，他卻非要再請一個專門的司機。我知道老闆讓他哥推薦合適的人選，我當然得阻止他了。要怪的話，就怪他不該多管閒事吧！」

「你要留著這輛車，就是為了方便作案吧！那個大學生的屍體，也是這樣運到晴霧山上的，對嗎？」

「好了！話說到這裡就夠了吧！」阿森突然奇蹟般地恢復了冷靜，開始朝店門方向退去。「兩位大夫，你們都不是鄭隊的人，沒必要一定跟老子過不去吧？」

「就算我們現在放你走，」曾杋道，「你也跑不掉的。」

「這可不見得吧？」阿森獰笑道，「老子在部隊可是偵察兵出身，老子只要願意躲起來，你們是抓不到我的。」

「既然是這樣，」我緩緩站起來，一邊捲起襯衣的袖子，一邊冷冷道，「那就更不能讓你逃出去了。」

「楊大夫，你可想清楚了！」阿森威脅地揮動著手裡的刀子，「反正老子被逮住了就是死刑，也不在乎再多殺這一個兩個的了！」

我充滿憐憫地看著這個隱藏在巨人身體裡的懦夫，此刻，他即將要惡貫滿盈了。

「刀，」我輕蔑地說，「可不是你這樣拿的。」

「楊恪平……」曾杋的語氣透露出不安。

「曾杋，你不要插手，這是我和這傢伙私下的恩怨。」我緊盯那散發著凜冽寒光的刀尖，冷笑道：「放馬過來啊，你這個只敢對女人下手的孬種！」

從體型上來看，對手比我高了大半個頭，而且也要強壯不少。揑緊的拳頭猶如一個小西瓜，臂上滿是青筋爆起的遒勁肌肉，加上手中握有武器，看上去優勢十分明顯。

阿森大概也是這樣認為的，於是他抓緊了刀子，氣勢洶洶地朝我刺來。

但是他犯了一個錯誤——微不足道，卻非常致命的一個錯誤——

他不該選擇精通人體每處弱點的法醫作為對手。

精光到處，刀尖已經刺到了我的跟前。我毫不猶豫地伸手一擋，刀刃頓時在左手前臂上劃出了一條長長的口子，但卻因此無法再前進半分。幾乎就在同一瞬間，我的右拳已經印上了阿森的鼻樑。

那裡生長著人體內最脆弱的骨頭之一。

我初次體會到，鼻骨碎裂的聲音，竟然可以如此悅耳。

阿森發出一聲宛若鬣狗臨死時的哀嚎，手裡的刀哐當一聲掉到了地上。鼻血頓時從那張變了形的臉上大量湧出，這將會造成呼吸困難，同時骨折也將導致劇烈的頭痛以及視力下降。我知道，對方已經失去了抵抗的能力。

但這個殺人兇手還打算作最後的掙扎，捂住受傷的鼻子，轉身便要奪路而逃。我追上兩步，使盡平生的力氣飛身撞去，硬碰硬之下，兩人都被撞得東歪西倒。阿森那龐大的身軀直接撞到了吧台上，只聽稀裡嘩啦的一陣亂響，各種瓶瓶罐罐紛紛摔將下來。那半瓶 CHIVAS 翻了兩個筋斗，在地板上摔得粉碎，空氣中頓時充滿了濃郁的威士忌酒香。

我立即便站了起來，再次攥緊了右拳，徑直朝著仍然倒地不起的阿森走去。血從左手的傷口滴滴答答地不斷湧出，涼颼颼的，卻絲毫感覺不到疼痛。

阿森趴在那兒蜷成了一團，我一腳踹在他的肋骨之上，把他踢了個仰面朝天，然後伸手便去揪他的領子——

一股強烈的電流在剎那間通過我的身體，我像斷了線的風箏那樣頹然倒下，在跌倒前的那一瞬，我看見阿森的手裡握著一個電視遙控器模樣的東西。

防身電擊槍——我大意了。

梆！——還沒來得及懊悔，後腦又被重重地敲了一記，我感到整個大腦好像裂成了幾瓣，當即就直挺挺癱在了地上。最後映入眼簾的，是一張金屬的圓形桌子。

我彷彿身處於一片虛空之中。殘存的感官聽到一陣磕磕碰碰的聲音，大概是阿森在準備發動攻擊，可惜我已經沒有抵擋的力氣了。

「不許動!!舉起手來!!」從遙遠的某處隱約傳來鄭宗南的怒喝——不，也許只是喚起了過去的記憶吧。

砰！砰！砰！緊接著是連續的槍聲，好像有耀眼的火光閃過。

猶如迴光返照，我竭力睜開了眼睛。地上有一隻滿是血污的大手，一動不動，手裡還握著一根尖銳的冰錐。

隨後有人抬起了我的頭，大腦被這麼一晃，又像豆腐花那樣混成了一團。

「老弟！」的確是老鄭埋怨的聲音，「早知道你會這麼亂來，我就不答應讓你們先進來了！」

但我已經微笑著失去了意識。

十分鐘後，我被抬上了救護車，送往附近的醫院治療。手臂上的刀傷出乎意料的輕，幾乎連肌肉都沒波及，止血並纏上繃帶後，仍然可以活動自如。至於電擊槍的傷口位於腰間，更加不值一提，只是象徵性地貼上了創可貼。問題是後腦被桌子撞到的地方，儘管檢查後沒有發現外傷，X光顯示顱骨也沒有受損，但我依然覺得頭暈，光是下午便連續嘔吐了好幾次。

醫生理所當然地認為這是腦震盪的跡象，宣稱這天晚上我必須留院觀察。傍晚時分，局長大人親自前來慰問，紅光煥發的臉上洋溢著久違了的笑容。我想，這並不僅僅是由於我的傷勢不重的緣故。

我被安排住在高級的獨立病房，不光有設備齊全的衛生間和可以俯瞰庭院的陽台，牆上還掛著一台三十七英寸的液晶電視。要不是房間中央擺放的是可折疊的護理病床，簡直就和星級酒店無異。電視裡正在播放幾天前那個選秀節目的延續，那個聒噪的傢伙居然沒被淘汰，還在樂此不疲地製造著現場觀眾的噓聲。

八點半左右，鄭宗南和曾机一起來看我。老鄭還極為有心地給我帶了一瓶十八年的金牌JOHNNIE WALKER，以及薯片之類的下酒小吃。不幸的是，這些東西被眼尖的護士小姐發現了，於是兩個大男人就像犯下錯誤的小學生那樣並排站著，讓小姑娘劈頭蓋腦地訓了一通。之後沒過多久，護士長更是親自到來把他們趕了出去，理由是探訪時間到晚上十點整結束，住院部要準備鎖門了。

這麼一來，我意識到，要逃的話就只能趁現在了。

護士長剛剛把曾机和仍在咕噥著抗議的老鄭帶走，我立即便從病床上翻了起來。在櫃子裡找到了一個透明的塑膠水壺，於是躲到衛生間裡，往裡面灌了滿滿一壺威士忌，幾乎把JOHNNIE WALKER 的瓶子都倒空了。

我躡手躡腳地走出病房，沒有讓抓到現行，但在經過護士站的時候還是被叫住了。我解釋說想到樓下去散步呼吸新鮮空氣，值班護士看了看我手裡那壺似乎是烏龍茶的東西，猶豫了一下，最終還是沒有加以阻止，只叮囑要在關門前回來。

就這樣順利離開了住院部，剩下的就好辦了。我到了醫院以後還沒洗過澡，因此還是穿著白天時候的衣服，把袖子放下來後，正好可以遮住手上的繃帶。褲子上沾了一大塊不知道是我的還是阿森的血，幸好印在深色的面料之上並不顯眼。不少來探病的人都在這個時候離開，我輕易地加入了他們的行列。醫院大門前停著一排在等候生意的計程車，我馬上鑽進了其中一輛。

「去中央大道，市公安局那兒。」我跟司機說。

車一開動，頓時又是一陣暈眩——這是腦震盪、失血、疲勞和飢餓共同作用的結果。我擰開水壺，咕咚咕咚地猛灌了幾口，當場就被嗆得連續劇烈咳嗽。不過，當計程車駛到市局大樓門前的時候，反而感覺好受了許多。

對於我的突然出現，大樓的警衛顯得十分詫異，我想，他多半已經聽說了白天發生的事情。當他回過神來，立正著向我敬禮打招呼的時候，我已經悄無聲息地消失在了樓梯間的黑暗裡。

跌跌撞撞地走到地下二層，也許是由於酒精的影響，腳步有些輕飄飄的。身旁正好是拘留室的柵欄門，我一把抓住上面的鋼條，整個人不由自主地靠了過去。

「哈。」

一個人影出現在拘留室裡面。我向他舉起手中的威士忌，他便朝我回敬相同的動作。我感到大為有趣，仰脖子就是一口，裡面的傢伙竟也擺出一模一樣的姿勢。就這麼你來我往的，片刻之間，一壺酒已經被喝得一滴不剩。當我走進法醫辦公室的時候，發現水壺也不知道到哪兒去了。

辦公室裡一團漆黑，大概是打掃衛生的人員把燈給關掉了。但桌上的電腦依然開著，顯示器正閃動著青白色的光。

我能感受到那光所發出的召喚，像被磁鐵吸住的釘子一般，在電腦前面坐了下來。螢幕上仍然保持著我離開時的畫面，於水平方向上一分為二，上下各有一組由五顏六色的斑紋構成的長條狀圖形。仔細觀察的話，即使是外行人也能看得出來，兩組圖形的構成幾乎完全相同。

我盯著這兩個長條發了一陣呆，又切換畫面，再次顯示出之前打開的那份文檔。

這是差不多在兩個月前，我撰寫的一份屍檢報告：

檢驗日期：二〇一一年四月十四日

姓名：（不明，身份未確定）

性別：女

年齡：（根據對恥骨聯合面骨齡測定）20至30週歲

死亡時間：（假定，根據消化物殘留）4月12日17時至4月13日24時

致死原因：窒息（疑為機械性窒息）

……

我移動滑鼠，選中「4月13日」這幾個字，然後按下了刪除鍵。

同樣的操作，又刪除了姓名一行括弧裡面的內容。胃裡立刻再度泛起了要嘔吐的感覺，我以左手緊緊按住肚子，右手劇烈顫抖，敲打出一個接一個的字母。

在這絕對的死寂中，鍵盤發出的咔噠聲宛若炸裂的驚雷，震耳欲聾。

與此同時，螢幕上逐漸顯示出我輸入的文字：

葉……詩……琴。

# 第十四章　約定

「你一開始是怎麼產生懷疑的？」很久以後，曾杋這麼問我。

我讓自己完全陷入到了那張舒服的沙發裡面，窗外陽光明媚，把身上照得暖洋洋的。我順從地閉上眼睛，和詩琴一起度過的每個片段，宛若一幕幕缺少了結局的電影，此刻再次歷歷在目。甜蜜而酸澀的記憶中，隱約還夾雜著焦苦的滋味，一如曾杋沖泡的咖啡。

事實上，自從和詩琴相遇以來，她始終都帶有一種高深莫測的氣質。但現在回想起來，大概是我們在晴霧山上的一段對話，才令我初次隱約感到，她的身上或許還埋藏著更加不可思議的秘密。

那時候，詩琴曾這麼說過：為了追蹤湘竹閣B座真菌的來源，她在1605室整整守候了兩天兩夜；直至那天晚上，我的電話歪打正著地引來了那個恐怖的香菇，她才離開屋子，到樓梯間裡避其鋒芒。

可以理解，由於那個東西的詭異形狀，以及意料之外的突然出現，即使是詩琴大概也受到了一定的驚嚇。所以，她撤離得相當匆忙，連房門也沒有來得及關上。

這樣的話，她當然就更不可能會特地去關燈。但是，後來當我到達1605室的時候，裡面卻是一團漆黑。

那就只有一種可能性——那個房間的燈，從一開始就是關著的，也就是說，詩琴一直就是身處在伸手不見五指的黑暗之中。

然而這完全不合情理。在那樣的環境裡，人連儀器的讀數都不可能看見，更不用說進行任何操作了。

除非，她並不需要光線。

另一方面，同樣也是那一天，下午當我首次前往竹語山莊的時候，因為沒有水喝，只好一路強忍腳氣膏那噁心的味道。當然，後來我明白到，那裡的廚房和洗手間都遭受了嚴重的黴菌污染，所以詩琴也是無計可施。

但問題在於，她自己又怎麼辦呢？

假如按照詩琴的說法，那麼可以得出結論，她至少在連續四十八小時內都是滴水未進。對於人類來說，儘管還達不到生存的極限，但必然已經極度難受。然而，她的聲音卻仍然如同最上等的威士忌般醇和動聽，沒有半點沙啞。

在那個時候，我只是單純地感到疑惑，卻完全無法理解那究竟意味著什麼。後來，託了小安的福，這個令人絕望的殘酷真相，才逐漸展開在我的眼前。

小安一動不動地躺在那裡，身體隨著手術刀的移動而裂開。她的血液早已乾涸，從裂縫裡源源不斷地湧出的，卻是一點一滴的事實。這些事實幻化成許多箭頭，自四面八方匯聚，一致地指向「夜路」這個終點。

我就是這樣找到了真正的兇手，推理的過程，就和當天和曾杋說的一模一樣。

然而，這些指向「夜路」的箭頭，卻偏偏還多出來了一個——經過了十年的分別，我與詩琴重逢的一幕，也是在那裡的舞台上演。

只是純粹的巧合嗎？還是說，可能會有著什麼樣的深意呢？

然後我意識到，詩琴出現在「夜路」的那天晚上，恰好就是在我完成了屍檢報告以後。而那具屍體，除了判斷為二十到三十歲之間的女性以外，至今依舊身份不明。

我粗暴地扼殺了自己的想像。現在，我只想聽見那個威士忌般的聲音，來對我再說上一句「傻瓜」。

「您所撥打的電話暫時無法接通，請稍後再撥。」

我一遍又一遍地按下重撥鍵，直至手機的電池完全耗盡，於是我接上電源，然後繼續機械地重複著同樣的動作。可惜沒有人看見我當時的樣子，否則的話，他們一定會認為我已經徹底瘋了。

只是，如果這就算是瘋狂的話，那麼對於接下來發生的事情，人們又應該如何去形容呢？

我漫無目的地走向PRADO，打開車門，然後卻彷彿突然石化了一般佇立原地。她早已不在竹語山莊了，我還能把車開到什麼地方去呢？

要是知道她住在哪裡就好了，但她顯然一直在刻意隱瞞著這個秘密。我曾經認為，原因多半與另一個男人有關——或許，這種猜測是徹底錯了。

就在這一瞬間，那個想法宛如閃電一般擊中了我。

早上，在小安的公寓前，我曾經在車內發現了一根頭髮。毫無疑問，現在它應該還在PRADO裡的地板上。

在這根頭髮之上，記載著詩琴獨一無二的遺傳基因信息。如果，將它與焦屍身上的DNA進行比對的話……

近幾年來，電腦上出現了大量專業的ＤＮＡ比對輔助軟體，已經大大提高了這種測試的效率。不過，當我完成一系列的採樣分析以後，已經是五月三十日的深夜了。

比對的結果在螢幕上以兩個彩色長條狀圖形表示，不同的顏色代表了不同類型的去氧核苷酸。二者ＤＮＡ的吻合率超過了百分之九十九。也就是說，二者要麼是同一個人，要麼則是同卵雙胞胎。

但詩琴並沒有兄弟姐妹。

「總之……一切都已經太晚了。」

她當時的話在我耳邊迴響。

「親愛的，再見。」

我彷彿又看到了，詩琴在離開那一刻的微笑，於是一切都變得清晰起來了。

還有不足一個小時，五月三十日便將過去。從四月十二日算起，到這裡正好是第四十九天。所以，這一天又被稱為尾七。

傳說中，尾七是往生者魂魄能在世上停留的極限。到了這天，魂魄就必須進入輪迴，從此不復存在。

機器用到了快要報廢的時候，便會頻繁地發生故障；鳥獸的異動，經常也昭示了即將到來的自然災難。世間萬物大多如此，當接近其極限的時候，往往都會出現一定的預兆。鬼魂大抵也是同樣，在尾七之前的一兩天，不可避免地開始變得虛弱。

在一般的情況下，魂魄就將不可逆地持續衰弱下去，直至最後完全消失。

除非，恰好在這個時候，發生了非常特殊的事件。比如說，通過某種方法，把活人身上的陽氣注入魂魄，或許能稍稍延遲其消逝的過程。

這大概就是所謂的逆天而行，因此也一定需要付出高昂的代價。被吸取了大量陽氣的人，即使身體足夠健壯，至少也將感到極度的疲勞。假如這麼繼續下去的話，過不了多久，這人必然也會因為陽氣耗盡而亡。

在木河邊吃晚飯的時候，我曾為詩琴打的那通電話困擾了許久。不光是與她通話對象的身份，更加令人費解的是，她特地把通話記錄刪除的原因。無論怎麼想，她也沒有任何理由要那樣做。

那麼，結論就只有一個，她並沒有刪除通話記錄。

但是，機器是不會說謊的。既然手機裡面沒有通話記錄，那就意味著，詩琴根本就沒有用它打過電話。

她只是把手機拿著，假裝是在打電話。

問題是，目的是什麼？毫無疑問，那不可能是為了好玩而自言自語。而且，一個明顯的事實是，幾分鐘前還是甜蜜快樂的氣氛，在那之後突然出現了一百八十度的轉變。這也不可能無緣無故地發生，在這個過程中，詩琴必然通過某種途徑獲得了一些糟糕的信息，因此她的心情才會一落千丈。

也就是說，雖然「打電話」是假的，但「交談」卻確有其事。

既然沒有通過手機，那麼，這個發送信息的對象，當時理應就在她的附近。然而，我記得十分清楚，那裡並沒有這樣的人物存在。

這會不會是因為，這個和她交談的對象，我的眼睛是看不見的？

所以，詩琴不得不假裝使用手機，否則的話，看起來就會十分奇怪。

那個看不見的東西，到底向她傳達了什麼樣的信息呢？是關於時限即將來臨的通知，還是警告說這個男人已經處於了危險的邊緣？無論如何，現在這些都已不再重要了。

這麼說起來，在這一個多月當中，除了我自己以外，我確實從來沒有看見詩琴和其他人交談過。在他們的眼中，是否同樣也看不見她？

所以，她才一直堅持不願前往 L'ÉCLIPSE。和快餐店不一樣，那裡可不能由我去把食物買好端來。而且，在西餐廳，服務員會為每位顧客分別點餐，因此在木河的那一套也行不通。一旦我們入座以後，服務員卻只拿來一份菜單，她的秘密便將暴露無遺。

大概，在詩琴看來，那樣的話，計劃就完全失敗了。

「什麼計劃？」曾枫問道。

「嗯……如果是你的話，在這段時間裡，你會利用來幹什麼呢？」

答案只有一個，那當然是「復仇」。

大概，詩琴從一開始就清楚知道我是誰。在晴霧山上，儘管當我表明身份的時候，她裝出了詫異的樣子；但就在那之前，我曾指出作為案發現場的那棵樹——只有警方相關人員才有可能了解這一信息，當時她並沒有表現出任何的驚訝。

為什麼偏偏是我？我想，我能窺見她心裡的那個答案。

在我們相遇的那天晚上，詩琴便已經向我暗示了兇手的所在。只是由於我的極度愚笨，才始終沒能領悟過來。

「既然是這樣，」曾枫又問，「為什麼她不乾脆把兇手的名字告訴你呢？」

「我不知道。」我黯然搖頭，「也許，這是那個世界的某種規則吧。」

阿森的全名是顧森，這是我在後來才知道的。他被擊斃後還不足一個小時，一大群刑警就已經在他的住處魚貫而入。他住在右百背後的老城區一間又破又舊的小房子裡，距離焦屍的發現地點僅有幾百米之遙。

這次搜查幾乎沒費任何力氣便取得了完美的成果。在廚房的冰箱內，刑警們找到了一個光禿禿的人頭，頭髮已經全部被剪了下來。

經過幾乎可以算是多此一舉的鑑定，證實是屬於服裝店老闆娘沈馨的頭顱。在其後頸處有兩點傷口，是由電擊槍所造成的。

這麼一來就不再存在任何疑問了，那個使這座城市陷入恐怖的變態殺手，此刻已經在刑警隊長的槍口之下伏誅。

局長大人這次沒有再來徵求我的意見，隨便從基層的司法鑒定所抓來一個剛畢業的小孩，草草在顧森的屍檢報告上簽字了事。我想，老頭子並不是擔心我會把那混蛋碎屍萬段再挫骨揚灰，而是唯一重要的，只是兇手已經死亡的事實。至於他身上中了幾槍，哪一槍擊中了要害，其鼻樑和肋骨又是怎麼折斷的，這些事情根本就不會有人在乎吧。

根據吳瞎子以及強子等人的證詞，顧森之前曾經交往過一個女朋友。為了討取對方的歡心，顧森時常送給她一些價值不菲的禮物，有一次甚至還為此向吳瞎子預支了兩個月的工資。一科進而調查了其銀行帳戶記錄，看起來的確如此。

但從今年開始，強子說，就幾乎再沒有看見他們在一起，好像兩人已經分手。

刑警們輕而易舉地找到了那個女孩。把她帶到局裡進行詢問的時候，她顯得非常不合作，只是不斷重複同一句話：

「我跟那個人一點關係都沒有。」女孩神經質地把玩著手裡的 iPhone。

老鄭於是在她面前擺出不容置疑的證據，除了從「夜路」取得的證詞以外，還包括二人的一張合影——這是在搜查顧森房間時找到的。

「我們早就已經分手了。」她這才改口道。

「什麼時候的事？」

「過年前就跟他說清楚了。一開始還糾纏著我不放，但之後就沒有見過面了。」

這和強子的證言相符。更重要的是，與顧森最初一次作案的日期也十分吻合——可以合理地認為，這是促成其犯罪的直接原因，也就是所謂的動機。

這麼一來，結案所需的證據就已經全部搜集完畢。對此，市局上下想必都很高興。

但鄭宗南還是忍不住多問了一句：

「你這手機是怎麼來的？」

女孩一下子變得極度緊張，雙手牢牢地握著 iPhone，彷彿生怕眼前的警察會把它搶走。

「這，這是我的東西……」

每個人都很清楚，顧森向吳瞎子預支工資的時間，就在這款手機發售之後不久。

然而法律並沒有賦予老鄭再追究下去的權力。女孩於是心安理得地把 iPhone 收起來，叫來了一輛計程車，頭也不回地揚長而去。

「為什麼顧森沒有殺她？」在一科的辦公室，一名刑警道出了大家心裡的問題。

沒有人回答。隨著兇手的伏法，這將成為一個永遠的謎。或許，是因為他仍然盼望她能回心轉意，所以才沒有下手；或許是因為他知道，那樣將不可避免地讓自己成為頭號嫌犯；又或許，他只是還沒來得及動手罷了。

唯一可以確定的，只有極其諷刺的事實——因為這個女孩的緣故，善良無辜的人們慘遭殘殺，而她卻依然好端端地活著。

之後的那個星期天，小安的追悼會隆重舉行。她靜靜地躺在以國旗覆蓋的玻璃棺槨裡，四周擺滿了燦爛怒放的鮮花。化妝師精心修飾了她的遺容，假如不是身上穿著筆挺的警察制服，大概就和睡美人艾羅拉公主一樣吧。

追悼會由局長大人親自主持，會上為小安追記一等功。老鄭私下告訴我，我和刑偵一科也會分別被記二等功和集體二等功，雖然還在等待省公安廳的正式批覆，但那只是形式上必須走一遍的流程罷了。

第二天，根據我的指示，刑警們查到了詩琴的住處。似乎所有人都認為，這是當我在「夜路」和顧森對質的時候，他自己主動說出了被害人的名字。鄭宗南派遣何豐以及鑒定科的一名新人負責搜證工作，無疑對於一科來說，這就是一項無關痛癢的任務。因此，當我堅持要和他們一同前往的時候，老鄭顯得非常驚訝。

不過，大概是考慮到此行並不存在危險，他也沒有加以阻攔。在這次的案件以後，刑警隊長對我幾乎是言聽計從了。

詩琴住的房子是租來的，已經提前支付了一年的租金。因此，當房東被叫過來把門打開的時候，明顯是一副老大不樂意的樣子。

房間是不大的一居室，木地板上隱約可見積了薄薄的一層灰，小何走在最前頭，留下了一串腳印。陽台上擺放有一些裝飾性的盆栽，除了一盆仙人掌球以外，其他的植物都已經完全枯萎。

小何讓鑒定科的警員先去採集指紋，自己則裝模作樣地在屋裡轉了一圈，然後停在書櫃前開始翻了起來。不過，他很快被迫放棄了這一行動。從印在書背上的名字來看，裡面大多數是關於真菌方面的學術著作，以英文的原版書為主，有好幾本甚至是拉丁文的，我只認得出 FUNGOS 一個單詞。

於是菜鳥刑警又轉向旁邊的書桌，漫無目的地打開了桌上的一台筆記型電腦。我實在是看不下去了，便提醒鑒定科那孩子要注意檢查洗手間。

「嘿！」

小何突然叫喚了一聲。我以為是他從電腦裡找到了什麼，連忙湊過去看，卻發現他手裡拿著一張卡片形狀的東西。

那是一張晴霧山的年票。

年票上貼著持有者的照片。詩琴在照片裡甜甜微笑，她的脖子上，掛著一條十字架吊墜的項鍊。

「看在上帝份上……」

「感謝上帝……」

仔細回想起來，她確實不止一次地這麼說過。

我遇見詩琴的時候，她並沒有佩戴這條十字架項鍊——當然，它已經被燒得不成樣子了。大概正是因為這樣，我下意識地覺得她那美麗的脖子上缺少了點兒什麼，因此才會想到要選一條項鍊作為禮物的吧。

之後，在回局裡的路上，我跟小何一塊拜訪了聖月教堂。蓄著長鬍子的神父證實，詩琴是這個教區的信徒之一。

「願主永遠與她同在。」

當得知警方調查的原因以後，神父低下頭來，在胸前劃著十字。

我曾經約詩琴在聖月教堂的門前見面，然而她拒絕了。大概，她擔心會被教堂的熟人認出來——不，不對，他們應該是看不見她的。那麼，也許是因為，她那時候的狀態，已經無法再靠近這個神聖的地方了吧。

臨走的時候，神父拿了兩本厚厚的《聖經》送給我們。小何訕笑著謝絕了，我則鄭重其事地收了下來。

那天晚上，我捧著《聖經》徹夜不眠地翻閱。在〈馬太福音〉，第六章第三十四節，我讀到了這樣一句話：

「不要為明天憂慮，因為明天自有明天的憂慮，一天的難處一天當就夠了。」

在詩琴的房間裡，鑒定科的警員在浴室的下水道口，以及放在化妝台的一把梳子上收集到了幾根頭髮。這些頭髮被作為正式的證據記錄了下來。我沒有參與這一次的ＤＮＡ檢驗，但結果與之前完全相同。

於是，那份我早就改好了的屍檢報告，就這麼原封不動地被提交了上去。

又過了兩天，局長大人把我叫到了他的辦公室。我走進去的時候，發現那兒已經坐了另外一位不速之客。那男人四十來歲，身材極瘦，穿著一套皺巴巴的灰色西服，褲管似乎還不如我的袖子寬。

「這位是北京來的任教授，」老頭子向我介紹道，「是中國……呃，真菌……科學研究院的負責人。」

那男人便站起來和我握手，我彷彿牽起了實驗室裡的骷髏。

「生物科學領域的。」男人似乎擔心我聽不懂，特意補充道。

隨後他說明了此行的目的：為了確定死者就是研究院的成員葉詩琴，所以希望親自進行認屍。

案件偵破以後，幾名受害者的遺體已經陸續交還給了親屬。但正如我料想中的那樣，由於沒有親人前來認領，詩琴至今仍然留在停屍房裡。因此所謂的認屍其實是可能的。

「可是……」

我解釋說，就遺體的狀況而言，即使認屍恐怕也不會有任何意義。

但男人依然固執己見。局長大人暗中給我使了個眼色，示意我按他說的辦——至於到時候自討沒趣，那就是他的問題了。

於是我把男人帶到地下二層。老頭子的判斷極為準確，只看了屍體一眼，男人的臉立即便扭曲了起來，一雙形如筷子的手捂到了嘴上。我聽見，從他的喉嚨裡傳來咕嚕咕嚕的聲音。

初次見到死狀奇特的屍體，人們原本自以為是的承受能力，往往都是不堪一擊的。我當了這麼多年法醫，也目睹過無數人在認屍的過程中嘔吐，對這種事情早就習以為常了。然而這一天，我卻很有把這位教授痛揍一頓的衝動。

「您打算把遺體帶走嗎？」當他逃也似的跑出停屍房時，我在背後大聲問道。

男人突然停下來，驚恐萬分地看著我，彷彿我正在把屍體硬塞到他的手裡。在注意到我根本沒有移動過以後，他露出了求饒的神情，拼命地搖著頭。後來據老頭子說，他從此沒敢再在市局大樓出現，灰溜溜地跑回北京去了。

根據規定，無人認領的屍體在經過一定時間後，便由公安局統一作火化處理。憑著職務上的便利，我沒怎麼費勁便拿回了詩琴的骨灰。

我們再次一同踏上旅途。雖然還是在夏天，但從早上開始就下起了大雨，後來更加夾雜著冰雹，氣溫低得像是進入了深秋。我已經把放在車裡的夾克披到了身上，仍然還是一路瑟瑟發抖。

詩琴安葬在一處風景優美的墓園，那裡種植著許多整齊挺拔的柏樹，木河就從墓園的邊上蜿蜒而過。此刻雨點打在微黃的河面上，泛起一圈圈圓形的波紋。

「妳看，我們這不是又回來了麼。」我撐著傘，在大理石的墓碑前喃喃自語。

彷彿是對我的回應，雨水從墓碑上流下，漫過詩琴的照片，使她看起來笑得更漂亮了。

太好了，我寬慰地想，似乎她對這個地方還頗滿意。

「那麼我先回去一會兒，」我裹緊了身上的夾克，「等雨停了以後，我再給妳帶些烤豆腐過來。」

就在這時，某個東西突然從兜裡掉了出來，啪嗒一聲摔到了地上。

那是一只殷紅色的盒子，上面裝飾著華麗的金線花紋。

這麼說來，那天詩琴戴起項鍊後，確實是把空盒子塞到了夾克的兜裡。第二天返程的時候，這件夾克就又放回了車上，之後由於天氣持續溫暖，所以一直沒有再穿過。

我俯身把盒子撿起，使勁甩乾上面的水。奇怪的是，從本應空空如也的盒子裡面，竟傳來一陣哐啷哐啷的響聲。

於是我打開了它。

我看著盒子裡面的東西，手中的雨傘不自覺地鬆脫，被風吹動，掛到了一棵柏樹的枝幹上。豆大的水珠自我的臉上滑落，我已經分不清楚，那到底是雨水還是眼淚。

「你的意思是，」曾杋扶了一下鼻樑上的金絲眼鏡，「你們分開的時候，項鍊是戴在她身上的，但後來卻自動回到了盒子裡面？」

「正是這樣。」

「也就是說……她從來沒有把項鍊拿出來過，她戴著的項鍊，其實和她自己一樣，都是只有你才能看見的幻影？」

我沉默不語。這段日子以來，我已經養成了不再去思考這些事情的習慣。

「嗯……」曾杋望了望牆上的掛鐘，「我看，咱們今天就先到這裡好了。下週還是同樣的時間，好吧？」

我便和他道別。已經到了下班時間，因此我直接前往停車場，駕駛PRADO匯入了中央大道的車流。

算起來，已經有些日子沒去詩琴的墓前看看了呢。

無論如何，不久以後應該就能見面了。因為我一直堅持著那時的承諾，所以，她也必然會遵守約定的吧。

這一次，我一定會好好守護著她，直到永遠。

我倒著把車停到一幢大樓的門前。這是一座有些年頭的辦公樓，可供停車的空間十分狹窄，但最近幾乎每天都會練習兩遍，因此已經嫻熟無比。

我從後視鏡裡觀察著辦公樓的大門。不久，三位年輕女孩從裡面並肩走出。她們看見我的車，其中兩人便朝另一個方向走去，臉上均流露出豔羨的神情。

甘芸和她們揮手告別，小心翼翼地騰挪坐到我旁邊的座位上。現在，她的腹部已經明顯隆起。

我得知她身體上的變化，是在案件結束之後的一個月左右。實際上，當時她已經有了三個月的身孕。

這種時候，醫學生的背景就能體現出明顯的優勢。我聯繫了老三，他當仁不讓地建議甘芸前往自己工作的醫院，那裡有著這座城市首屈一指的婦產科。除此之外，由於是熟人安排的關係，便輕易地擁有了各種特權。

B型超聲檢查室裡，醫生看著螢幕上的由超聲波形成的胎兒圖像，滿臉都是感同身受的幸福笑容。

「恭喜，是個女孩呢。」

# 尾聲

這個故事，到這裡就告一段落了。

後來，我們的主角，法醫楊恪平接受了一系列的心理治療，斷斷續續地把他的經歷告訴了曾枫大夫。而我則又是從曾枫那兒聽來的。那時候，距離那樁震驚全國的連環強姦殺人案的最終告破，已經差不多過去了半年。

必須首先說明一點，在一般情況下，心理醫生有義務為病人在治療過程中的談話內容保密。但假如是基於治療目的，有必要諮詢另一位專家的時候，則不受到這樣的限制。

去年年底的一天，北京城裡罕有地飄起了鵝毛大雪。我們都躲在暖氣充足的房間裡，喝著燙嘴的普洱茶。但當曾枫最終把故事講完的時候，我已經感受到了宛如置身室外的刺骨寒意。

然而方程看上去卻是馬上就要睡著的樣子。

「曾枫，」他揉了揉眼睛，懶洋洋地說，「你專門跑那麼遠來北京找我，該不會就是為了說這件事吧？」

「是的，有什麼問題嗎？」

「那倒不是，我只是不認為有什麼心理學方面的價值——這應該是夏亞喜歡的那種故事才對。」

我立即朝方程怒目而視，然而他好像根本沒有注意到。

「一開始的時候，」曾杋道，「我曾經懷疑楊恪平出現了嚴重的幻覺。但假如僅僅是幻覺的話，就無法解釋他是怎麼知道那具屍體就是葉詩琴的。我當時和他一起和兇手對質，可以肯定，顧森絕對沒有透露過這個名字。」

「幻覺？」方程顯得很是驚奇，「你怎麼會這麼想呢？你們的這位法醫非常清醒，他跟你說的，全部都是他的親身經歷。順便說一句，這人連細節都能回憶得這麼準確，真是了不起。也難怪他能只憑一件衣服便成功鎖定兇手了。」

「可是，關於鬼魂什麼的……」

「不錯，在這裡楊恪平確實犯了個根本性的錯誤，這是因為有人刻意利用了他的一些弱點。但必須承認，這是一個設計得非常、非常巧妙的圈套。」

「圈套？」我大聲說。與此同時，曾杋則是問：「什麼弱點？」

「是的。關於楊恪平的弱點，我們等會兒再來說。」方程說著直起身子。「現在，我們先來看清楚這個圈套。我想，你們都會同意，世界上是不存在鬼魂的吧？」

我和曾杋對視一眼，然後不情願地點了點頭。

「夏亞，你似乎還不太贊成。不過不要緊，我們現在先這麼假設好了。那麼，就有一個很明顯的結論，和楊恪平在一起的那位女性，是人而不是鬼。也就是說，葉詩琴這個人，其實並沒有死。」

「可是，」曾杋道，「ＤＮＡ檢驗的結果證明了……」

「曾杋，」方程打斷了他，「你有沒有考慮過，為什麼要進行ＤＮＡ檢驗呢？」

「這個……」

「通常來說，DNA是身份確定的最後一項手段吧？只有當其它方法都行不通的時候，才會採取DNA檢驗，不是嗎？」

「確實是這樣。」

「那麼，為什麼其它方法都行不通呢？因為首先這是一具無頭屍體，所以不能通過容貌判斷；而且屍體全身均被燒焦，所以也不能用指紋來判斷。我們可以猜測，不管是誰，之所以要大費周章地處理這具屍體，其目的之一，是讓死者的身份只能通過DNA檢驗來判斷。」

「為什麼是DNA檢驗呢？」方程繼續道，「因為進行DNA檢驗，就必須要有參照物，而這個參照物是很容易偽造的——比如說，在葉詩琴家裡找到的頭髮，卻並不一定是屬於葉詩琴本人的。」

「那會是誰的？」

「我們還不知道她的真正身份，不過當然，她就是那位被害者。」

「方程，」我忍不住插嘴道，「按你的說法，能實施這個圈套的，就只有葉詩琴本人了，對吧？」

「非常正確。先不說別的，把死者的頭髮放在葉詩琴家裡，除了她自已以外不可能有別人了。」

「可是她的目的是什麼呢？這麼做對她並沒有一點兒好處。」

「嗯……關於動機，我們只能嘗試著猜測一下了，不過我想，應該也能猜個八九不離十。首先，讓我們來看看這件事後來是怎麼發展的：葉詩琴最終被認為是連續殺人案的其中一位被害者，楊恪平在她的死亡鑒定書上簽了字。可以認為，這就是她想要得到的結果。這樣一來，就可以讓葉詩琴這個身份徹底消失。

「至於為什麼，我想，這大概和她的真菌研究有關。葉詩琴曾經說過，在未知的真菌中，很可能存在著具有抗癌作用，甚至能根治惡性腫瘤的品種存在。

「那麼，會不會，她已經找到這樣的品種了呢？

「這是有可能的。因為她採取了特殊的研究手段，比傳統的方法能更快地發現未知品種的真菌。

「假如是這樣的話，『能治療癌症的特效藥』，毫無疑問，裡面至少蘊含了幾百億，甚至幾千億的經濟利益。這已經足以構成任何犯罪的動機。

「另一方面，作為機密科研機構的研究員，葉詩琴甚至無法離開這個國家。她的一切研究成果，以及當中所有潛在的經濟利益，都只能歸研究院所有——儘管事實上，這是她一個人出生入死才換回來的資料。理所當然地，她希望用一種能體現它真正價值的方式將它交出去，比如說，以合理的價格出售給國外翹首以待的醫藥廠商。

「那樣的話，葉詩琴首先必須拋棄原來的身份。恰好就在這時候，出現了一個對她來說千載難逢的機會——在那個城市，發生了一系列針對女性的殺人案件。

「乾脆讓原來的葉詩琴死掉，還有什麼做法能比這更完美的呢？」

「可是，葉詩琴是怎麼得到死者的頭髮的呢？」曾枫皺眉道。「難道說，她要一直跟蹤著顧森，等他殺人以後才動手？」

「這當然不可能。」方程道，「事實上，我認為葉詩琴根本就不知道兇手是顧森。」

「但她一定是知道的，否則她怎麼會特意在『夜路』出現呢？」

「關於這一點，我們不妨稍稍放一放。現在，我們先來看看這一系列的案件。這些案子都有一個共同特徵，就是兇手在行兇前，都會通過某種方式使被害人失去抵抗能力。在第一個案件裡，兇手使用的是安眠藥，同時，他從被害人那裡得到了一把防身電擊槍。於是，之後的幾次作案，他使用的都是這把方便得多的武器。

「但是，唯獨在焦屍一案，兇手卻再一次使用了安眠藥。

「為什麼不使用電擊槍呢？最合理的猜想是，那時候，電擊槍並不在兇手的手裡。

「我們再來看每一次的案發日期。第一起案件『吊死鬼』發生於二月二十日，第二起案件『無頭鬼』發生於三月十二日，中間相隔了二十天；第三起案件『水鬼』發生於四月二日，與前一起相隔了二十一天；第四起案件『女巫』發生於四月十二日，與前一起相隔了十天；第五起案件『木乃伊』發生於四月三十日，與前一起相隔了十八天；最後一起案件『吸血鬼』發生於五月二十九日，與前一起相隔了足足二十九天。

「很容易看出來，第三第四起案件之間，以及第四第五起案件之間，相隔的時間都特別短。假如把這『女巫』案拿掉，那麼第三和第五起案件之間相隔就是二十八天，比前三次作案間隔長了一些，和最後兩次作案間隔則差不多。考慮到那時候兇手正在處心積慮地轉移警方的注意力，準備的時間稍長也是可以理解的。

「也就是說，這第四起案件，似乎是被生硬地塞進這一系列案件中的。

「因為這一次的兇手，並不是顧森，而是葉詩琴。事實上，她只有親自挑選對象，才能保證死者的年齡體型和自己相仿。

「從其它方面也能證明這一點。顧森一直保留著『無頭鬼』一案中被害者的頭顱，但卻沒有保留『女巫』的頭顱，那是因為他並不是那個案子的兇手。」

「方程，」我提出反對意見，「你這種假設存在很大的漏洞。葉詩琴事前不可能知道顧森會被當場擊斃。假如顧森是被逮捕的話，一經審訊，就會知道他沒有幹那個案子。那麼，作為『死者』的葉詩琴馬上就會遭到懷疑。」

「是嗎？」方程轉向我們的客人。「假如顧森被捕的話，曾杋，你覺得他會怎麼說呢？」

出乎我的意料，曾杋竟然連連點頭。

「的確，」他說，「顧森認為自己殺人是在替天行道，所以他很可能會把這份『功勞』也笑納了。」

「但葉詩琴也不知道這一點吧？」我依舊抗議，「而且，即使很可能也不是必然，萬一顧森就是堅持自己沒有幹呢？」

「那樣的話，」方程冷冷道，「你覺得警方會相信他嗎？」

我頓時語塞，過了好一會兒才開口道：

「除了證詞以外，還有證據呢？萬一存在表明顧森沒有犯罪的證據怎麼辦？」

「哦？什麼樣的證據？」

「這個……比如說……對了！不在場證明！如果顧森有不在場證明的話，葉詩琴的計劃不就徹底失敗了？」

「不在場證明嗎……」方程慢悠悠地說，「什麼時候的不在場證明呢？」

「那當然是案發當天的……啊！」

「夏亞，你現在明白了吧？這具精心佈置的焦屍還有一項用處，那就是讓人無法判斷死亡時間。這麼一來，無論連續殺人案的兇手是誰，都不可能擁有不在場證明。」

三人不約而同地停了下來，各自把面前的半杯茶一飲而盡。我從保溫爐子上拿起茶壺，為大家重新倒滿，然後轉身去往茶壺裡續上開水。

「可是方程，」曾杋道，「即使葉詩琴的動機成立，也假設她是『女巫』案的兇手而不是死者，但她怎麼會採取裝鬼這種匪夷所思的行動呢？如果是我的話，我就直接在棄屍的時候留下一點跟自己有關的線索，使警方誤認為死者是我就行了。」

「不錯。雖然不見得是完美的方案——比如說，警方也有可能認為是兇手故意留下的線索等等——但對你來說，這也許已經是最好的處理方式。因為，你並不擁有像葉詩琴那樣的特殊資源。」

「楊恪平。」我接口道。

「是的。」方程點點頭，「乍看起來，在光天化日之下裝鬼當然是很愚蠢的做法，很容易就會被人識破。然而，葉詩琴的目標並不是要騙倒全世界，她只需要讓一個人相信就足夠了。楊恪平是你們那兒的首席法醫，只要他同意了死者的身份，其他人就不會再有疑問。

「可以說，世界上只有葉詩琴一個人，才有可能實施這個計劃。我們剛才說過，她充分利用了楊恪平的三項弱點：

「第一，楊恪平本身就是一個怕鬼的人。也就是說，他在潛意識裡便認同了鬼魂的存在，那麼，要讓他相信自己看見了鬼魂，也就不是特別困難的事情。

「第二，楊恪平一直愛慕著葉詩琴。這種感情會極大地影響他的判斷，即使他對葉詩琴有所懷疑，也都會認為她的動機是正直的，而無法看到她的陰暗一面。

「第三，也是最關鍵的，楊恪平是一個相當聰明的傢伙。這些聰明人都會有一個共同的弱點，那就是對於那些直接擺在眼前的東西通常持懷疑態度，但對於自己通過的推理得出來的結論卻深信不疑。葉詩琴非常巧妙地利用了這一點，她並沒有直接走到楊恪平跟前說『我是一個鬼』，而是讓他慢慢產生懷疑，最後得出了她希望他得出的結論。」

我心道，這話用來形容你自己恐怕更合適。不過我並沒有說出來。

「下面我們來看看這個驚人的計劃是怎麼實施的吧。」方程繼續道，「根據葉詩琴的行動，我將她的計劃大致劃分為三個階段。

「從四月五日到四月十四日，這十天是準備階段。我認為，所有一切的開端，是在清明節當天，葉詩琴在一份報紙上讀到的關於『女鬼殺手』的報導。那時候，她立即意識到了這個情況可以加以利用。

「在這十天裡，葉詩琴一共做了幾件事情。首先，她在網路留言板上發表了新鳳大街十九號鬧鬼的信息。可以預見，當楊恪平讀到這條留言的時候，必然會引起他的極大興趣。同時，為了避免楊恪平產生疑心，葉詩琴還特地把發言時間修改為二月。當然，對她來說，改動數據庫是輕而易舉的事情……」

「等一下，」我提出異議，「楊恪平已經許多年沒有在新鳳大街居住了。葉詩琴又不是警方，怎麼可能在短短幾天之內就查出來他過去的地址？」

「很好的問題。事實上，那是不可能的。但別忘了，在許多年前，葉詩琴和楊恪平曾經有過一段短暫的歷史。

「我們都知道，在十年前的那一場相遇中，楊恪平對葉詩琴一見鍾情，這是他自己承認了的。那麼，當時葉詩琴的想法又是怎麼樣的呢？根據楊恪平的描述，在二人被打斷之前，似乎葉詩琴也並不抗拒和他在一起。

「之後楊恪平由於自卑感而匆匆離去，也沒有勇氣再去找葉詩琴。但另一方面，葉詩琴卻不存在這樣的問題，假如她真的對楊恪平有好感的話，她也許會去想辦法調查他的信息──在同一所學校裡，這並非什麼難事──名字、專業、年級、籍貫等等，或許還包括了，家庭地址。

「那時候，楊恪平的家庭地址正是新鳳大街。」

「但是，」我再次質疑道，「他們在學校的時候，葉詩琴並沒有再和楊恪平聯絡。」

「唔。我想，女性與生俱來的羞澀也是其中一部分原因。但假如不是因為後來發生了某個重大變故的話，我相信，他們會有一個不錯的開始的。」

「葉詩琴的母親在此期間去世了。」曾杋冷靜地說。

「對。正如楊恪平觀察到的，母親的病逝，在葉詩琴身上造成了極大的影響。毫無疑問，她對父親的怨恨也因此而達到了巔峰。從那以後，對葉詩琴來說，『愛情』已經變成了不幸的象徵。因此她放棄了對愛情的追求──儘管，她仍然會不時關注楊恪平的動態。」

我們又喝了一輪茶，然後方程繼續說道：

「葉詩琴進行的另一項準備工作是很顯而易見的。她了解到，江美琳的同學會在尾七當天為她守靈，於是她便前往晴霧山，在夜裡偽裝成江美琳的鬼魂出現。目睹這一幕的同學自然印象深刻，之後只要讓他知道網上有一個靈異事件留言板的存在，他十有八九會前往留言尋求安慰。由於是同一系列案件中的死者，這條留言無疑會被楊恪平注意到，也就第一次向他提出了暗示：人死了以後，確實是存在鬼魂的。

「這裡的巧妙之處就在於，即使後來楊恪平去找這位留言的同學對證，他也一定會堅持說，自己看見了江美琳的鬼魂。

「準備階段的最後一件事情無須多言。葉詩琴殺死了一名和自己年齡身形相近的女性，把自己的十字架項鍊掛到她的脖子上，然後按照報紙上連續殺人案的特徵，將屍體處理成女巫的形狀。

「有必要指出的一點是，在這份報紙出版的時候，一共只發生了三起案件。其中，一名被害人是服用了安眠藥，另一名被害人是被電擊槍襲擊，還有一名被害人由於頭部被切掉，所以報紙上並沒有記載兇手是如何使她失去抵抗能力的。在這種情況下，葉詩琴便採用了最容易得到的安眠藥。

「之後，從四月十四日晚上，葉詩琴和楊恪平在『夜路』相遇開始，直到他們到達新鳳大街為止，我將其定義為『試探階段』。畢竟過了這麼些年，葉詩琴必須確認楊恪平有了多大的改變。如果沒有十足的把握，就必須放棄這個計劃。」

「放棄?!」我幾乎從椅子上跳了起來，「她已經殺了一個人，怎麼還可能放棄?!」

「當然可以，」方程淡然道，「這也是這個計劃的恐怖之處。只要葉詩琴不主動把案件和自己扯上關係，她一直都是安全的。即使最最糟糕的情況，也不過是警方發現此案並非連續殺人案的兇手所為，她假死的目的無法達到而已，卻無論如何都不會遭到懷疑。

「至於為什麼葉詩琴會在『夜路』出現，並不是因為她想暗示那兒的顧森是兇手，我堅持認為，當時她並不知道這一點。而是因為，在楊恪平的日常生活軌跡中，『夜路』有一個獨特的優勢——那裡的老闆是一個盲人，即使堂而皇之地在吧台前坐下來，也不用擔心被他看到。作為一個幽靈，本來就是不應該有人能看見的。

「順便說一句，後來楊恪平約葉詩琴在聖月教堂會面，她卻提議了另一個地點的原因，也不是什麼鬼魂無法靠近教堂之類的胡說八道，而是因為你，曾杋。」

曾杋原本端起了茶杯正要喝，此刻卻彷彿突然石化了一般，僵硬地停在了半空。那姿態十分滑稽。

「從你的辦公室裡，可以很清楚地觀察到教堂前面的狀況。不僅如此，從你們公安局大樓其它樓層同一方向的房間，應該都具有相似的景觀。萬一，有人目擊楊恪平在那兒與她會面，對葉詩琴來說就是很不利的情形。所以她提出改在湖邊見面，以杜絕這樣的可能性。

「關於試探階段，我們就長話短說吧。在這裡，葉詩琴最重要的任務，就是重新建立與楊恪平之間的交集。而其中起到關鍵作用的，則是楊恪平感染了真菌毒素，並因此出現幻覺一事。

「如果從這個角度看，這就不可能是單純的意外。儘管我不知道其具體手法，但葉詩琴對楊恪平下毒應該是確鑿無疑的。她是研究真菌的專家，要做到這一點並不困難。

「接下來的發展就是順理成章的了。正如葉詩琴設想的那樣，楊恪平前往向她求助。她通過各種巧妙的心理暗示，使楊恪平不斷徘徊於靈異與科學之間，於是逐漸混淆了兩者的界限。一個典型的例子，是在葉詩琴講述自己身世的時候。

「只要仔細考慮一下便能發現，那是一種非常古怪的敘事方式。她先是讓楊恪平誤認為自己是在車裡的小女孩——從故事的前半部分，任何人都會很自然地產生那樣的想法——然後又告訴他，小女孩在車禍中死掉了。

「不管是誰，至少都會在一瞬間閃過一個念頭：正在講這個故事的，就是那個小女孩的鬼魂。對於楊恪平來說，這樣的影響無疑會更加深刻。

「總而言之，到此為止一切都進行得十分順利。楊恪平儘管已經成為了一位優秀的法醫，也仍然是當年那個怕鬼的男孩。但為了葉詩琴的緣故，他卻又甘願獨闖鬼域。於是，她決定進行計劃的最後一步，也就是『實施階段』。

「正如之前所說的，這一階段的舞台是在楊恪平的家鄉。我們已經可以清楚地分析出葉詩琴的行動：一開始所謂的身體不適當然是偽裝的；之後又一次向楊恪平下毒，使他醒來後感覺全身乏力；接下來是在小飯館裡演出打電話的一幕，再藉故離開，以便讓心懷妒忌的情人有機會查看通話記錄；最後，則是把屬於真正被害人的頭髮留在了楊恪平的車上。

「葉詩琴提議在當地額外逗留了一天，這是很有必要的。這麼一來，他們就不得不在星期一的早上返回，楊恪平必須直接前往公安局上班，她便可以趁機從他的視野中消失。然後只要耐心等待楊恪平領悟出她設計好的『秘密』，便能把葉詩琴這個身份徹底地從世界上抹去。」

上等的普洱茶還是沏好了放在那兒，然而卻沒有人再去動杯子了。

「葉詩琴是如何確保楊恪平能發現那根頭髮的呢？」曾杋問道。

「很遺憾，那並沒有辦法能做到。楊恪平已經很明確地告訴過你，他不過是偶然看見了那根頭髮，可以說只是一個巧合罷了。」

「又是巧合！」我明顯不滿地咕噥道。

「不錯，」方程微笑道，「世上所謂鬼神之說，通常不正是由各種巧合疊加而成的麼？就好像那個什麼地方──對，竹語山莊的蠟燭樓一樣。」

「但葉詩琴可不能把希望賭在巧合上！一開始，楊恪平為什麼會認為葉詩琴是案件的相關人物？是因為她出現的地點就是兇手工作的酒吧──但你說這是巧合；楊恪平又是怎麼確定葉詩琴是個死人？是因為他發現了那根頭髮，然後進行了ＤＮＡ檢驗──但你又說這也是巧合。那你倒是告訴我，要是楊恪平根本沒有看見那根頭髮的話，葉詩琴又該怎麼辦呢？」

「那麼，夏亞，我們不妨就來假設一下這樣的情形：首先，殺人案的兇手並非顧森，而是和『夜路』完全無關的另有其人；其次，楊恪平也沒有注意到車裡小小的一根頭髮。是這樣沒錯吧？」

「嗯。」我固執地點頭。

「很好。事實上，我認為當時葉詩琴也是這麼設想的。那麼，在這種情況下，接下來會發生什麼呢？毫無疑問，楊恪平也同樣會去聯繫她，但問題是，她卻不接他的電話。」

「當然，楊恪平並不會認為這是因為她的尾七大限已屆，而是其它原因──比如說，他一直疑心存在著的另一個男人。

「楊恪平並不知道葉詩琴的地址，手機是他們唯一的聯絡方式。當這種局面持續了好幾天以後，曾杋，假如你是楊恪平的話，你會怎麼辦呢？」

「我會到局裡找人幫忙查出她的地址。」

「我想也是。楊恪平肯定會前往葉詩琴的住所，然後便會發現，她已經有一段時間沒有回過家了。

「當然，因為房東持有備用鑰匙，楊恪平憑著警官證要進去並非難事。於是，他便會找到葉詩琴精心安排下的第一項證據——她戴著十字架項鍊的那張照片。

「之後的發展便大致和實際發生的一樣，從葉詩琴家裡找到的頭髮，足以證明她是身份不明的死者。對於楊恪平來說，儘管沒有了地點這個因素，但她出現的時間仍然是足夠有力的提示。

「萬一，在最極端的情形下，楊恪平並不像預期中的那樣對自己死心塌地，萬一他對科學的堅持超過了想像，他或許會懷疑，後來作為『鬼魂』出現的，其實是另有其人。

「那樣的話，楊恪平有可能會想到搜查自己的汽車。葉詩琴特地留下的頭髮，就是為這種情況預備的。

「所以說，夏亞，即使不存在什麼巧合，最終的結果也是不會改變的。」

「但事實是，」我不怎麼自信地反駁道，「所有這些巧合都是朝著對葉詩琴有利的方向發展，她的運氣也太好了吧。」

「並不是這樣。」方程笑道，「恰恰相反，因為某個意外，她的計劃差點兒就無法完成。」

「啊！」曾杋一副恍然大悟的樣子，「你是指新鳳大街的改造工程……」

「不錯。葉詩琴特意安排楊恪平到那裡去，不會是沒有原因的。我想，她可能事先在新鳳大街設下了某種我們無法想像的裝置——多半還利用了一些奇怪的真菌，足以讓楊恪平確信她是一個幽靈。遺憾的是，由於公安局取消了假期，使他們遲遲未能成行，結果幾個星期以後，新鳳大街竟被徹底拆除了。葉詩琴精心準備的機關，也就被埋在了瓦礫之下。」

方程這傢伙就是這樣，我不服氣地想。明明只是想像出來的東西，經他這麼解釋過後，彷彿卻一下子變得順理成章了。

「對了，」我又想起來一個問題，「那串項鍊又是怎麼回事？」

我本期待著方程說出他早已胸有成竹的答案。沒想到，他的臉色竟瞬間陰沉了下來。

「我也不明白。」他模棱兩可地說，「唯一合理的解釋是，葉詩琴提前準備了另一條一模一樣的項鍊。可是，那並不會對楊恪平的判斷造成多大的影響，而風險卻非常高。我完全無法理解她為什麼要那樣做。」

三個人一起陷入了沉默。窗外北風呼嘯，將幾朵紛飛的雪花在玻璃上撞得粉碎。

到了這個地步，已經是單純的推理所能達到的極限。要想再繼續向真相逼近的話，就只能重新開展調查，希望能獲得新的證據。

比如說，葉詩琴還活著的證據。

我們求助於北京市特警隊的柯男警官。特警隊曾在方程的協助下破獲過好幾個厲害的案件，因此她雖然不太情願，卻也沒有拒絕的理由。

「除此以外，」方程補充道，「也請調查一下在楊恪平購買了那條項鍊以後，相同款式的銷售情況。」

我邀請曾枫在北京多待些日子，因為畢竟是超過半年前的事情，我本來認為，即使一切順利，這調查也並非一朝一夕就能有結果。沒想到柯男第二天便帶來了消息，她出現的時候，臉上還帶著一種很奇怪的表情。

「怎麼回事？」我問。

「關於葉詩琴是否還活著這一點，」警官回答道，「在你們之前，已經有人要求調查過了。」

這個相同的要求，是由中國真菌科學研究院的任教授直接向北京警方提出的。從時間上來看，正是他與楊恪平見面以後不久。任教授在警方高層之中似乎頗有人脈，他的要求得到了一些大人物的重視，因此當時的調查進行得相當徹底。

「結論是，」柯男道，「沒有任何痕跡顯示葉詩琴還活著——即使包括她潛逃國外的可能性。也就是說，就警方而言，我們相信葉詩琴已經死亡了。」

「項鍊的情況呢？」

「我讓珠寶店查過了相關的資料。確實，五月十日，在新唐廣場的專賣店有過一次銷售記錄。但是從那以後，在國內就再也沒有售出過相同款式的項鍊。」

似乎都是些與方程的推理相悖的事實，在我認識這傢伙以來，這樣的情形還是第一次發生。

我轉向我的朋友，本想好言安慰他幾句，卻驀地發現他的眼中正散發出異樣的光芒。

「如果，」方程喃喃道，「都是正確的呢……」

我沒聽懂。什麼東西都是正確？是指他的推理和警方調查的結論嗎？可是它們明明是相互矛盾的啊。

「如果，和楊恪平在一起的時候，葉詩琴還活著；但調查進行的時候，她已經死了……」

「你是說，有人在這期間殺了葉詩琴？」我恍然大悟，「可是誰會這麼做呢？根本沒有人會因為葉詩琴的死得到任何好處。」

「還真是有的。」方程幽幽地說，「與其說這個人會從葉詩琴的死亡中得到好處，還不如說，只要葉詩琴還活著，就會對其造成嚴重的威脅。」

「啊……」

「而且，這個人還具備唯一的途徑，可以把從葉詩琴那裡取得的項鍊，再放回原來的盒子裡去。」

我只覺得頭皮一陣劇麻，竟不由自主地跌坐在椅子上。

「方程，」我毫不留情地罵道，「你小子瘋掉了。」

「是嗎？你覺得，跟鬼魂顯靈相比，哪個更瘋一些？」

「你沒有任何證據。」

「這倒是真的。」方程承認道，「所以，只能取決於你願意相信什麼了。」

可是我偏偏不知道應該相信什麼。

後來我向曾杋詢問，是否可以把這個故事寫下來，他同意了。

當然，我已經隱去了真實的人名和地名。但即使如此，相關者只要讀到這些情節，也就自然會明白具體的人物是誰。令我在意的是，這麼一來，方程的推理便有可能會被楊恪平本人看見。

「不用擔心，他應該沒有機會讀到了。」曾杋告訴我，「孩子出生以後，他們就將全家搬到加拿大去。而且我認為，即使是方程當面跟楊恪平說，他也一定不可能相信的。」

應該是這樣的吧，我於是寬心地想。或許，這位義無反顧地相信著鬼魂存在的法醫，是個真正幸運的傢伙也說不定。

那麼，親愛的讀者，您呢？
如果這註定是一場見鬼的愛情，您，還願意相信嗎？

夏亞軍
二〇一二年於北京

# 第三屆「島田莊司推理小說獎」決選入圍作品評語

（本文涉及謎底與部分詭計，請在讀完全書後再行閱讀）

日本推理小說之神／**島田莊司**

本作品結合了各種戲劇化的要素，故事情節呈現出堪稱為波瀾壯闊的豐富性，並逐一融入了推理小說各種深受好評的特定要素，充滿影像化的文字表達，讓讀者得以在腦海中看到具有戲劇張力的畫面，這也成為本作品的魅力所在，更增加了作品的吸引力。從作品的文字中，似乎可以聽到作者很有自信地問讀者，還有哪裡不滿意呢？

法醫楊恪平深受一個時常夢見的惡夢折磨。惡夢中，他在幼年時代居住的幽靈公寓中出現了幽靈，自己感到極度恐懼。他認為這個惡夢中必定隱藏著某種玄機。

在他工作的分局轄區內，曾經有三個女人連續被人用殘忍的手法殺害。當第四起命案發生時，楊恪平以法醫的身份，和美女刑警安綺明一同前往命案現場，發現這次的被害人也是女人，不僅脖子被凶手砍斷，全身都被燒得焦黑，死狀悽慘。安綺明發現屍體的脖子上留著一個十字架，之後，就稱這具屍體為「漆黑的女巫」。

楊對自己的感性異於常人深感煩惱，他懷疑自己有戀屍癖。為了確認這件事，他悄悄溜進停屍間，觀察連續殺人案犧牲者的那幾具屍體。沒想到剛好被刑警安綺明撞見，楊在驚訝之餘，在安的身上感受到難以抗拒的魅力。

不久之後，楊在一家常去的酒吧遇見一位身穿黑衣的迷人女子。為了瞭解自己為什麼會害怕幽靈，他進入一個心靈輔導的網站，發現網站上有關於自己以前住的幽靈公寓的記載，決定和網站的站長見面。沒想到前往約定地點後，等待楊的竟是之前在酒吧遇見的黑衣女子。

楊恪平打電話給黑衣女子葉詩琴時，聽到電話中傳來奇妙的聲音，他直覺地認為葉詩琴正面臨迫切的危機，急忙趕去她家，發現那裡是空無一人的幽靈屋，他在房子內的黑暗中，看到了發著光蠕動的亡靈。

楊和葉一同前往以前楊所住的幽靈公寓，葉在路上向他訴說了自己不幸的身世，並告訴他出現在自己家中的幽靈，其實是一種會發光的菇類孢子在房子內飄來飄去。之後，兩個人走進一家飯店，發生了肉體關係。

最大的謎團終於出現了。第四名犧牲者，也就是女巫的ＤＮＡ，竟然和葉詩琴留在楊的車子上頭髮的ＤＮＡ一致。葉已經死了，楊一直在和死者的亡靈打交道。

故事進入解謎的階段，逐漸發現了葉的別有用心。作品的後半部分可以感受到作者費了很多心思，仔細而巧妙架構出劇情的曲折離奇，很值得肯定，只可惜無法超越傳統模式，缺乏作者獨特的飛躍性創作。

整部作品中的每一個點子都很微小，都是前人所開發的，作者用廣為人知的手法巧妙地加以結合，而且能夠和整體充分呼應，努力編織出一個合情合理的故事，但整部作品缺乏作者自行開發，可以刺激後續的作家，或是為後續作家帶來正面影響的創意。

如前面所介紹的故事概要中所提到的，前半部分的冒險小說式的景象和事件的發展是十分出色的影像，對大部分讀者來說，具有很大的吸引力。性方面的描寫也很巧妙，一旦影像化，將可以成為一部優質的推理劇。

從現實的角度來看，和兩個美女發生肉體關係的發展略顯唐突，似乎應該懷疑美人計的可能性，但這可能是眾多男人的妄想，也許能夠贏得不少無言的共鳴。這種手法有點類似希區・考克某個時期的電影，只要結合優質的音樂，和色彩絢麗的影像，有可能發展為傑作。

如果從本格推理小說作家的角度來評斷這位作者的創作手腕，不得不認為還有進步的空間。故事的整體發展是由男性願望主導的妄想，並不是根據縱觀全局的設計圖所採取的縝密行動，因此，前後的呼應似乎都中規中矩，並沒有出乎意料的大驚奇，無法擺脫缺乏整體設計圖的普通戀愛小說，或是冒險小說的範疇。

如果以達到推理史的層次為目標，本格推理小說要求的是鮮有前例的邏輯推理，必須能夠發揮史無前例的獨特創意。如果期待島田莊司獎也具有這樣的高度，我必須在此表明以上的看法。

我認為希區・考克的世界、驚悚電影，或是小泉八雲的怪談世界都屬於推理故事。「本格」推理只是推理中的一小部分，是眾多具有獨特而高度邏輯性的推理故事。

本作品《見鬼的愛情》是一部出色的推理小說，但從本格推理的觀點來看，由於整體缺乏設計圖，導致缺乏經過縝密計算的發展，在解開謎團時的邏輯性也略嫌不足，導致讀後無法得到充分的滿足。

# 我是漫畫大王

胡杰—著

**如果童年可以再來一次，**
**我不會去盪鞦韆，也不會去接近初戀的女孩，**
**我只想找回我所有的漫畫，不惜一切代價！**

鐵霸王、微星小超人、無敵金剛、超人神童、假面超人，只要你叫得出名字，我就說得出有關他們的一切。想借少女漫畫？我也有。只要我想看，我爸爸願意幫我買任何漫畫，就算旁人都紛紛勸阻，就算媽媽為此氣到跑回娘家。那一天，許肥向我下戰書，說要來我家瞧瞧，比誰收藏的漫畫書多。贏的人就可以獲得把少女漫畫借給麻花辮班長看的權利；輸的人，從此就不許再接近她。我一定要贏。不，我一定會贏！直到打開家門之前，我都還是相信，我珍藏的漫畫會永遠陪伴著我，我深深信賴的人永遠不會背叛我。在悲劇降臨之前，我天真地以為，我會永遠都是班上最厲害的漫畫大王……

單純，詭計的方向性才會變得明確，讀者受騙時的衝擊才會增強，然而要構思出單純的詭計當然是很困難的作業。《我是漫畫大王》便是一部作者的大膽構想在細膩技巧輔助下昇華而成的作品，讀完最後一句的瞬間，你可能會感受到本格推理名作皆具備的「機關式」的魅力，陶然忘我；你也可能會啞然無言，不知所以然——我要再次強調，這是偵探缺席的作品，因此你會有什麼反應就全依你的閱讀力而定了。諸位讀者，請你們切勿大意，我也衷心希望你們能平安地從那神似莫比烏斯環的詭計迷宮歸來。

**——推理評論家／玉田誠**

# 逆向誘拐

文善—著

**公司機密也能被「綁架」?!**
**這起在真實與虛擬之間擺盪的「誘拐」案，**
**他是唯一能解開謎底的關鍵……**

植嶝仁從來沒想過，身為跨國投資銀行A&B的一個小小IT電腦工程師，竟然也會有被捲進重大事件的一天！一開始的情況看似很單純，有同事前來求助，請他幫忙還原網路上一份弄丟了的資料；豈料不久之後，就有人發出勒索電郵，要求A&B付出十萬美金，否則一份攸關昆恩特斯融資計劃的重要資料就會被公諸於世，造成難以估計的經濟損失與信用破產！而其中最關鍵的是，那封電郵竟然是從植嶝仁的手機發出的！如今，除了四名熟知昆恩特斯融資計劃的分析員之外，他成了最大的嫌疑人！在重案組刑警的主導下，他們全被隔離在一間豪華公寓裡，以防機密進一步外洩，然而植嶝仁卻也因此有了更多的時間，思索這整起「綁架資料」案件的重重疑點。循著蛛絲馬跡細細推敲，植嶝仁赫然發現，這一切其實都是「綁匪」扔下的煙幕彈，只是隱藏在對方背後真正的企圖，又究竟是什麼呢？……

一般以誘拐為題材的小說，大多數都著墨於贖金的交付和收取，然而在《逆向誘拐》一書中，這一方面卻有令人意想不到的安排，但是這種安排又和書中所說的金融理論與概念互相符合，得到統一的效果。在人物的塑造方面，作者不僅把幾個主要腳色寫得十分鮮活，也寫出了現在年輕一代人的特質，小說技巧也頗為突出，使這本書不只設計精彩而且可讀性極高。

**——資深影評人・譯者／景翔**

## 第二屆【島田莊司推理小說獎】決選入圍作品

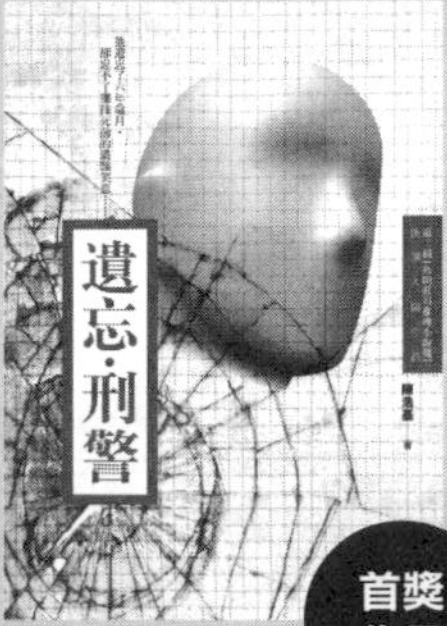


首獎作品

# 遺忘·刑警

**陳浩基**—著

我從睡夢中驚醒，頭痛欲裂，完全記不清自己昨天的行蹤，發生在東成大廈的雙屍命案卻漸漸清晰成形：一個狂暴的丈夫殺死情夫和情夫的懷孕妻子。當我掙扎起身去上班，才驚覺今天竟然是 2009 年——我明明記得現在是 2003 年，命案才發生了一個星期啊！難道……我失去了六年的記憶？一位女記者為了這宗「陳年舊案」跑來找我，並決定和我聯手重新展開調查。然而我卻發現，我跟案件之間有著不可告人的秘密……

# 反向演化

**冷言**—著

當人氣紅星關野夜衝進門時，冷言還以為她跑錯了地方。直到一張詭異至極的照片出現在眼前，他才確定「相對論偵探事務所」有案件上門了！那張照片拍攝於沖繩附近的鬼雪島上，岩洞中竟探出半個類似人頭的東西！關野夜的節目打算到此錄影，因此想找冷言去解開照片裡的謎團，她還曾收到署名「地底人」的威脅信，警告她不要來到島上。而隨著勘查開始，果真有人受傷、從密閉洞穴中消失，甚至被殺害！真的有「地底人」嗎？或只是有人故佈疑陣？

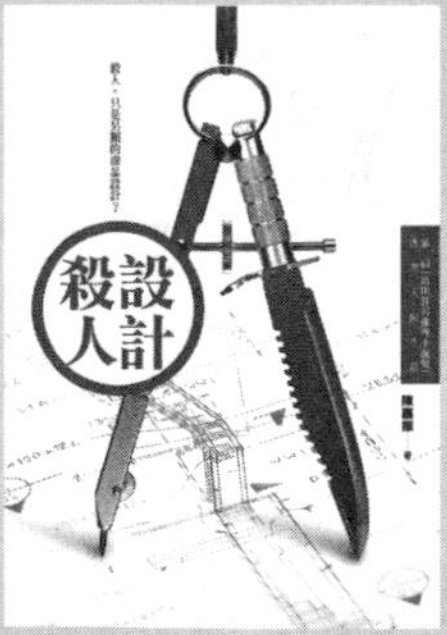


# 設計殺人

**陳嘉振**—著

員警周智誠永遠忘不了看見女友屍體的那一刻，他不敢相信「奪命設計師」竟會介入他的人生！這個殺人魔之所以被稱為「奪命設計師」，是因為他每次都會在死者身上刻下一個 S 形刀傷。或許在他心中，殺人就像在做設計，每個成果都要留下「簽名」。警方找來心理學家姜巧謹協助周智誠，兩人終於發現所有被害者都與「創迷設計」公司有關。是私人恩怨所引發的報復？或者，背後還有更精巧細密的「設計」？

國家圖書館出版品預行編目資料

見鬼的愛情/ 雷鈞著. -- 初版. -- 臺北市：皇冠, 2013. 9 [民102]. 面; 公分. --(皇冠叢書; 第4339種) (JOY; 159)

ISBN 978-957-33-3017-2 (平裝)

857.7 102016151

皇冠叢書第4339種
JOY 159

見鬼的愛情

作　　者—雷鈞
發 行 人—平雲
出版發行—皇冠文化出版有限公司
台北市敦化北路120巷50號
電話◎02-27168888
郵撥帳號◎15261516號
皇冠出版社(香港)有限公司
香港上環文咸東街50號寶恒商業中心
23樓2301-3室
電話◎2529-1778　傳真◎2527-0904
責任主編—盧春旭
責任編輯—張懿祥
美術設計—王瓊瑤
著作完成日期—2013年2月
初版一刷日期—2013年9月

法律顧問—王惠光律師

讀者服務傳真專線◎02-27150507
電腦編號◎406159
ISBN◎978-957-33-3017-2
Printed in Taiwan
本書定價◎新台幣250元/港幣83元